Buddha 英語 文化

田中泰賢選集 ❶
英語・文学・文化の仏教

あるむ

Buddha　英語　文化

田中泰賢選集 1

英語・文学・文化の仏教

第 1 巻
目　次

序文 ……………………………………………………………………… 5

第 1 章　現代社会に生きる道元禅師の教え …………………………… 23

第 2 章　英語学者・鈴木勇夫教授の英訳般若心経の研究について …… 53

第 3 章　高橋源次氏の *Everyman*（『万人』）研究について …………… 75

第 4 章　エドウィン・アーノルドの詩作品
　　　　『アジアの光』（*The Light of Asia*）について ………………… 131

第 5 章　リディア・マリア・チャイルド著
　　　　「仏教とローマ・カトリックの類似性」（翻訳） ………………… 153

第 6 章　ジェームズ・F・クラーク著
　　　　「仏教；言い換えれば東洋のプロテスタンティズム」（抄訳） …… 165

第 7 章　超絶主義季刊誌『ダイアル』に書かれた
　　　　「仏陀の教え」の大意 …………………………………………… 189

第 8 章　エミリ・ディキンスンの師，トマス・W・ヒギンスン著
　　　　「仏陀の特性」の大意──故安藤正瑛先生に捧げる── ……… 205

第 9 章　トマス・W・ヒギンスン著
　　　　「仏教経典『法句経』」について ………………………………… 227

第10章　故ダイズイ・マックフィラミー師著
　　　　「カルマ（業）とは何か」（翻訳） ………………………………… 253

第11章　Some Poems of Zen Master Dōgen
　　　　Translated by Hiroyoshi Taiken Tanaka ………………… 279

初出一覧 ………………………………………………………………… 287

序　文

❦

　島薗進氏（上智大学神学部特任教授・グリーフケア研究所所長）は「世界は仏教に心の拠り所を求めている」と題して述べている。その一部を引用する。「「平和」とは何かと考えるとき，日本人は自ずから仏教に目を向ける。いのちが軽んじられていると感じると，仏教の教えを思い出す。科学技術が進んで「倫理」が置き去りになると感じると，慈悲や不殺生という言葉に心が引き寄せられていく。そして，これは日本だけのことではない。おおげさに聞こえるかもしれないが，世界は仏教に心の拠り所を求めている」（『曹洞宗報』2015年10月，第961号，2-3頁）。島薗進氏のお言葉に励まされて英語・文学・文化と仏教に関して発表したものを今回選集という形でまとめようと考えた。

　明治の初年，廃仏毀釈が起きた。日本の全国各地で，仏教は異端邪説として僧侶は迫害され，仏教寺院が焼かれ，仏像，仏具，経典などが打ち捨てられた。ジェームス・ケテラー氏（James Edward Ketelaar）は『邪教／殉教の明治――廃仏毀釈と近代仏教』を出版している。その書物の「解説」で羽賀祥二氏が「ケテラー氏は日本国内の廃仏毀釈の跡を歩き，そこに残されている遺産や伝承にも注意深い目を向けている」[1]と述べているように，ケテラー氏は20年以上にわたり実際に足で歩いて研究されたことがわかる。ケテラー氏は「結」の中で次のように書いている。

　明治のイデオローグたちやこの時代を研究対象とした後世の学者たちは

的外れにも，仏教が「堕落」していたから廃仏毀釈という措置がとられたとし，その政策を正当化しようとした。こうした判断は，社会そのものの再定義の企て——「あらゆる旧弊を一洗する」——という，いっそう幅広いコンテクストから理解されなければならないはずである。広範な慣行領域に「封建的」「異邦的」「破壊的」といったレッテルが貼られてしまい，こうした領域は敵対勢力に包囲され，排斥されてしまった場合が多かった。明治期において，仏教は「近代的」「コスモポリタン的」「社会的に有用な」組織へと脱却することに成功した社会組織の一つであった。すなわち，この変容のおかげで堕落史観や，絶滅一歩手前の過去の遺物として仏教を捨て去ろうとするその企みも回避することができたのである。[2]

廃仏毀釈の後，日本はさまざまな戦争を経て，原子爆弾が広島（1945年8月6日）と長崎（同年8月9日）に投下された。田島タミ氏は長崎で被爆した様子を次のように残している。「ヒューンといった妙な音がしたかと思うと同時に，窓の外，自分のすぐ目の前，工場の中庭にバレーボール大の火の玉が光り輝きながら落ちてきた。自分の目にはあのおそろしい閃光が確かにそう見えたのだ。あっと思った。が，その後に起こったと思われる爆裂音，倒壊，土煙，大混乱などについては全く記憶がない。窓のすぐ近くにうつ伏せに倒れたらしい」[3]。

広島の被爆の悲惨な状態も記録されている。「校庭に朝礼中とみえる全校児童が，整列したまま，いちようにうずくまって，黒く焼けて死んでいた」（『原爆の絵 HIROSHIMA』）[4]。「ピカの時から7歳のままになってしまったみいちゃんは，今どうしているのでしょう」（『ひろしまのピカ』）[5]。「戦時中，慈仙寺には田舎に疎開できない子どもたちのための分教場（現在の分校）が置かれていた。その日も朝からみなが集まっていたのか，焼け跡にはしばらくの間，先生らしき大き目の遺骨を囲んで，子どもたちのものと思われる遺骨が点々と輪のように散らばっていた」（『原爆供養塔——忘れられた遺骨の70年』）[6]。「広島平和記念公園の片隅には，天に折鶴をかかげてほほえむ少女の像があります。これは佐々木禎子さんの死後，級友たちが全国の子どもた

ちに呼びかけ，禎子さんと他の原爆犠牲者の子供たちのために建てた追悼碑です」(*Sadako And the Thousand Paper Cranes*)[7]。2015年9月，「原爆の子」の像のモデルになった佐々木禎子さんのご家族がブラジルのサンパウロ州議会に禎子さんの折った折り鶴を寄贈した。折り鶴を通じて平和を祈る多くの人たちの優しい心に打たれる。

　ローベルト・ユンク氏（Robert Jungk）は次のように述べている。「広島と長崎の初めての原子爆弾によって世界中に想像もつかない規模の大量殺人への恐怖が広がった」("The first atomic bombs over Hiroshima and Nagasaki spread a shock wave of fear throughout the world—the prospect of mass destruction on an unimaginable scale.")[8]。

　アメリカの詩人，ジョン・グールド・フレッチャー氏（John Gould Fletcher, 1939年ピューリッツァー賞受賞）は1928年の詩集『黒い岩』(*The Black Rock*) で「仏陀とキリスト」(Buddha and Christ) という詩を書いている。その一節に「仏陀が微笑む；すると天空が／はるか遠くまで叫びを発した」[9]とある。インドは1974年5月18日に核実験を行った。その核実験の名前は「微笑む仏陀」(Smiling Buddha) と名付けられている。しかしそのような核実験に対して，仏陀は微笑んだのか。また放射性廃棄物が投棄される場所の近郊では病気や障害を持つ人々が苦しんでいる。仏陀は微笑むどころか悲しみ，怒っているのではないだろうか。

　ちなみに『インド福祉村協会会報』(2016.4. Vol. 29) の「インド・アーナンダ病院ニュース」(No. 5) では，インドのアーナンダ病院の臨床検査技師，Ms. Rubinakhatoon Khan（通称：ルビナ）が2015年の11月16日〜11月25日の10日間，日本で研修を行ったことが報告されている。ルビナ氏は静岡県の浜松医科大学，愛知県の豊橋・医療法人さわらび会福祉村病院，春日井市民病院，愛知医科大学，国立病院機構名古屋医療センター，三重県の三重大学病院等を見学して，関係者の方々から丁寧な説明を受けて有意義な研修であったことが書かれている。

　アメリカの禅僧で，詩人であったフィリップ・ホエーラン師（Philip Whalen）は「戦争」(The War) と題する短い詩を書いている。

戦争

ヴァーモント州バーリントン出身の若くてハンサムなベトナム系アメリカ人は
すぐに撃たれた　　　　　　　　　　　　　　　　　1967年10月15日[10]

　1967年はベトナム戦争が行われていた頃である。アメリカ北東部，ニューイングランドの酪農が盛んなヴァーモント州の若き青年が戦争で命を落とした様子が簡潔に描かれている。このベトナム系アメリカ人は祖国であろうベトナムに何故兵士として行かなければならなかったのか。どういう気持ちで戦場に臨んだであろうか。同胞を撃つよりも自分が撃たれるのを選んだのか。フィリップ・ホエーランは日本で禅の修行をしており，俳句についても関心があった。この詩は2行だが，題名を含めると3行になる。いずれにしてもこの詩は俳句を意識したものと思われる。
　『昭和26年　サン・フランシスコ会議議事録　外務省』によると，1951年9月，アメリカ，カリフォルニア州サン・フランシスコ市オペラハウスに日本を含め52カ国の政府の代表団が参加して日本国との平和条約の締結及び署名のための会議が開催された。1951年9月6日午前10時オペラハウスにて第4回総会が開催され，スリランカ（当時はセイロン）代表，ジェー・アール・ジャエワルデーネ氏（セイロン蔵相）が発言した。その一部は次の通りである。

　　セイロンにおけるわれわれは幸いにも侵略されませんでした。然しながら空襲や東南アジア軍の指揮下にあるぼう大な軍隊の駐とん及びわれわれが連合国に対して天然ゴムの唯一の生産者であった時われわれの主要商品の一つであるゴムを枯渇せしめたことによってもたらされた損害はわれわれに対してその賠償を請求する権利を与えるものであります。然しながらわれわれは，賠償を請求するつもりはありません。何故ならばわれわれは，そのメッセージがアジアの無数の人々の生命を高貴ならし

序　文

めたあの偉大な教師の言葉すなわち「憎悪は憎悪によって消え去るものではなく，ただ愛によってのみ消え去るものである」という言葉を信ずるからであります。それは偉大なる教師であり佛教の創始者である佛陀のメッセージであります。[11]

　仏陀（お釈迦様）の上の言葉は『法句経』（ダンマパダ）の「この世の怨みは怨みをもって　静まることはありえない　怨みをすててこそ静まる　これは永遠の法である」（法句5）[12]の言葉である。
　総会において氏の発言をはじめ，各出席者の意見が発表された。1951年9月4日の歓迎式で始まり，第1回総会が9月5日午前10時に開始され，9月7日の午後8時からの第8回総会で終了した。9月8日午前10時，オペラハウスにおいて日本国との平和条約の会議並びに締結及び調印の調印式が行われた。
　アメリカ，フロリダ州の新聞「タンパタイムズ」（*The Tampa Times*）が1975年に「日本は第二次世界大戦の廃墟から世界の主要国として台頭する」（Japan emerges as major world power from the ashes of WW II）[13]と報道したように，日本は戦後いち早く立ち直った。それは当時の方々の勤勉さによるものであるが，それだけでなく世界の人々から受けた助けや犠牲によるものも無視できない。例えば佐藤嘉幸・田口卓臣氏によると「敗戦後の数年間，日本は深刻な不況に苦しんでいた。日本がその不況から立ち直ることができたのは，1950年代初頭の朝鮮戦争に際して，占領国アメリカ合衆国の命令に従って「軍需関連」の物資調達やサービス提供を請け負ったからである。つまり敗戦国日本の経済復興が可能となったのは，朝鮮半島の人々が戦争の犠牲になることによって，もっと言えば日本がその犠牲を食い物にすることによってであった」[14]。多くの人々はそうした国内外で犠牲になった人々を忘れることなく，戦争のない，平和な社会建設のために日々努力をしておられると思う。その原動力の一つに意識的であれ無意識的であれ，毎日を充実して生きるという考え方があろうと思われる。それには仏教の影響もある。
　仏典に「過去を振り返るな，未来を追い求めるな。過去となったものはすでに捨て去られたもの，一方，未来にあるものはいまだ到達しないもの。そ

こで，いまあるものをそれぞれについて観察し，左右されず，動揺せずに，それを認知して，増大させよ。今日の義務をこそ熱心にせよ，明日の死を知り得る人はないのだから」[15]と書いてある。過去を追わないとは眼耳鼻舌身意から生じる貪欲から離れ，過去の時に意識が縛られないことをいう。未来を追い求めないとは眼耳鼻舌身意から生じる貪欲から離れ，未来の時に意識が縛られないことをいう。この経典では今日の義務をこそ熱心にせよと説いている。

『富士見産婦人科病院事件——私たちの30年のたたかい』[16]を拝読すると，被害者の方々は次々と届く傷害罪不起訴処分に涙を流しても，その結果に縛られることなく，予想される利害関係や損得勘定に縛られることなく，多くの方々と協力し合いながら忍耐強く運動を続けていった。国際学会で病院の不正を発表した医師，裁判のために労を惜しまなかった医師の方々，裁判のためにたたかった弁護士の方々，さまざまな薬害・医療被害を受けた18団体の方々とも協力して，自分たちの救済だけでなく，同じように苦しむ人を出さない運動にひろがっていった。現在の行為，現在行っていることに生きる本当の意味を見出して，熱心に活動を続けられて民事裁判で勝訴している。

鈴木厚著『世界を感動させた日本の医師——信念を貫いた愛と勇気の記録』の中で，研究者としても世界的に知られている荻野久作博士も紹介されている。鈴木厚氏によると，「荻野久作氏は東京帝国大学の出身でありながら威張ることをしらなかった。患者を心配させないように態度は穏やかで，医師というよりは人生の相談役のようであった。診察は丁寧で的確であった」[17]。また「荻野久作氏は竹山病院での仕事を終えると，新潟医大の病理学教室に直行し，夜遅くまで研究に没頭した。この生活は土曜日も日曜日もなく毎日繰り返された」[18]。荻野久作博士は当時の世界では定説になっていたドイツのシュレーダー学説に屈することなく，研究を続けられて大発見をしている。そればかりでなく，不本意なありかたについては堂々と意見を述べて，過ちのないように警告を発している。

ヴェトナムの僧侶，ティク・ナット・ハン師という方がいる。「タイ（ナット・ハン師の愛称，ヴェトナム語で「先生」の意味）は祖国を追われ苦難に耐える日々にあっても，慈悲の心を失われることはなかった。タイご自身

を，そして祖国と同胞を苦しみの底に沈めた人々を決して憎んだり，報復されることはなかった。だからこそ，タイは人々に仏法（ダルマ）を教え導くことができたのです」[19]。

池田久代・田浦雅徳・河野訓編『堀至徳日記』は明治時代の青年僧侶が仏教の復興のために一生懸命生きたことを語りかけている。堀至徳師(ほりしとく)（1876-1903）は釈尊の修行されたインドでサンスクリット語等を学んでいる。晩年の英語で書かれた彼の日記には，帰国後はインドの文献を翻訳したい夢を書き記している[20]。事故から生じた病気のためインドで遷化するが，堀至徳師は責任を忘れ義務を怠ることがあってはならないことを強く意識していた[21]。

堀至徳師は丸山貫長阿闍梨より，清水寺住職兼興福寺副住職大西良慶師とともに「三宝院金胎両部伝法血脈」を相承している[22]。大西良慶師（京都・清水寺貫主）は英文雑誌 *Young East* でインタビューに応じて語っている。「若い人々に助言をくださいませんでしょうか」（Would you please give any advice to the youth?）という問いに大西良慶師は「若い方々は忍耐強く，つつしみ（助け合い），お金を大切にあつかい，心豊かな人になってほしい」（Young people must try to be patient, and spare and save money, and be affluent.）と答えている[23]。日本に仏教が伝わってから約1500年に近い年月の中でそのような考え方はずっと続いていると思われる。

例えば広島県の宮島（廿日市市）に弘法大師が開かれた真言宗の名刹，大聖院(だいしょういん)がある。弥山(みせん)に登ると，山頂の近くにも本堂，霊火堂をはじめとする諸堂がある。よく知られている「消えずの火」は毎日，毎日お坊様方が火を絶やすことなく熱心に修行されて今日に至り，1200年余りの月日が経っている。偉大なことである。ちなみにこの「消えずの火」は広島市の広島平和記念公園の「平和のともしび」のもと火になり，世界平和を祈る火として燃え続けている。

2011年4月11日，アメリカの首都ワシントンD.C.のナショナル大聖堂において，東日本大震災で亡くなった方の追悼式が，宗派を超えて開催された。サミュエル・ロイドIII世大聖堂長により，復興への祈りが捧げられた後，宮沢賢治の「雨ニモマケズ」が英語で朗読された。私たちは，今一度，

この「雨ニモマケズ」の願いと行いに学びたいものである」[24]。

　河谷芳俊老師（山口県・曹洞宗・長徳寺十七世，1934-86）は住職と多々良学園高等学校の教師・学監として，また病気で遷化される直前まで寺報『ますみ』（月刊）の発行を続けた。私は広島にいた時にご縁があり，その『ますみ』を送っていただいていた。河谷芳俊師が遷化された後，『ますみ』の追悼号（第353号，1986）が発行された。その追悼号でご母堂の河谷淑子氏は「わかれ」と題して書いている。

　　この病気の常だと言われている，末期の猛烈な痛みを，ベッドの手すりをにぎりしめて，歯をくいしばって我慢し通した彼は，思えば，52年余の生涯を殆ど我慢の生活だったように思います。幼児期は，気の弱い，体もあまり丈夫でない子供でした。小学四年の時，父を戦場へ送ってより，父亡き家庭の柱となるべき宿命に子供乍らに，その積りになって生きてきたと思います。無力の母は，決して，よい親ではなく，彼のすること，なすことに，殆どほめてやることなく，厳しく，批判するばかりでした。重態の我が子を看病し乍ら語ったある日，私は「あなたは，本当に，よく，やってくれた」「五人の弟妹達の今日あるのは，全く，あなたのお陰よね」と，心からお礼を言いました。彼は，私に背を向けて，涙を流していました。

　ご母堂様は夫を戦病死で失い，そして息子を病気で失うという逆縁にもかかわらず気を強くして書いている。落ち着いたお母様やご家族の皆さまや壇信徒の方々に支えられて河谷芳俊老師は寺報『ますみ』を29年間毎月発行し続けた。

　小倉玄照老師（岡山県・曹洞宗・成興寺十三世，1937-2015）も長年にわたり寺報『ねんげ』を発行した。この寺報の特色の一つは夫人，小倉美代子氏の詩が毎回掲載されて，いつも楽しみにしていた。彼女の詩を読むといつも温かく，ほのぼのとしたものを覚えた。詩はまとめられて詩集になっている。その一冊である『山野草』から「晩鐘」の一部を紹介する。

序　文

　　　ミレーの絵のように
　　　どこからか晩鐘がきこえてくる
　　　手をあわせ頭(こうべ)をたれて
　　　しずかに　しずかにきく
　　　いま　ここに
　　　ぶじであることを思いつつ[25]

　この詩から小倉老師ご夫妻が手と手を取り合ってお寺を守り，歩まれた様子をうかがうことができる。
　小倉玄照老師は永平寺の機関誌『傘松』の前編集者（1973年5月号－1978年12月号）であった。その間，傘松誌発行のために共に尽力された48名の修行僧の方々の紹介と僧侶の方々のコメントが1冊にまとめられたのが『あんじゃのおと――雲水のつぶやき片々』である。雲水の方の声に耳を傾けると，例えば次のようなつぶやきが聞こえる。「吉祥に吾を励ます蝉しぐれ」。「門前で傘松配布中，あるおばさんの一言。傘松は本当に有難いね。読んでわかるわけじゃないけどいい事が書いてあるような気がしますよ」。「母からの便りは静かに心に響いて自らをむなしくせよという」。「曹洞禅とは？と問う一少女あり。坐禅して只ありがたさが胸に伝わるという」。「九州生まれの私は真白な雪の世界にとじ込められて肝をつぶしている」。「永平寺は，遠洋航路の船に似ている」。「蜩(ひぐらし)が鳴く。やがて仏殿から流れる読経の声」[26]。すべての僧侶の方々の声が響いてくる。
　佐橋法龍老師（長野県・曹洞宗・長國寺四十世，1928-2007）が静岡県南伊豆の金剛院の住職の時にご縁があった。老師はそのお寺で16年間の住職の後，1980年の秋，長野県の真田家の菩提寺，長國寺に52歳の時，住職に就任された。それからずっと寺報『長国寺報』を送ってくださった。老師は仏教に関する著作だけでなく，推理小説も出版するという，幅広い方丈さまであった。奥様からのお手紙に「住職は当山十七世が200年前に書き残された30冊の和綴を後世の人が読めるようにと寸暇を惜しんで執筆に熱中しております」（2002年12月29日付）とあるように常に机に向かっておられたことがわかる。それは奥様の支えがあったからであろう。

愛媛県の曹洞宗・瑞応寺専門僧堂（堂長　楢崎通元老師）は毎月機関紙『いちょう』（銀杏）を発行している。2013年，第778号では楢崎通元老師のお姉様，楢崎富子氏が同年1月30日に享年93歳でご逝去されたこと，そして楢崎富子氏の著書『心の蓮』[27]から一節が紹介されているのを見ても，楢崎富子夫妻が瑞応寺にいかに貢献されたかということがわかる。ご母堂の楢崎リト様はお寺の裏方として戦中戦後50年お寺を守り続けられて1979年に97歳で亡くなっている。ご家族が和合協力して来られた様子を機関誌『いちょう』からそしてこの書物から知ることができる。

　智光工藤澄子氏（1929–76）という方がいた。工藤氏は柴山全慶老師（1959年臨済宗南禅寺派管長就任）に20年間師事され，1963年に鈴木大拙氏の紹介状を携えてアメリカに渡り，柴山全慶老師がアメリカで生きた禅を伝えられるために東奔西走している。準備が整い，1965年に柴山老師と共にアメリカに出発し，老師のお話の通訳をしている。以来毎冬，8年にわたってアメリカ各地で柴山老師の通訳をされた。工藤氏は柴山老師と共に3年間，『英文　無門関提唱』を執筆翻訳されて1973年1月に原稿が完成して出版。私の手もとにある書物の題名は *Zen Comments on the Mumonkan* でその下に Zenkei Shibayama Head of the Nanzenji Organization of Temples Formerly Zen Master of Nanzenji Monastery, Kyoto Translated into English by Sumiko Kudo, A Mentor Book New American Library, 1974年出版となっている。さらに工藤氏はこの英文の書物を日本語に訳す。病気になりながらも邁進されて，原稿を書き終えるが，出版された書物を見ることなく数か月後に他界される。その書物は工藤智光編『柴山全慶　無門関講話』[28]である。

　お釈迦様の十大弟子の一人，優波離（ウパーリ）を理容の三偉人の一人として，松本伸氏は著書『理容　サインポール文化史考』[29]で讃えている。そして松本氏は「釈迦十大弟子の一人優波離（ウパーリ）を木像彫刻で見ると，自分のように身分の低いものでもお釈迦さまの弟子になれてよかったと喜びの表情をみせており，理髪師として愛嬌のある陽気な性格であったと伝えられている。戒律を誰よりもきっちりと守ったという性格も理髪師らしい律義さの現れといってよいであろう」[30]と書いている。

序　文

*　*　*

　本選集『Buddha 英語 文化』の第 1 巻から第 4 巻では英語・文学・文化と仏教との関係について紹介した。しかし取り上げた方々が仏教徒であるとは限らない。作家や詩人がたとい仏教徒でなくても作品のいくつかに仏教的なものがみられることがある。何故なら作家や詩人が生み出したものは一つの独立した存在であるから。鵜殿えりか氏は「「テクスト」とは，子が親から生まれでたものではあるが親とは別物であるように，作品と作家とは別物であることを示す概念である」[31]と論じている。
　この第 1 巻の第 1 章は愛知学院大学秋季公開講座で「道元禅師――グローバルの視点から」（2014 年 10 月 18 日）と題してお話ししたものを基にしているので文体が講演口調になっていることをご了承いただきたい。第 5 章から第 8 章まで及び第 10 章は英語から日本語への翻訳である。末木剛博氏（東京大学名誉教授，1921-2007）は翻訳について次のように述べている。「翻訳は両言語の等価物を対応させるのではなく，一方の脈絡に近似した代替物を他方の言語のうちに見出すことである。これが脈絡移植ということである。かかる近似的脈絡の発見としての脈絡移植は厳密な意味での同一な脈絡を両文化現象に見出すことではないので，当然誤解を含んでいる。［略］それは誤解を含み，せいぜい近似的な理解しかできないという制限はあるが，それにもかかわらず異質の諸文化が相互に理解し合えるという効用は大きい」[32]。末木氏は翻訳の大切さについて言及している。
　第 5 章から第 8 章で訳したテクストは，エディション・シナプス社（金子貴彦社長）から出版された *Contacts and Exchanges in Print Culture: Encountering Buddhism in U.S. Periodicals, 1844–1903* (2004) の Volume 1: *Buddhism in the United States, 1840–1925* から使用した。第 9 章で論じたテクストは同志社大学アメリカ研究所において閲覧を許可してくださった *The Radical* 誌の中に収められている。
　第 5 章の「仏教とローマ・カトリックの類似性」の著者，リディア・マリア・チャイルド氏について野々村淑子氏は次のように述べている。

チャイルドを語る指標は数多くある。アメリカにおける児童文学や中流階級向けの女性（母親・主婦）向けの実際的書物群のパイオニア，奴隷制反対運動活動家，奴隷解放や先住民の権利獲得などを人々に訴えたパンフレッティーア，さらに黒人奴隷や先住民の世界を子供向けにアレンジした多くの作品によって，家庭的著述と政治的プロパガンダの折衷を試み受け入れられた才能ある著述家，先住民のスピリチュアルな精神世界，自然の一部としての人間観への共感を豊かに描いた小説家，また妖精や動物，植物との交感の美しい詩的な表現家，家庭や子供のモラルを，教条主義的ではなく魅力的に語り人気を博したストーリーテラー，等々。[33]

チャイルドは当時発表された『対インディアン和平委員会報告書』について「報告書はインディアンの子供に英語教育を施し，「彼らの野蛮な方言を抹殺」するため，学校の設立を説いているが，まさしくこれこそわれわれアングロ・サクソン式のごう慢な力学である。私ならば彼らに与えられる教科書は，まずインディアン語で，そして次に英語の訳を付けた方がよいと思う。その中には彼らの間で伝承されてきた物語と，これまでの歴史のなかで見せてきたインディアンの「武勇」の記録を載せたいと思う。公正さと優しい感情を伝える媒体として英語を利用し，英語に親しませようではないか」[34]と書いている。

第7章「仏陀の教え」の著者は誰であるかについて意見が分かれていたが，最近の研究ではエリザベス・ピーボディ氏が訳したという説が有力になっている[35]。ピーボディは海外の書物や雑誌を扱う書店及び貸本屋を開いた。その書店には「西インド諸島における最近の奴隷制度廃止を讃えるチャニングの小冊子が，ピューリタン時代のニューイングランドを優美に描いたホーソンの物語と同じ本棚に並べられていた。エリザベス（・ピーボディ）は国家のもっとも偉大な才能をもつ二人の人間を，自分の小さな作家小屋に集めていたのだった」[36]。

第8章「仏陀の特性」と第9章「仏教経典『法句経』」の著者，トマス・W・ヒギンスン氏は今日，アメリカのみならず世界の多くの人々によって

序　文

愛読されているアメリカの詩人，エミリ・ディキンスン氏の文学的指導者であった。トマス・W・ヒギンスンは奴隷解放運動家で，奴隷がカナダ等まで逃亡できるように助けた。ある時は逃亡した奴隷がボストンで拘束された時，彼はその奴隷を助けようとして逮捕されたこともあった。また女性権利を主張する友人，ルーシー・ストーンたちの運動も支援した。溝口健二著『『草の葉』以前のホイットマン──詩人誕生への軌跡』によると，同時代に生きたホイットマンも「逃亡奴隷引渡法に対してきわめて強硬な姿勢をとっていた」[37]ことがわかる。

　第10章「カルマとは何か」のテクストは故ダイズイ・マックフィラミー師によって1995年に書かれていたが2011年に出版された。ヒュー・ゴウルド氏の序文にもあるようにこの論文はカルマと HIV，AIDS との関係を論じている。カルマの理解，HIV の予防，AIDS に耐えて生きること，死の可能性に直面すること，介護をすることに関することを考察している。マックフィラミー師はアメリカのアマースト大学で心理学を学び，スタンフォード大学で修士号，さらにオレゴン大学で臨床心理学の博士号を授与されている。

　ちなみにエイズについて補足すると，今回も送ってきた『New あしながファミリー』第142号（2016年1月1日）を拝見すると，玉井義臣氏が創設された学生寮「心塾」の方々がアフリカのウガンダ国へ短期研修されて，エイズ発祥の地，ラカイも訪問した様子を次のように報告している。

　　親をエイズで失い子どもたちだけで生活している家庭や，生活に必要な水をくむだけで6時間もかけて山を往復する子ども，3か月に1回しか医療品が届かず，医師ではなく，看護師だけで運営している診療所スタッフの話などを見聞。教育以前に自分たちが食べていくだけで精一杯の方々の話を聞き，自分たちの無力さに涙を流す学生も多くいた。最終日，研修のまとめでは，「現実的に感じられなかったことが，実際に体験してみてウガンダを近くに感じた」「現実を知ったからには，私たちがまずウガンダのことを世界に伝えていきたい」「自分たちが当たり前に教育を受けることができていることに感謝し，世界の人々のために

もっと勉強したい」などと現地に来る前よりも力強い顔つきで述べた。彼らにとって非常に有意義な研修になった。（土屋佳寿子記者，菅沼舞記者）[38]

　第11章はそのマックフィラミー師が修行していた英国のスロッセル・ホール仏教僧院から執筆依頼を受けて書いたものである。道元禅師の和歌を数首英訳して，それにコメントを付けたものである。英訳に際して日本語の和歌の解釈でいくつかの点について同僚の日本語学者，河野敏宏教授を煩わせた。

注

1　羽賀祥二「解説」ジェームス・ケテラー『邪教／殉教の明治──廃仏毀釈と近代仏教』（岡田正彦訳，ぺりかん社，2006），355頁．
2　同上，299頁．
3　田島穆『私の個人史と時代背景』第一部（2010，非売品），37頁．
4　『原爆の絵 HIROSHIMA』（童心社，1977），16–17頁．
5　丸木俊「この絵本にそえて」（1980年2月27日記）丸木俊 文・絵『ひろしまのピカ』（小峰書店，1980）．
6　堀川恵子『原爆供養塔──忘れられた遺骨の70年』（文藝春秋，2015），19頁．
7　緑川日出子「はしがき」Eleanor Coerr, *Sadako And the Thousand Paper Cranes*（山口書店，1992），iii頁．
8　Robert Jungk, *The New Tyranny How Nuclear Power Enslaves Us*. Trans. Christopher Trump (Grosset & Dunlap, Inc., 1979), p. 108.
9　John Gould Fletcher, *The Black Rock*. (Faber & Gwyer, 1928), p. 107.
10　Philip Whalen, *Severance Pay*（退職手当）(Four Seasons Foundation, 1970), p. 10.
11　『昭和26年　サン・フランシスコ会議議事録　外務省』，141–42頁．
12　片山一良『ダンマパダ　全詩解説──仏祖に学ぶひとすじの道』（大蔵出版，2009），20頁．
13　*The Tampa Times*, Friday, August 15, 1975. Pierre Brisard 氏による記事。
14　佐藤嘉幸・田口卓臣『脱原発の哲学』（人文書院，2016），318頁．
15　長尾佳代子訳『原始仏典』第7巻 中部経典Ⅳ（春秋社，2012），351頁．
16　富士見産婦人科病院被害者同盟・富士見産婦人科病院被害者同盟原告団編著『富士見産婦人科病院事件──私たちの30年のたたかい』（一葉社，2010）．
17　鈴木厚著『世界を感動させた日本の医師──信念を貫いた愛と勇気の記録』（時空出版，2006），73頁．

序　文

18　同上，77-78頁．
19　池田久代「ブッダを生きる，「北へ向かう旅」——訳者あとがきにかえて」ティク・ナット・ハン『小説 ブッダ——いにしえの道，白い雲』池田久代訳（春秋社，2008），439頁．
20　池田久代・田浦雅徳・河野訓編『堀至徳日記』（皇學館大学出版部，2016），541頁．
21　同上，502頁．
22　同上，565頁．
23　*Young East,* New Series Vol. 2 No. 3 Summer, 1976, p. 14.
24　金岡潔宗『いちょう』第763号，2011年12月1日．
25　小倉美代子『山野草』（鈴木出版，2006），55頁．
26　『あんじゃのおと——雲水のつぶやき片々』（祖山傘松会，1978，非売品），20, 42, 61, 66, 70, 75, 99頁．
27　楢崎富子『心の蓮』（致知出版社，2005）．
28　工藤智光編『柴山全慶 無門関講話』（創元社，1977）．
29　松本伸『理容 サインポール文化史考』（松本伸理容室，2013），6頁．
30　同上，27頁．
31　鵜殿えりか『トニ・モリスンの小説』（彩流社，2015），9頁．
32　末木剛博『日本思想考究——論理と構造』（春秋社，2015），392頁．
33　『リディア・マリア・チャイルド著作集』1，野々村淑子「解説」（エディション・シナプス，2010），11-12頁．
34　リディア・マリア・チャイルド『孤独なインディアン アメリカ先住民名品集』牧野有通訳（本の友社，2000），162頁．
35　メーガン・マーシャル『ピーボディ姉妹——アメリカ・ロマン主義に火をつけた三人の女性たち』大杉博昭・城戸光世・倉橋洋子・辻祥子訳（南雲堂，2014），518頁．
36　同上，419頁．
37　溝口健二『『草の葉』以前のホイットマン——詩人誕生への軌跡』（開文社出版，2008），223頁．
38　『New あしながファミリー』第142号（2016年1月1日），編集責任者：玉井義臣，あしなが育英会．

英語・文学・文化の仏教

第1章

現代社会に生きる道元禅師の教え[1]

❦

(1) 川端康成氏（ノーベル文学賞受賞者）の道元禅師
(2) 世界遺産「和食」と道元禅師
(3) 故スティーブ・ジョブズ氏（米国，アップル創業者）の道元禅師
(4) ゲイリー・スナイダー氏（米国，元大学教授，詩人）の道元禅師
(5) 故ジユー・ケネット老師（英国，禅仏教尼僧）の道元禅師
(6) ポール・ハラー師（北アイルランド出身，禅僧）及びマイケル・オキーフ師（アイルランド系米国人，俳優，禅僧）の道元禅師

皆様おはようございます。行楽日和にもかかわらず愛知学院大学の公開講座においでくださいましてありがとうございます。道元禅師（1200-53）は本来の面目をめざす皆さまのような方にあまねく坐禅をすすめておられます。最初に10分余り一緒に坐禅をいたしましょう。

皆さまは椅子に座っておられますので足はそのままの状態でよろしいです。

次に手の形と位置についてです。左の手の甲を右の手のひらの上に重ねます。左右の手の親指の先をそっと付けますと円相形になります。これを法界定印（ほっかいじょういん）と言います。親指の先がおへそあたりにきます。両手はゆったりと両足の上に置きます。

左に傾かず，右に傾かず，前に体を丸めず，後ろに反りかえらず正身端坐します。耳と肩，鼻とおへそが並びます。力まず，あごをひき，舌は上あごにつけ，口は閉じます。目は開きます。目は自然に開けています。呼吸は鼻で静かにします。

身体の姿勢が整いました。口を大きく開けて息をゆっくりと吐き出します。吸う時は口を閉じて鼻から吸います。次に体を左右に揺すります。背骨をリラックスさせます。7，8回左右に揺すったら坐禅に入ります。

　坐禅が終わりました。まず両手の掌を上に向けて，両ひざの上に置きます。最初小さく，徐々に大きく体を左右に揺すります。道元禅師は坐禅を「ただこれ安楽の法門なり」と述べておられます。小倉玄照老師はこの安楽を「我欲を否定したところに生ずる安楽」[2]と説明しています。小倉玄照老師は生前，田島毓堂著『正法眼蔵の國語學的研究』[3]を座右の書にしていたと語っていたことを思い出します。

　橋本恵光老師は「坐禅をしても戒が具わらないというのは，坐禅が坐禅でないからである」[4]と提唱されて，安楽の意味を誤解しないように注意をうながしています。内山興正老師は「われわれが生きてゆくうえでの，すべてのシコリは，ただこの自分の小さいアタマのなかの，モノタリヨウの思いのなかで捲きおこされるだけのことです。しかしいま現在の生命が，現在の生命に成り切った姿（現成）のときには，あらゆる思いのシコリが結ばれる以前です。これが坐禅というものであり，ここにどっかり坐るのです。それゆえ坐禅は安楽の法門であり」[5]と述べています。

　私が今掛けておりますのは，絡子（らくす）と言います。お袈裟の一種です。「けさ」とはインドのサンスクリット語の音写です。壊色（えしき），赤褐色，柿渋色の意味です。もとインドの猟師などが着ていたぼろの衣をカシャーヤと呼んでいましたが，仏教はそれを取り入れたのであります。道元禅師はお袈裟が正伝の仏法の証であることを『正法眼蔵』の中で書き著しています。鎌谷仙龍老師は道元禅師の『正法眼蔵』「袈裟功徳」巻の提唱で「袈裟に依ってそうした内にも外にも恥じらいを知るということを，完全にととのえて，そこで初めて善法を修行することが出来るわけです」[6]と語っています。

　久馬慧忠老師は『袈裟の研究』という書物を出版しています。お袈裟について仏典，道元禅師の『正法眼蔵』等から引証して丁寧に説明しています。久馬老師は次のように説いています。「袈裟功徳を一口にいうとすれば，それはわたしたちの精神的，物質的欲望すなわちわたしたちのおもわくをみたしてくれないという功徳—無所得の功徳というものでありましょう」[7]。川口

第1章　現代社会に生きる道元禅師の教え

　高風氏はお袈裟を福田衣という理由について「福田とは田畝に種をまけば，秋に収穫があるように，仏を供養すれば，必ず諸々の福報を受けるという意味から，袈裟の条相が田の畔をかたどっていることとあわせて，福田衣といわれるのである」[8]と説明しています。

　中国の唐の時代，則天武后[9]が，禅寺の修行僧が参禅聞法のため，諸方に師を求めて旅をしたり，また寺院において便所等の掃除，洗濯，燃料に使用する薪作りなどの仕事をする際，使用しやすいお袈裟として改善された「らくす」を与えてから普及したといわれています。

　この絡子は40年ほど前，お世話になった大樹寺（鳥取県）で指導を仰ぎながら手縫いで作ったものです。当時の大樹寺のご住職は鎌谷仙龍老師でありました。大樹寺は専門僧堂（曹洞宗で認可された雲水僧の修道の根本道場）を開単（開創）しておりました。鎌谷老師はまた大本山永平寺の後堂（しゅぎょうそうをきょういくしどうするやくしょく）（修行僧を教育指導する役職）も務めておられました。さらに愛知県津島市の海善寺尼僧堂や愛媛県新居浜市瑞応寺僧堂の眼蔵会等においての摂心会（せっしんえ）（心をおさめて，散乱させないこと。一定の期間，集中的に坐禅を行う会）に出かけておられました。

　鎌谷老師は私の絡子の内側に「聲色之外威儀」と書いて下さいました。これを「声色（しょうしき）の外（ほか）の威儀（いいぎ）によるべし」と橋本恵光老師（鎌谷老師のお師匠）は読んでいます。橋本老師は「声色の外の威儀」は「仏祖正伝の坐禅の代名詞であり，この坐禅の威徳には何物もおそれてよりつかぬ」[10]ものであると述べておられます。

　この「声色の外の威儀」という言葉は道元禅師の撰述された『普勧坐禅儀』の中にあります。道元禅師が『普勧坐禅儀』を書いたのは，「それまで日本において正しい坐禅の仕方を著した書物がなく，また参学者から坐禅儀を著してほしいとの要請があり，如浄禅師から受けた仏法を伝えるためにこの『普勧坐禅儀』を著す」[11]と述べています。

　橋本老師及び小倉老師によれば，この言葉「声色の外の威儀」は中国の香嚴智閑（きょうげんしかん）（?-898，鄧州香厳寺襲燈大師）の言葉に由来しています。香厳は潙山霊祐禅師（771-853）の下で修行しておりました。博学であったといいます。ある日，潙山は香厳に「あなたが生まれて幼児であった頃に戻って

私に何か言ってほしい」と問われましたが，香厳は答えることができませんでした。香厳は悲しみ，涙をながして，今まで書き記した書物を全て焼き捨てて均州（湖北省）武当山に入り，慧忠国師（?–775）の旧庵のあとに庵住まいをしました。そして，ある日，道の掃除をしていた時，小石が竹にあたり，その響く音を聞いて香厳は大悟したといいます。その時の境地を香厳は次の詩に表現しました。

　　　一撃亡所知　更不仮修治
　　　動容楊古路　不堕悄然機
　　　処処無蹤跡　声色外威儀
　　　諸方達道者　咸言上上機（下線筆者）

この現代語訳は次の通りです。

　一撃の音で虚妄分別が消え去り，さらに修め求めるものはなくなった。これからの行いはすべて古人の道に契い，しかも悟りに滞ることはない。どこにも悟りの跡をとどめず，虚妄分別を離れた仏の行いとなる。これをこそ，諸方にいる達道の人たちは，ことごとく無上の悟りと言っている。[12]
　　　　　　　　　　　　　　　　　　　　　　　　　（下線筆者）

竹村牧男氏はこの香厳の悟りの世界を説明するためにまず現代言語学の祖ともいうべき，ソシュールの言語観と仏教の言語観にある共通したものを見ることから始めています（『禅の哲学』沖積舎）。ソシュールは，「言語には差異しかない」音素やその組み合わせのシニフィアン（意味を表示するもの）も他との関係の中で識別されるものであり，またシニフィエ（表示された意味）そのものも，他の意味との関係の中でその範囲（価値）が定まるにすぎないと考えています。一切の存在の無自性（自性・自体をもたないこと）を主張する仏教では，言語の表す一般者は実体的一般者ではなく，「他の否定」でしかありえない，「桜」は「非桜の否定」（桜ではないものではないもの）を表示しているにすぎないと考えます。「桜」の語は，梅とか桃と

第1章　現代社会に生きる道元禅師の教え

か椿とかではないもの，ということしか表していません[13]。竹村氏は続けて説明します。「ある言語の表すもの（意味範囲）は，それ自身によって自存しているのではなく，体系の中の他の語の意味範囲とのせめぎあいの関係の中で，他によって限定されて定まるにすぎない。［略］我々は結局，その恣意的な分節の体系を通して，存在をみているだけである。しかもそこに，言語に対応する事物が真に存在していると無意識のうちにも思いなしてしまう。さらにその事物に執着してやまなかったりする」[14]。「ゆえに桜の真実は，桜の語を離れたところにこそ見出されよう」[15]。禅では一度日常の言語世界を否定します。香厳はただひたすら掃除をしていた時，言葉を離れた直観によって父母未生以前の本来の面目に結びついたと言われています。そして再び言葉の世界に戻り，香厳から上記の詩が生まれたのです。

　そのような歴史的に深い意味のある一句を鎌谷老師は私の絡子に書いて下さいました。ありがたいことです。当時のノートを見ますと，大樹寺僧堂で修行していた僧侶の中に鈴木聖道さんという方の名前があります。鈴木老師は現在，岡山県の洞松寺のご住職をしておられます。また僧堂（曹洞宗の僧侶を養成するために，修行僧を教育指導する学校）も開いています。鈴木老師を慕って，海外からも修行に励んでいる方々がいると聞いています。鈴木老師の厚い求道心にうたれます。

　道元禅師は「弁道話」巻で「もし人が，たとえほんの一時でも体・口・こころの上に仏のしるしを体験して，仏の姿になりきって正身端坐（坐禅）をするならば，全宇宙の一切のものごとが仏の悟りの相となる。その故に諸仏諸祖は本来の面目を現成し，仏法の楽しみと喜びを増し，仏土を新たに荘厳浄化するのである」[16]と述べています。

　今皆さまと坐禅をしました。これはお釈迦様のなされた坐禅でありますから，坐禅をした時，お釈迦様は過去の人ではなく，お釈迦様と共に坐禅をしたことになります。道元禅師も同じです。道元禅師の伝えられた坐禅をしましたので，道元禅師と共に坐禅をしたことになります。それを道元禅師は「本来の面目」と述べています。

　鎌谷仙龍老師は「世の中全体を浄め向上させることが出来るのだというすばらしい大理想が確信されたとしたら，一座の坐禅も読経も，礼拝一つも合

掌一つも，決してぐうたらな気の抜けた，いいころかげんなやり方はできないということになるわけです」[17]と述べています。

道元禅師が影響を与えている内外の人々についてその一端を紹介します。

(1) 川端康成氏（1899-1972）はノーベル文学賞受賞記念スピーチ「美しい日本の私」（於スウェーデン，1968年12月1日）の冒頭に道元禅師の和歌（「本来ノ面目」と題する歌）を掲げ，スピーチの最後に再び，道元禅師の「本来の面目」を述べています。道元禅師の「本来の面目」とは何でしょうか。

川端康成氏は昭和43年（1968）10月17日，日本人として初めてノーベル文学賞を受賞しています。ちなみにアジアではインドの詩人，タゴール氏に次いで二人目でした。しかしタゴール氏が受賞したのは大正2年（1913）ですので，アジアからノーベル文学賞が出たのは実に久々でありました。川端康成氏のスピーチをその時通訳したのはアメリカの日本文学研究者のエドワード・G・サイデンステッカー氏でありました。

サイデンステッカー氏も取り上げている川端康成の『文學的自敍傳』の一節を引用します。

> 私は東方の古典，とりわけ佛典を，世界最大の文學と信じてゐる。私は経典を宗教的教訓としてでなく，文學的幻想としても尊んでいる。「東方の歌」と題する作品の構想を，私は十五年も前から心に抱いてゐて，これを白鳥の歌としたいと思ってゐる。東方の古典の幻を私流に歌ふのである。書けずに死にゆくかもしれないが，書きたがってゐたといふことだけは，知ってもらひたいと思ふ。西洋の近代文學の洗禮を受け，自分でも真似ごとを試みたが，根が東洋人である私は，十五年も前から自分の行方を見失った時はなかったのである。[18]（下線筆者）

仏典の定義は，中村元氏の『佛教語大辞典』では「仏教の聖典」となってい

第1章　現代社会に生きる道元禅師の教え

ます。『日本国語大辞典』第11巻では「仏典」を「仏書」と同じと定義して，「仏教に関する書籍」としています。『学研漢和大辞典』では「1．仏教の経典。2．仏の教えを記した書物。3．仏教に関することを記した書物」となっています。もちろん仏典は仏教の聖典です。と同時にあらゆる分野の宝庫でもあります。

　川端康成氏は作家の立場から，仏典を人類の生んだ最高の文学と位置づけています。道元禅師の父，「久我通親(みちちか)の一族というのは，すべて風流歌人で，道元禅師が育ててもらった久我通具(みちとも)という人は新古今集の撰者であり，なかなかの文人でありました。道元禅師自身も古今集，新古今集，源氏物語を読んでいた」[19]といいます。川端氏が800年前の道元禅師の著した作品の中に素晴らしい文学性を見たのもうなずけます。

　川端康成氏は1歳の時に父親が亡くなり，2歳の時に母親が亡くなっています。「この悲劇的な両親の死は，日本人は肉親の結合が強い点から見まして，二重の重要な意味があります。この事実は疑いもなく川端氏の人生観全体に影響を与えましたし，氏がのちに仏教哲学の研究をする理由の一つにもなりました」[20]とスウェーデンアカデミー常任幹事アンダーシュ・エステルリング氏は川端康成氏に対するノーベル文学賞授与に際しての歓迎演説で述べています。道元禅師は3歳の時に父が亡くなり，8歳の時に母が亡くなっています。川端康成氏も道元禅師も共に幼い時に親を失っています。そういうことが両者を仏教の世界へと導く一つの縁になったのではないでしょうか。

　川端康成氏はその「美しい日本の私」のスピーチの冒頭に道元禅師の次の和歌を取り上げています。

　　春は花夏ほととぎす秋は月
　　　冬雪さえて冷(すず)しかりけり

　道元禅師（1200年-53年）の「本来ノ面目」と題する歌[21]

川端康成氏はこのスピーチを次のように述べて閉じております。

道元の四季の歌も「本来ノ面目」と題されてをりますが，四季の美を歌ひながら，実は強く禅に通じたものでせう。[22]

　川端氏はこのスピーチの最初と最後に道元禅師の「本来の面目」という言葉を使っております。いかに道元禅師がこのスピーチにおいて重要であるかがうかがわれます。川端氏はこの道元禅師の歌をスピーチの中でも再度詠んでいます。道元禅師は48歳（1247年）の時，執権北条時頼（ときより）の招きを受けて鎌倉で法を説いています。そのおり，時頼の北の方から求められて詠んだ歌と言われています。道元禅師が亡くなる6年前です。

　成河智明老師は「時間は過去から未来へと続いているが，ある時，ある時と取り上げない限り，時間はただの暗い次元でしかない。時間に名前を付けない限り時間をとらえることができない。個々人がある時，ある時の事物をとりだせば，その人にとって，ある時が光り輝く」[23]と述べています。そうしますと，お釈迦様が人々に法を説かれたのもある時であり，お釈迦様が亡くなられたのもある時であり，達磨様が面壁9年の坐禅をされたのもある時であり，道元禅師が如浄禅師から法を継いだのもある時であります。そのある時を思い，供養し，修行する時，皆さまも全ても光り輝くのであります。

　皆さまもご先祖様がある時生まれて，ある時亡くなられたことに思いをはせ，お坊さんをお家にお呼びして法事をする時，皆さまも輝き，全てが輝きます。花まつり，お盆，施食会，お彼岸，成道会，お涅槃会等のお寺の行事にお参りされましてご本尊様を拝み，またご住職様のお話しを聞く時，皆さまも輝き，全てが輝くのです。またお墓参りをしてお墓を清掃して，ご先祖様に手を合わせる時，皆さまも輝き，全てが輝くのです。お家のお仏壇にお仏飯や，お茶を供えて供養する時，皆さまも輝き，全てが輝くのです。

　太山純玄師は次のように述べています。「遺族の人々が亡くなった人に発する心の内は，たとえ自分とあまりうまくいっていなかった人に対しても，すべてを許してあげることが大事でしょう。［略］そうして心から，いろいろ様々な出来事を乗り越えて，しっかり生きてこられたことに敬意を表します。いよいよお別れのとき。あなたとこういう縁を持ってよかったと感謝しております。どうか，よい世界に旅立たれますことを心からお祈りいたしま

第1章　現代社会に生きる道元禅師の教え

すというのが，本当のお通夜，葬儀のあり方なのです」[24]。

　それは「私の一念が諸仏如来の智慧と相応であれば，すなわち時間的には，過去・現在・未来の三世が，現在の一瞬の心の中にあることを究めつくすことができるのです。空間的には十方のすべてが，いま現在の自分の一念の中にあることを知ることができるのです」[25]ということになります。これが修行です。その時，ご先祖様のお陰で生かされていることに気がつきます。あらゆるもの全ての中で生かされていることを学びます。これが修行です。これが本来の面目ではないでしょうか。

　成河智明老師は「時を考える場合，時は過ぎ去るものとすれば，過去に起きたことを現在から見ると，遠く離れてしまっていることになる。しかし，時は別の面がある。その事象の時々に自分がいたのであり，自分がおり時もあるとすればある時はそのまま現在のしゅんかんである」[26]と興味深い視点から時について語っています。

　「春は花，夏ほととぎす，秋は月，冬雪さえて冷しかりけり」という歌は道元禅師が800年前に歌ったものです。しかし成河智明老師の論点に立てば，今私たちがこの歌を読む時にはそれは過去の歌ではなく，今この現在のことを歌っていることになります。春というある時には花がいっぱい咲き，夏というある時には鳥をはじめとするあらゆる生き物が活動し，秋というある時には美しい月が輝き，冬というある時には雪が降る。そのある時，ある時すべてが輝いております。

　ここでも時間に春，夏，秋，冬という名前があります。春にはたくさんの花が咲きそろいます。夏にはさまざまな生き物が活動します。秋には月が示すように私たちのいる太陽系，その太陽系がある銀河，さらにたくさんの銀河があり，この宇宙の広大さを知ります。冬には雪も降り，大自然の営みを感じます。私たちがそう思う時，私たちが輝き，全てが輝きます。そしてその時，それら全てがつながっており，私たちがそのつながりの中で生かされていることを学びます。

　道元禅師は「（本来の）面目とは，たとえば，春は春のまま，春ながらの心の動きがあり，秋は秋のまま，秋ながらの心の動きがある。春は美しく，秋は淋しさを心に感ずるのである」[27]と述べておられます。さらに「老梅樹

は，冬であるのにたちまち一華二華を開き，三華四華五華と無数に開いてゆく。その清らかさを誇ることもなく，香りたかさを誇ることもない」[28]と説いておられます。

　成河智明老師は「各自が時間の中で関連する事物を並べて各自がこれらをみるのである。だから時間というのはそれぞれの人の時間ということになる。地上に多くの事物現象があり，たくさんの生物がおり，また一本の草，一個の事物もそれぞれこの地上にあることを学ぶべきである。このように考えるのが修行である」[29]と論じておられます。

　鎌谷仙龍老師は「本来の面目，ということを言いますが，何もかもそれ相応に本からちゃんと具わっている徳，それが道なのです。眼はよこ，鼻はたて，それが万物の道理であります。その解り切った道理にもかかわらず，道理が腹に入らないため，不足をいったり，恨んだり，ねたんだりします。坐禅がほんのちょっぴりの間でも出来たら，道を道にまかせたので，本来の面目がそのまま現れます」[30]と提唱しています。

　さらに道元禅師は「自分というものをもって，事物事象の働きを習い究めようとするのが迷いであり，逆に，自然の働きがまさっていて，その中で自己が自己を習い究めるのが悟りである」[31]と述べています。私たちは大自然の中で，あるいは大宇宙の無常の法則の中で生かされています。それを自分の思い通りにしようとすると歪みが生じてしまいます。自分の思いを中心にすると，大自然の摂理を見失ってしまいます。自分の思惑，自分の都合を中心にして考えることに道元禅師は注意をうながしています。

　春，夏，秋，冬という大自然の摂理を見失うことなく生きることの大切さを述べています。

　現代は情報化社会で便利ですが，大自然の実体とかけ離れた，私たちの自我が作り上げた妄想の世界に落ち込んでしまいかねない時代です。だからこそ，言葉の世界とは違う坐禅が重要になってきます。

　自我とは周りの人にいろいろな役割を割りあてて，その通りに演じることを求めます。相手が自分の期待した通りに演じないと怒ったりします。自分が監督で世界は自分の思った通りに動いてほしいと思うのです。しかし世界というものはけっしてその通りに動いてくれません。ものごとすべてにおい

第 1 章　現代社会に生きる道元禅師の教え

て，自分勝手をせず，相手を生かす。そうすれば自分にも満足のいく世界が開けてきます。

　私たちが新幹線に乗っている時，一瞬目の前の風景が流れている錯覚を覚えることがあります。それは常に自分が動かないという誤解によります。実際は私たちの乗っている新幹線が動いています。朝，太陽が出て，夜，太陽が沈みますが，しかし実際は地球が回転しながら太陽の周りを回っています。地球自体の自転の軸は少し傾いています。傾いているために，ある時期には太陽の光をよく受け，またある時期には太陽の光をあまり受けないという現象が起きます。太陽の光と熱を充分に受け取っている時を夏といい，反対に光も熱も少ししか受け取っていない時期を冬といいます。この夏と冬の中間にあるのが春と秋です。夏が暑く，冬が寒いといった季節の変化は地球が傾いて太陽の周りを回っていることが原因です。

　「薪が灰となった後，また薪とならないと同様に，人が死んで後，また生とはならない。このようであることを，生が死になると言わないのは，仏法で定められている決まりである。このことから不生というのである。また死が生にならないことも，お釈迦様の教えに定められている仏の説法である。このことから不滅というのである。生も一時の位置である。死も一時の位置である。例えば，冬と春のようなものである。冬そのものが春そのものになると思わないし，春が夏になるとはいわないのである」[32]。そうしますと春[33]も夏も秋も冬も大地自然はあるがままに存在していることに気がつきます。

(2)　何故道元禅師の『典座教訓（てんぞきょうくん）』は現代においても大切でありましょうか。

　「和食文化」が平成25年（2013）12月，ユネスコ無形文化遺産に登録されました。長年にわたる日本人の創意工夫の賜物でありましょう。登録実現に努力された多くの方々に敬意を表したい。多くの仏教寺院の努力もまた和食の確立に貢献しており，その一つが精進料理という形に発展してきました。800年前，道元禅師が著した『典座教訓』もまた，日本の食文化に大きく貢献しています。この書物で道元禅師は食事を担当する人の重要性を強調し，食事をつかさどる典座の役割がいかに大切な役職であるかについて，またそ

の心構えについて懇切丁寧に述べています。「典座は人の命を預かり，「菩薩行」と呼ばれる大役であります」[34]。当時は食事を作ることや食事の心得が必ずしも修行において重視されていませんでした。つまり道元禅師の著したこの『典座教訓』は日本の食文化において全く新しい世界観を展開したものといえましょう。

　典座とは修行寺において食事をつかさどる非常に大切な役職であります。修行僧はみな典座を尊敬し，典座から学んでいきます。道元禅師は1237年，春，京都の深草，興聖寺で『典座教訓』と呼ばれる書物を書いています。この興聖寺は道元禅師からすれば日本初の本格的な禅の修行道場として出発したのであります。道元禅師は『正法眼蔵』という，今日国内外でよく知られている書物を著しておられます。『正法眼蔵』は宗教的，哲学的に深遠な教えが説かれています。それに対して道元禅師の著した『永平清規』は修行僧たちが修行の生活を実践できるように具体的に書いた書物です。その『永平清規』の最初におかれているのが『典座教訓』です。道元禅師は『典座教訓』の中で次のように書いておられます。

> 大心とは，その心を大きな山のようにさせ，またその心を大きな海のようにさせる。一方にかたよったり，何ものにもくみしない心である。約40グラムほどの軽いものでも軽々しく扱わず，約19キロの重いものにたいしても特別に大げさに取り扱ったりしない。春の声に誘われても，浮かれることなく，秋の景色を見てもことさらに物寂しい心を起こさない。春夏秋冬の四季の移り変りも，これを自然のあるべき姿として，大きな眼で一つの景色の中に一緒にとらえる。[35]

この大心は最初に紹介しました，道元禅師の和歌「春は花，夏ほととぎす，秋は月，冬雪さえて冷(すず)しかりけり」のことであることがわかります。京都に以前曹洞宗の安泰寺というお寺がありました。このお寺は1977年ごろに兵庫県に移転しております。移転前のご住職は内山興正老師（1912–98）でありました。内山老師は早稲田大学大学院修士課程修了後，宮崎カトリック神学校教師をしていました。1941年に沢木興道老師に就いて出家しています。

第1章　現代社会に生きる道元禅師の教え

　その後，沢木興道老師と弟子の内山興正老師が安泰寺を再興しています。
　その移転する前の1974年ごろ，私は安泰寺の摂心会に参加したことがあります。当時私は広島に住んでおりまして，市内の禅昌寺という曹洞宗の土曜参禅会に通っておりました。その参禅会に熱心に通っておられた瀬戸原行信という方がおられました。この方は安泰寺にも摂心に時々参加しておられました。私も一度行ってみたいと思い参加した次第です。それで広島から自分の坐蒲を持って京都の安泰寺に行きました。その摂心会ではセーターを着ていたことを思い出します。本堂に僧侶や一般の方，外国からの方々，合わせて四，五十人の参加者が五日間摂心を行いました。朝四時に起床して夜九時に開枕（就寝）するまで，坐禅と経行（きんひん）（坐禅の合間に本堂内をゆっくり歩くこと）を繰り返します。今思うと，その参加者の人数分の食事を朝，昼，晩と作ってくださった典座の方々に改めて感謝したい気持ちです。摂心ができましたのは食事を作って下さった典座和尚の方々のお陰です。ちなみに一週間の摂心会が終わった時，若い外国の人たちが抱き合って喜んでいた姿を思い出します。
　内山興正老師のお弟子さんたちは海外布教をしておられます。例えば奥村正博老師はアメリカのインディアナ州に三心寺を建立され，またサンフランシスコの曹洞宗北アメリカ開教センター長も務められております。また内山興正老師のお弟子さんに渡部耕法老師という方がおられ，その人のお弟子さんに藤田一照さんという方がおられます。藤田老師はアメリカのマサチューセッツ州ヴァレー禅堂に赴任され，曹洞宗国際センター長も務めておられます。
　このよう海外で布教するお弟子さんたちを育成した内山興正老師には典座教訓について一冊の本があります。これは宗務庁から毎月刊行されている「禅の友」に連載したものをまとめて昭和45年（1970）に出版されています。その題名がちょっと変わっていて『人生料理の本　典座教訓にまなぶ』となっています。その書物で内山興正老師は次のように述べておられます。

　　『典座教訓』は料理をする役の本であり，一口にいえば料理の本だということができます。[略] むしろそれはどこまでも宗教書です。いや，

わたしの考えでは，古今無比の最高の宗教書だと信じています。というのはそれにはたしかに食事そのものの料理の仕方もかいてありますが，同時にあらゆるもの，あらゆる事柄，あらゆる人間を料理する態度がかいてあり，もっと根本的にいえば「自己自身の人生をいかに料理するか」を，具体的にかいたところの料理の本だからです。［略］ではこの人生をわれわれは一体何によって料理するか——道元禅師の場合，それはいうまでもなく坐禅です。［略］「道元禅師の坐禅」が「宗教」であるということはいかなることか——それは「道元禅師の坐禅」の背後に「仏教という宗教」があるべきであり，「仏教という宗教」の背後には「自己の人生」があるべきだということなのです。[36]

愛知専門尼僧堂堂長，青山俊董老師は国内の布教はもとより海外の各地を巡回布教されて，禅の海外展開に尽力されています。以前，カナダで禅の修行をしている女性のお坊さんが名古屋に来た時，ぜひ青山老師に会いたいという希望があり，忙しい日程のなかで青山老師のお寺に拝登して会っていただいたことがありました。このように青山老師は海外でもよく知られた僧侶であることがわかります。青山老師はこの典座教訓についてのご提唱の中で次のように語っています。

尼僧堂の改築に写経で協力して下さった方に，Ｈさんという六十歳を少しすぎたお婆ちゃんがいた。このお婆ちゃんは写経の御縁に会えたことの喜びを，一人胸にしまっておけず，その勤め先である競馬場で，馬券を売りながら，競馬に来る人ごとに，「お写経をしてごらんになりませんか。お写経の御縁にあずからせていただきましょうね」と写経を勧め，たくさんの写経を尼僧堂に納めて下さった。私は深い感動と共にこのお婆ちゃんのお話を聞き，ひそかに私の思い違いを懺悔した。私は何となく先入観として，競馬や競輪などというところは，世間の吹きだまり，人々のひんしゅくを買うような人々の集まる場所，いわば泥田のような所と思い込んでいた。どこもお浄土，泥田のどまん中と見られる真只中にも，みごとな大白蓮は咲くのであり，反対に美しいはずとみられ

第 1 章　現代社会に生きる道元禅師の教え

　　る中にも，ドロドロとした泥のまま，花開かぬものもあるので，浄土，
　　穢土は，場所ではなくて，住む人々がみずからつくり出してゆく世界
　　なんだなと，気づかせていただき，私の思い違いを懺悔したことであっ
　　た。[37]

　青山老師の典座の職を説明する仕方はとてもわかりやすいものです。ちなみに青山老師の説明の中に大白蓮という言葉がありました。愛知学院大学の正門のすぐ近くにバス乗り場があり，そのバス乗り場にお手洗いの建物があります。その近くに蓮が大きな鉢に植わっております。また 1 号館の東側にもあります。中根環堂老師によりますと，東佐與子氏（ひがしさよこ）（1892–1973）は道元禅師の『典座教訓』を大変推賞していたといいます[38]。東佐與子氏は元日本女子大学の教授でありました。大正 14 年（1925）から日本政府留学生としてフランス，パリの料理学校，コルドン・ブルーに留学しています。東氏は次のように述べています。

　　私は長い間の実験によって，人類の食べ方が物質面に偏し，精神面を全
　　然閑却している事を知った。[39]

この言葉は道元禅師の『典座教訓』の次の言葉に相当するでありましょう。

　　よく考えてみると，雑念を離れ，真心を打ち込んで食事を調える典座の
　　仕事が，人格完成への仏道修行に他ならないからである。[40]

　また東氏の「心と手とで料理を作り」[41]は，道元禅師の「典座職にある者は，調理材料や調理器具などに絶えず心を注ぎ，心と物との区別なく，心と物と一体となって，調理の仕事に精魂真心をこめて精進し，修行しなければならない」[42]に相当するでありましょう。さらに東氏は「食物は宇宙霊の人類に対する愛の表現物である。[略] 道元禅師が，「草木如何でか真如仏性ならざらむ」（草木は物質でなく仏であるの意）と申された所以である」[43]と述べています。ここでは東氏は道元禅師の『正法眼蔵』「発無上心」巻（「発菩

提心」となっているテクストもある）から引用しています。

　中村璋八氏たちは元日本栄養士学会会長森川規矩氏（1906-80）から依頼を受けて栄養士を対象として『給食倫理』（1977年），続いて『作る心 食べる心』（1980年）を出版しています。森川氏は「人間の生存は，生物界の共通する生きる権利を無視し，生命ある動植物を容赦なく殺戮し，彼らの保有する栄養素を人間の栄養に供するばかりでなく，更に大量に食物を廃棄している現今の日本的食習慣を省みるとき，食事を作る心，食べる心のある人間として許容できるものだろうか？　「いただきます」「ごちそうさま」の清らかな心は，一切の罪状から栄養の感謝まで含めた，精神上の美しいものに受け取れるといえるかもしれないが，給食管理の日本の始祖，道元禅師は，給食の倫理を典座教訓等にまとめている。この道元の心を，私は日本栄養士の魂に新風を送るために，50余年一貫して説いてきた」[44]と述べています。

　森川氏は「給食管理者たるわれわれ栄養士は，給食の倫理観に立って学理を背景とした給食経営学，給食経済学，給食工学を学び，さらに給食調理の科学的解明を目指して努力しなければならないと思う」[45]と述べています。また中村氏は「現代の人々は，ややもすると，「食」を単なる生理的欲求を満たす「物」と見做すのみで，その本質を見失い，また，それを調理する人に対しても，真の理解を示さず，調理する側も，自己の作業に対して矜持することをしない。果してこれで良いのであろうか。このような考え方が，現代社会の種々の病根となっているのではなかろうか」[46]と力説しています。服部敏良氏は「現代人の感覚からみれば，飽食が健康に有害であり，いろいろな肉体的障害を起こすことをだれでもが知っている。しかし，二千年余の昔に説かれたとなると，われわれも驚かざるを得ない。お釈迦様はお経の随所にこうした飽食戒を説き，飽食の恐ろしさを，弟子に教えている」[47]と指摘しています。

(3)　何故スティーブ・ジョブズ氏（1955-2011）は道元禅師の教えに魅かれたのでしょうか。

　ジョブズ氏は1974年（19歳）ゲーム・メーカーのアタリ社に夜勤エンジ

第 1 章　現代社会に生きる道元禅師の教え

ニアとして勤めています。そして，インドへ探究の旅をするために退社しています。旅費を捻出するためチーフ・エンジニアのアルコーンと交渉します。アルコーンは旅費を援助する条件としてヨーロッパで起きているアタリ社の規格のトラブルを解決することを条件にします。ジョブズ氏は見事に，その問題を解決します。インドで7カ月の旅を終えて帰国した時の印象は次の通りです。

> 僕にとっては，インドへ行った時より米国に戻ったときのほうが文化的ショックが大きかった。インドの田舎にいる人々は僕らのように知力で生きているのではなく，直観で生きている。そして彼らの直観は，ダントツで世界一というほどに発達している。直観はとってもパワフルなんだ。僕は，知力よりもパワフルだと思う。この認識は，僕の仕事に大きな影響を与えてきた。［略］インドの田舎で7カ月を過ごしたおかげで，僕は，西洋世界と合理的思考の親和性も，そして西洋世界のおかしなところも見えるようになった。じっと座って観察すると，自分の心に落ち着きがないことがよくわかる。静めようとするともっと落ち着かなくなるんだけど，じっくりと時間をかければ落ち着かせ，とらえにくいものの声が聞けるようになる。このとき，直観が花開く。物事がクリアに見え，現状が把握できるんだ。ゆったりした心で，いまこの瞬間が隅々まで知覚できるようになる。いままで見えなかったものが見えるようになる。これが修養であり，そのためには修行が必要だ。あのときから，僕は禅に大きな影響を受けるようになった。[48]

アメリカに帰ったジョブズ氏たちは鈴木俊隆老師から紹介を受けた千野弘文（乙川弘文）老師（1938-2002）から禅の指導を受けます。雨が降っていた日には，そういう環境音を利用して坐禅に集中する方法を学んでいます。ジョブズ氏は毎日のように弘文老師の元へ通い，2〜3カ月に一回はこもって坐禅する摂心会を行っていたようです。二人の信頼関係は厚く，17年後に弘文老師がジョブズ氏の結婚式を執り行っています。

鈴木俊隆老師が1967年にカリフォルニア州タサハラに建設した禅心寺

(Zen Mountain Center Zenshinji) は，北米で初めての禅の「叢林」，つまり集団で生活しながら坐禅修行を続けることのできる修行道場として，今なお多くの修行者を集め，全米の参禅者たちの拠り所となっていますし，タサハラ禅心寺の活動が軌道に乗り始めた1970年に著された *Zen Mind, Beginner's Mind* は，禅の実践に関する入門書として大きな反響を呼び，ベストセラーとなりました。その後，45カ国語に翻訳され，世界的に禅の実践的捉え方を紹介する書として広まっているのです[49]。

鈴木老師は1959年，サンフランシスコの桑港寺の住持になっています。1961年近隣のユダヤ教の寺院を買い取り，発心寺（Beginner's Mind Temple）を創設しています。1970年から80年代，前角博雄老師がロサンゼルスとニューヨークに，片桐大忍老師がミネソタに禅センターを開設していきます。乙川弘文老師は鈴木俊隆師の依頼を受け，タサハラ禅心寺で修行者の指導にあたるためアメリカに来たのです。

スティーブ・ジョブズ氏は1986年に起こしたネクスト社では宗教指導者として乙川弘文老師を招へいしています。乙川弘文老師は1938年，新潟県加茂市の曹洞宗，定光寺住職，乙川文竜の三男として生まれています。8歳の時，師匠である父が病気で亡くなります。耕泰寺の住職で加茂高校の英語教師をしていた知野孝英先生の養子になります。弘文老師はさきほどふれました沢木興道老師のもとで坐禅をしています。沢木老師が亡くなる1965年まで折にふれて沢木老師のもとを訪ねて坐禅の指導を受けています。

駒澤大学から京都大学大学院に進学した際には内山興正住職の安泰寺にも参禅していました。さらに永平寺で修行をしています。鈴木老師からロスアルトスのハイク禅堂の住職をまかされています。鈴木師の亡きあと，その後を継いだリチャード・ベイカー師の要請を受け，サンフランシスコ禅センターを助けます。また新たに設立したサンタクルズ禅センターでの指導，スタンフォード大学での講義，ハイク禅堂近くのユースホテルでの坐禅会を行っています。1981年，ロスアルトス近くに観音堂，サンタクルズの山麓に慈光寺を建立します。ジョブズ氏はリード大学時代から仲間たちとハイク禅堂，タサハラ禅センターに通って乙川弘文老師から禅の指導を受けます。そういった過程においてジョブズ氏は道元禅師の禅を学んでいったと思われ

第1章 現代社会に生きる道元禅師の教え

ます。

(4) アメリカのゲイリー・スナイダー氏（1930-）は道元禅師の教えをどのようにとらえていったのでしょうか。ゲイリー・スナイダー氏は次のように述べています。

> ある人は，例えばボブキャットの仏の領域においては「アヒンサー」の実践とは何を意味するのかと疑問に思うかもしれない。道元禅師は「龍は水を宮殿と見る」（『正法眼蔵』「山水経」巻）と言ったが，ボブキャットにとって森はエレガントな食堂(じきどう)であり，そこではウズラに対し静かに感謝の偈を唱えながら，心の中で悪鬼や飢えた亡霊たちとウズラを分かち合っているかもしれないのだ。道元禅師は「仏とともに学ぶ者は，水を観察するときには人間の視点に縛られてはいけない」（『正法眼蔵』同）とのべている。それではウズラにとっては，それはどんな世界であろうか。私が私自身について知ることと言えば，次のことだけである——死に際し，私の死と苦悩は私自身のものであり，私の苦しみを私を倒した虎（または癌，あるいはなんであれ）のせいにすることを望まない。虎に対してはただ「私の肉体を無駄にしないでください」と頼みたい。そして彼女（虎）と一緒に唸り声をあげてみたいと思う。50

ここでゲイリー・スナイダー氏は道元禅師の「山水経」の言葉を引用しながら，私たちが陥りやすい一つの見方に偏する危険性に注意を促しています。これは道元禅師の世界観が現代社会の中で非常に重要であることを示しています。スナイダー氏は「青山は常に歩いている」という道元禅師の言葉を引用して，語り続けます。

> 道元禅師のいう山水とは，この地球の生成過程であり，存在そのもの，過程，本質，行為，不足であって，存在も非存在も，ともに含んだものである。山水は我々そのものであり，我々は山水そのものだ。階級もなく，平等もない。秘儀的でもなく，開放的でもない。天才もいなけ

れば，のろまもいない。野性もなければ，栽培もない。束縛されもしなければ，自由でもない。自然でもなければ，人工的でもない。それぞれが，まったく独自な，つかのまの個である。そして，すべての存在は，あらゆる形で関わりあっており，あらゆる形で相互に関わっているからこそ，独自な個なのだ。だから「青山」は台所へ歩いてゆくし，店にも行く。[51]

スナイダー氏は早くから道元禅師を氏の著書等で取り上げています。一つは詩集 *Regarding Wave* (1967) において，次は重松宗育氏著 *A Zen Foerst: Saying of the Masters* (1981) におけるスナイダー氏による前書きの中で，三つ目はスナイダー氏のエッセー集 *The Practice of the Wild* (1990) で論じています[52]。そして四つ目は彼の詩集 *Mountains and Rivers Without End* において道元禅師の『正法眼蔵』から引用しています。この詩集の "Canyon Wren" の中で「Dōgen, writing at midnight, / "mountains flow / water is the palace of the dragon / it does not flow away."」（山は流れる。水は龍の宮殿であり，水は流れない）と書いています。これは「山水経」巻をスナイダー氏がまとめたものと思われます。スナイダー氏のまとめを補足するために道元禅師の『正法眼蔵』から抜粋引用してみました。「山は山になりきっており，水は水になりきっていて，そのほかのなにものでもない。世界全体の立場から，青山の歩み，即ち自己の歩みを調べてみる必要がある。それがあらゆる時を超えて前へ進むばかりでなく，後へ退き歩み，歩み退くことを調べてみる必要がある。進歩も休まず，退歩も休まない。進歩は退歩にそむかず，退歩は進歩にそむかない。このことを，山が流れるといい，流れるのは山であるというのである。われわれはしばらく，諸方の水をありのままに見ることを学ぶべきである。龍魚は水を宮殿とみる。人間はそれを水とみる。水はこのように，それぞれの立場によって，生かしたり殺したりされるのである。龍魚が水を宮殿と見るときには，ちょうど，人がこの世の宮殿を見るときのように，宮殿が流れるとは思わないであろう。われわれは，このようにして，対立した見方を超えることを学ばねばならない。自分が水と考えているものを，どの類もみな水として用いているに違いないと，愚かにひとりぎめしてはならな

第 1 章　現代社会に生きる道元禅師の教え

い」[53]。

　スナイダー氏は1930年にアメリカのサンフランシスコで生まれています。1939年，9歳の時，シアトル美術館で中国絵画のコレクションを見て感銘を受けています。1953年，23歳の時，カリフォルニア大学バークレー校大学院で中国語，日本語を学んでいます。1956年5月，26歳の時，アメリカ第一禅協会から奨学金を得て，貨物船で神戸に来て，京都の相国寺で三浦一舟老師のもとで禅の修行を始めます。1957年，27歳の時，オイルタンカーの機関室の掃除係として働きながら，イタリア，トルコ，セイロン，ハワイなどをめぐる旅をします。29歳の時，1959年には，京都に戻り，大徳寺で小田雪窓老師のもとで禅の修行を再開します。1968年，38歳を迎え，アメリカに帰ります。1975年に詩集『亀の島』でピューリッツァー賞を受賞します。1982年，52歳の時，坐禅堂「骨輪禅堂」を建設します。1986年，56歳の時，カリフォルニア大学デーヴィス校教授になり学問の分野でも高い評価を得ていきます。1998年，68歳の時，仏教伝道協会から「仏教伝道文化賞」を受賞しています。

(5)　ジユー・ケネット老師（法雲慈友ケネット，1924–96）[54]は道元禅師から何を学び得たのでしょうか。

　その一つは道元禅師の男女平等の教えでありましょう。道元禅師は『正法眼蔵』「礼拝得髄」巻で次のように語っておられます。

　　道を得ることは，男女の区別はない。男女ともに道を得るのである。ただ仏道の体験を重大視することだ。男女の性の違いを論じてはならない。これが仏道の最も根本的な法則である。[55]

道元禅師はさらにこう述べています。

　　ただなすべきは，主人と客人の礼ばかりである。仏道を修行し，仏道を悟ったものは，たとえ7歳の女性であろうとも，釈尊の四種の弟子たち

(僧，尼，信士，信女）の指導者であり，衆生の慈父である。[56]

またこの坐禅の行は，僧侶の外の男女も修行することができるでしょうかという質問に，道元禅師は「弁道話」巻で「仏法を会得するには，男女，貴賎の選別，身分の差別はしてはならない」[57]と説いています。

さらに坐禅弁道などの面倒なことをする必要があるでしょうかという質問に道元禅師は「仏道というものは自己他己との対立を越え，自分を無にして参学し修証するものである」[58]と述べておられます。

ジュー・ケネット老師は英国，サセックス（イングランド南東部，イギリス海峡に面する地域）で生まれています。洗礼名は Peggy Teresa Nancy でした。仏教との出会いは父の書斎にあったエドウィン・アーノルドの詩作品『アジアの光』[59]であったといいます。その後上座仏教を学んでいます。1954年，彼女はロンドン仏教協会の会員になり，仏教の世界に入っていきます。1960年，曹洞宗大本山総持寺貫首であった孤峰智璨禅師（1879–1967）が欧米を巡錫された時，ロンドンで彼女は孤峰禅師に巡り合うというご縁に恵まれました。1961年秋，マレーシアで仏教を学んだ後，来日します。1962年4月14日，孤峰智璨禅師の弟子になっています。孤峰禅師の遷化後，彼女はアメリカにシャスタ仏教僧院を創立し，英国に戻り，スロッセル仏教僧院を創設しています。

ジュー・ケネット老師の弟子の一人であった故ダイズイ・マックフィラミー師は論文「カルマ（業）とは何か」の中で道元禅師の『修証義』から引用しています。『修証義』は明治23年（1890），道元禅師の『正法眼蔵』の中の語句をつづって編集された曹洞宗の安心の標準と在家教化のための新纂聖典です。

　　仏道と関係なく無駄に百歳までも生きているのは実に残念な日月である。悲しむべき肉体である。［略］その中のたった一日でも，仏としての修行の生活を行ったならば，百歳の全生涯を修行によって取り返すばかりでなく，生まれ変わる次の生の百歳をも悟りの生涯とすることがで

第1章　現代社会に生きる道元禅師の教え

きるのである。［略］このように一日の命は尊い命であり，大切な体である。[60]

このところは『正法眼蔵』「行持」上巻に述べられています。

(6)　ポール・ハラー老師とマイケル・オキーフ老師は道元禅師の法を継ぐ僧侶として何をめざしているでしょうか。

　道元禅師は「弁道話」巻で「仏家には，教の殊劣を対論することなく，法の浅深をえらばず，ただし修行の真偽をしるべし」（真実の仏教は，その教えの優劣を論ずることではない。したがってその浅深を差別比較することをしない。ただ修行が真実であるか否やを見究めることである）[61]と述べています。セクトという狭い枠を超えて共に坐禅をすることであります。
　また道元禅師は「仏道」巻で「仏仏正伝の大道を，ことさら禅宗と称するともがら，仏道は未夢見在なり，未夢聞在なり，未夢伝在なり」（仏仏正伝の仏道を，ことさら禅宗と称している人々らは，真の仏道は夢にも見ることも聞くことも伝えることもない）[62]と述べています。このような道元禅師の大きな心にポール・ハラー師やマイケル・オキーフ師たちは帰依しています。そしてそのような精神が現代社会の対立を鎮めるのに役立つと信じて活動しています。
　ポール・ハラー師は1980年，鈴木俊隆老師の後を継いだ第2代サンフランシスコ禅センターの住職でありましたリチャード・ベイカー老師によって曹洞宗の僧侶になる儀式を行っています。ベイカー老師から龍心禅道という名前をもらっています。1993年には同じ法の流れをくむメル・ワイツマン師から嗣法（しほう）（法統を嗣続すること）しています。サンフランシスコ禅センターに福祉活動を取り入れています。住職もしていました。2000年から北アイルランド，ベルファーストのブラック・マウンテン禅センターの指導者も務めています。
　マイケル・オキーフ師は1986年，禅を学び始めています。仏教に入って行った動機の一つはアメリカのビート・ジェネレーションを代表する，作

家・詩人でありましたジャック・ケルアック氏[63]や詩人のアレン・ギンズバーグ氏[64]の影響によるものがあります。音楽奏者であった友人のジョン・ミラー氏に連れられてニューヨークの禅コミュニティで坐禅を行っています。31歳の時でした。その禅コミュニティの住職はバーニー・グラスマン老師でした。グラスマン老師は前角博雄老師の法を継いでいます。その後ピーター・マシセン氏[65]の導きによって摂心を行っています。

　平成21年（2009）6月27日，ジャパンタイムズ（*The Japan Times*）紙上にダイメン・オカド-ゴウ氏による記事と写真が大きく掲載されています[66]。見出しは「禅仏教僧が生まれ故郷のベルファーストで平和の努力を推し進めている」（Zen Buddhist monk aids peace efforts in native Belfast）となっています。ダイメン・オカド-ゴウ氏はポール・ハラー師に会って師がどのような経路を経て禅僧になったのか，また師の生まれ故郷の英国，北アイルランドで対立しているプロテスタントとカトリックの人たちを和解すべく努力を続けている様子を詳しくレポートしています。

　このジャパンタイムズ紙の報道のお陰で私たちは日本から遠く離れた英国の北アイルランドで平和への努力が続けられていることを知ることができました。ハラー師たちの活動から教えられることがあります。北アイルランド社会は複雑で予断を許さない状況にありますが，そういった中で充分に知られていない仏教の立場から和平に乗り出すことは容易ではないでありましょう。

　スリランカの上座仏教長老，アルボムッレ・スマナサーラ師は「たった二人のケンカでも，怒りが燃えあがってどんどん広がり，国と国との戦争になることさえあります」[67]と警告しています。さらにスマナサーラ師は次のように説いています。

　　いかなる理由であろうとも，他の権利を奪うことはいけないことです。ましてや，他のいのちを奪ってはなりません。自分が「生きていたい，殺されたくない」のと同じように，他のいのちも「生きていたい，殺されたくない」のです。[68]

第1章　現代社会に生きる道元禅師の教え

　お釈迦様は「私を罵った，私を打った　私を破った，私を奪った　かかる思いをとどめぬ者に　怨みはやがて静まりゆく」（法句4），「この世の怨みは怨みをもって　静まることはありえない　怨みを捨ててこそ静まる　これは永遠の法である」（法句5）[69]と説いておられます。

　岡本かの子氏は「碁打ち羅漢」という短い作品を残しています。登場人物である達磨が修行の旅の途中，あるお寺に泊めてもらいます。そのお寺ではある修行僧たちはひたすら仏の名前を唱えています。ひたすら坐禅にうちこんでいる僧たちもいます。また仏典・語録を読んでいる僧たちもいます。その中で二人の老僧が朝から晩までひたすら碁を打ち続けていました。白い石の僧が勝った時には，その僧の姿がはっきりと浮かび上がり，負けた黒石を持つ僧の姿が薄くなっていきます。逆に黒石の僧が勝った時には黒石の僧が浮かび上がります。それは不思議な光景でした。達磨はそれを見て「これは大修行を行なっている」と確信しました。達磨は3年後，このお寺を再び訪ねました。老僧たちは依然として碁を打ち続けていました。達磨は感激して，敬意をもって老僧たちに教えを乞いました。すると二人の僧侶は消えて，一人の僧のみがいました。その僧は「私の修行を見抜いてくださったのはあなた一人です。私は若い時から菩提心を白い石に賭け，煩悩を黒い石に賭け，一人盤面上で碁の修行をしてきました。この頃は黒白の勝ち負けにとらわれない碁を打てるようになりました。そう言い終わるや否やその僧は姿が消えてしまったのです[70]。このテキストはハラー師たちの活動に通じるものがあります。ハラー師たちの活動は黒白の勝ち負けにこだわらないことの大切さを示唆しているのではないでしょうか。

注

1　これは平成26年度（2014）愛知学院大学秋季公開講座「道元禅師――グローバルの視点から」(10月18日) を加筆修正したものです。
2　小倉玄照『新普勧坐禅儀』(誠信書房，1991)，186頁．
3　田島毓堂『正法眼蔵の國語學的研究』(笠間書院，1977)。田島毓堂氏は名古屋大学名誉教授（文学博士）で曹洞宗・桂芳院のご住職です。ちなみに田島毓堂氏は参禅について次のように書いておられます。「中学生の参禅の感想には，集中力のこと，無言での清掃のこと，人や物に感謝すること，自分で判断する能力を付けること，

物を大切にすることなどを学んだということが書かれている。言ってみれば、人間としてごくごく当たり前のことを学んだということだ。裏返して言えば、家庭でも、学校でもそういうことは学んでいないということだ。これは、事に依ったら大変なことだと言わなければならない。家庭の教育力、学校での教育力、特に人間としてのあり方について何も学んでいないのである。困ったことだ。これは宗教教育をおこなってはいけないなどと言って避けてきたツケなのかもしれない」（田島毓堂『磨言――志冊』右文書院、2016）、51頁．

4　橋本恵光『普勧坐禅儀の話』（大樹寺 山水経閣、1977）、200頁．
5　内山興正『宗教としての道元禅――普勧坐禅儀意解』（柏樹社、1977）、60頁．
6　鎌谷仙龍『正法眼蔵袈裟功徳』（海善寺、吉田恵俊1976）、233頁．鎌谷老師は同著書の中で次のように述べています。「この度の摂心の始まる前日に、遥々福島県の遠方から六日に来られて、袈裟と応量器を受けられた。相当に御大山の方丈様で、有名な新井石禅禅師の孫弟子になるという人だが、先年ここ（愛知県津島市、海善寺）の光俊さんと光融さんと渡印仏跡巡拝した時、同行の因縁で奇しくもこの如法の袈裟如法の応量器のあることを初めて知り、何としてでもそうした仏祖正伝の衣鉢を受持したいと発願し、こちらへ依頼されたらしい。以来摂心にも弁道会にも海善寺道場で修行する集まりには必ず参加されて修行し、とうとう機縁熟してこの度、坐具、五条、七条、九条、と応量器も恩師の指示どおり輪島に別注した正しい応量器を一気に受持された」(146頁)。
7　久馬慧忠『〈新装版〉袈裟の研究』（大法輪閣、2006）、69-70頁．久馬老師はさらにわかりやすいかたちで『袈裟のはなし〈普及版〉』（法蔵館、2000）も出版しています。この久馬慧忠老師の著書に出会った松村薫子氏はお袈裟について博士学位論文を書き、加筆修正して『糞掃衣の研究――その歴史と聖性』（法蔵館、2006）を出版しています。また井筒雅風氏の『袈裟史』（文化時報社、1965）、川口高風氏の『法服格正の研究』（第一書房、1976）、久馬栄道氏の『けさと坐禅』（法蔵館、2003）、花井充行氏の『沙門徳嚴養存撰 佛祖袈裟考』（朱鳥社、2007）があります。ちなみに花井充行氏は「あとがき」で「かねてより種々ご教示を頂いていた関口（道潤）老師が、徳嚴養存（禅師）の（元禄元年、1688年）に住持した泰雲寺（現在の山口市鳴瀧）の現住持という仏縁を得、また養存が泰雲寺から転住した水戸大雄院の現住職南秀明師より有難い資料を頂き、さらに武藤明範氏（愛知学院大学大学院博士課程満期退学 当時）に資料調査において、大変ご協力を頂くなど、こうしたご教示・ご協力によって漸く出版に漕ぎつけることができ、心より感謝します」と述べています (215頁)。
8　川口高風『修訂 曹洞宗の袈裟の知識――『福田滞澁』によって』（曹洞宗宗務庁、2010）、20頁．
9　中田美絵氏は中国の則天武后（624-705）こと武則天について述べています。「長安・洛陽における仏教経典翻訳事業は、来唐する数多くの外来人協力者たちによって担われていた」(93頁)。「武則天期に翻訳された経典は29部あり」(95頁)「当時、中国にあった『華厳経』が不完全であった。そこで武則天は西域地方の国、于

第1章　現代社会に生きる道元禅師の教え

闐にある「サンスクリット」本を求め，翻訳者も同国から招いています」(97頁参照)。さらに中田氏は次のように述べています。「武則天〜中宗の時期に（仏教経典）翻訳事業に参加した人々をみていくと，于闐やヒンドゥークシュ山脈南北麓の地域，またはカシミール出身の者の活躍が顕著であったことが分かる。これは，中央アジアの政治情勢の影響で東方に向かうものが増えたことと，武周政権［武則天の建てた周王朝］が，仏教を推進し，さらに積極的に「胡人」［西域の人］の協力を得て樹立されたことと密接にかかわっている」(122-23頁，［　］内筆者)。中田美絵「長安・洛陽における仏典翻訳と中央アジア出身者──武則天・中宗期を中心に」（森部豊・橋寺知子編著『アジアにおける文化システムの展開と交流』関西大学出版部，2012，93-127頁所収)。このように武則天は外国の人々を受け入れて，仏教経典の翻訳を推し進めたことがわかります。

10　橋本恵光『普勧坐禅儀の話』276-77頁．
11　伊藤秀憲・角田泰隆・石井修道訳注『原文対照現代語訳　道元禅師全集』第14巻　語録（春秋社，2007)，3-4頁．
12　粟谷良道編著『禅語録傍訳全書』第7巻　正法眼蔵三百則Ⅰ（四季社，2001)，67-70頁．
13　竹村牧男『禅の哲学』（沖積舎，2002)，38-40頁．
14　同上，40頁．
15　同上，44頁．
16　道元『全訳　正法眼蔵』巻四，中村宗一他訳（誠信書房，1972)，286-87頁．
17　鎌谷仙龍『正法眼蔵身心学道』（大樹寺　山水経閣，1977)，165頁．
18　『川端康成全集』第33巻（新潮社，1982)，87頁．
19　有福孝岳『道元の世界』（大阪書籍，1985)，108頁．
20　アンダーシュ・エステルリング「川端康成に対するノーベル文学賞授与に際しての歓迎演説」武田勝彦訳『日本文学研究資料叢書　川端康成』（有精堂，1986)，293頁．
21　川端康成『美しい日本の私──その序説』サイデンステッカー英訳（講談社，1969)，6頁．
22　同上，36頁．
23　成河智明『道元を求めて　正法眼蔵二十　有時について』（長圓寺，2003)，14-15頁．成河智明(1935-2006)師は愛知県西尾市，曹洞宗長圓寺に生まれています。北海道大学農学部修士課程修了。農水省に勤務されて，野菜，茶，米，麦の育種に従事され，1995年定年退官される。1997年，両本山に瑞世，長圓寺住職（三十二世）に任ぜられています。著書は『長圓寺叢書　一　道元を求めて　一　正法眼蔵　第二十　有時について』(2003)，『道元を求めて　二　正法眼蔵　第三　佛性について』(2005)，『道元を求めて　三　正法眼蔵　第一　現成公案　第二　摩訶般若波羅蜜（付　摩訶般若波羅蜜多心経）第七　一顆明珠　第八　心不可得』(2006)があります。2006年に遷化されました。成河智明老師の弟，成河峰雄先生は名古屋工業大学を卒業後，愛知学院大学大学院で宗教学を学び，同大学に勤めておられました。

長圓寺住職（三十一世）でしたが，1995年7月17日遷化されました。論文は「禅林における僧堂・寝堂出入法と賓礼」『佐藤匡玄博士頌壽記念東洋学論集』（朋友書店，1990）等があります。
24　太山純玄『光を求めて』（文芸社，2011），136-37頁．
25　大野榮人『随喜稱名成仏決義抄釋』（妙寿寺，1985），50頁．『随喜稱名成佛決義三昧儀』という書物を栖川興厳大和尚（1822-89）が1876年に著しています。明治の激動の時代，曹洞宗自体の反省が促され，お釈迦様，お祖師様への報恩感謝こそ宗門のあり方であるということを先哲方が自覚され，展開されていきました。そのなかでこの書物が生まれて『曹洞宗日課聖典』（87-96頁）の中に収められている重要なお経です。大野榮人教授は新たに上記の書物を著して，和訳解説をしております。
26　成河智明『正法眼蔵　有時』25頁．
27　道元『全訳　正法眼蔵』巻四，401頁．
28　道元『全訳　正法眼蔵』巻三，中村宗一他訳（誠信書房，1972），22頁．
29　成河智明『正法眼蔵　有時』20頁．
30　鎌谷仙龍『正法眼蔵菩提薩埵四攝法』（大樹寺，1973），36-37頁．
31　成河智明『道元を求めて　正法眼蔵　現成公案について』（長圓寺，2006），7頁．
32　同上，15頁．
33　愛知学院大学の日進キャンパスにはたくさんの桜が見られます。どの桜もすばらしいです。その中でも比較的早く咲くのが薄墨桜です。愛知学院には1992年に岐阜県の旧根尾村（現在本巣市）から国の天然記念物に指定されている薄墨桜の苗木を二本寄贈していただいております。この根尾村の薄墨桜は樹齢1500年といわれ，1922年に国の天然記念物に指定されています。この薄墨桜は百周年記念講堂の正面の図書館側に一本と，その反対側に数本あります。木の根元に，白い札に根尾村と書いてありますが，22年たちますので字がうすくなっています。
34　『精進――京の四季の味わいと禅の心』（朝日新聞京都支局，1981），184頁．
35　中村璋八・石川力山・中村信幸『典座教訓・赴粥飯法』（講談社，2009），上田祖峯『新釈典座教訓　調理と禅の心』（圭文社，1983），中根環堂『典座教訓現代講話』（鴻盟社，1956），内山興正『人生料理の本　典座教訓にまなぶ』（曹洞宗宗務庁，1970），藤井宗哲『道元「典座教訓」禅の食事と心』（角川学芸出版，2009）を参照．
36　内山興正『人生料理の本　典座教訓にまなぶ』23-25頁．
37　青山俊董『道元禅師・典座教訓　すずやかに生きる』（大蔵出版，2001），44頁．
38　中根環堂『典座教訓現代講話』107-09頁．
39　東佐與子『世界人は如何に食べつつあるか――各国比較調理術』（柏書房，1975），3頁．
40　上田祖峯『新釈典座教訓　調理と禅の心』4頁．
41　東佐與子『世界人は如何に食べつつあるか』3頁．
42　上田祖峯『新釈典座教訓　調理と禅の心』51頁．

第1章　現代社会に生きる道元禅師の教え

43　東佐與子『愛の料理集』(厚徳社, 1949), 24頁.
44　森川規矩「推薦の言葉」中村璋八・石川力山・中村信幸『作る心食べる心――典座教訓・赴粥飯法・正法眼蔵示庫院文』(第一出版, 1980).
45　森川規矩「編さんのことば」中村璋八編『給食倫理』(第一出版, 1977).
46　中村璋八『序』『給食倫理』.
47　服部敏良『仏教経典を中心とした釈迦の医学』(黎明書房, 1982), 81頁.
48　ウォルター・アイザックソン『スティーブ・ジョブズ』Ⅰ, 井口耕二訳 (講談社, 2011), 93–94頁.
49　石井清純監修, 角田泰隆編『禅と林檎――スティーブ・ジョブズという生き方』(宮帯出版社, 2012), 192–93頁.
50　ゲーリー・スナイダー『惑星の未来を想像する者たちへ』山里勝己・田中泰賢・赤嶺玲子訳 (山と渓谷社, 2000), 97頁.
51　ゲーリー・スナイダー『野性の実践』重松宗育・原成吉訳 (東京書籍, 1994), 140–41頁.
52　田中泰賢『アメリカ現代詩の愛語――スナイダー／ギンズバーグ／スティーヴンズ』(英宝社, 1998), 6–11頁.
53　道元『全訳 正法眼蔵』巻二, 中村宗一他訳 (誠信書房, 1972), 53–65頁より抜粋.
54　"An Memoriam Rev. Master Jiyu-Kennett 1924–1996" *The Journal of the Order of Buddhist Contemplatives*, Special Memorial Issue, Volume 11, No. 4 & Volume 12, No. 1 (Winter 1996/Spring 1997); "30th Anniversary Celebrations" (Throssel Hole Buddhist Abbey, 10th August 2002); 及び "Tenth Anniversary of the Death of Our Founder Reverend Master Jiyu-Kennett" *The Journal of the Order of Buddhist Contemplatives*, Volume 21, No. 3 (Autumn 2006) 参照.
55　道元『全訳 正法眼蔵』巻二, 39頁.
56　同上, 40頁.
57　道元『全訳 正法眼蔵』巻四, 308頁.
58　同上, 312頁.
59　第4章参照.
60　池田魯山『対照修証義』(四季社, 2009), 321頁.
61　道元『全訳 正法眼蔵』巻四, 294頁.
62　道元『全訳 正法眼蔵』巻二, 295–96頁.
63　ジャック・ケルアック (Jack Kerouac, 1922–69) は「仏教に改宗したのは混乱と不安を引き起こす未解決の葛藤によって駆り立てられたことによっています」(Ben Giamo, *Kerouac, the Word and the Way Prose Artist as Spiritual Quester*, Southern Illinoi University Press, 2000, p. 89) と述べています.
64　アレン・ギンズバーグ (Allen Ginsberg, 1926–97) は1970年の夏, ニューヨークにおいて仏教僧, チョギャム・トゥルンパに出会い, 深い印象を受けて師と仰ぐようになりました (Barry Miles, *Ginsberg: A Biography*. Simon and Schuster, 1989, pp. 440–42).

65 ピーター・マシセン（Peter Mathiessen, 1927-2014）は2014年4月5日㈯、ニューヨークの自宅で亡くなっています。作家、自然主義者、活動家であり、禅僧でもありました。坐禅を始めたきっかけは1969年、妻の紹介によるものでした。前角博雄老師（1931-95）とバーニー・グラスマン老師（Bernie Glassman, 1939-）の下で坐禅を続けていました。1989年嗣法しています。代表的な作品に『雪豹』（芹沢高志訳、ハヤカワ文庫）があります。

66 "Zen Buddhist monk aids peace efforts in native Belfast" *The Japan Times* (Saturday, June 27, 2009) 参照。

67 アルボムッレ・スマナサーラ『ブッダの教え一日一話』（PHP研究所、2009），36頁．

68 同上，67頁．

69 片山一良『ダンマパダ――全詩解説仏祖に学ぶひとすじの道』（大蔵出版，2009），18-20頁．

70 『岡本かの子全集』（冬樹社，1974），132-33頁．

第 2 章

英語学者・鈴木勇夫教授の
英訳般若心経の研究について

※

　故鈴木勇夫氏（1909-87）は英語学者としての立場から般若心経を言語学的に研究し，英訳しているのは正しいと思う。何故ならジョルジュ・ムーナンも述べているように，「翻訳は〈まず〉，そしてつねに言語学的な作業である。そして言語学は，あらゆる翻訳作業の共通分母であり基礎である」[1]からである。鈴木勇夫は長年の研究から次の研究書を出版している[2]。

　『同族語彙の研究——日本語・梵語・英語』中部日本教育文化会，1976.
　『般若心経の研究』中部日本教育文化会，1980.
　『英語と般若心経を結ぶ語源の橋』中部日本教育文化会，1981.
　『金剛般若経の言語研究』中部日本教育文化会，1984.

　鈴木勇夫は三重大学（名誉教授）と椙山女学園大学の教授であった。三重大学『Philologia』によると，鈴木勇夫は明治42年11月25日岐阜県恵那郡阿木に生まれている。昭和8年3月法政大学高等師範部卒業。昭和10年3月東京盲学校師範部研究科卒業。昭和21年3月まで，茨城県盲学校，兵庫県立盲学校，神戸市立盲学校，徳島県立徳島夜間中学校，徳島第二中学校，宮崎師範学校，各教諭，宮崎師範学校助教授を歴任。昭和21年3月三重師範学校助教授。昭和26年3月三重大学助教授。昭和36年3月三重大学教授となっている[3]。

　鈴木勇夫は『般若心経の研究』及び『英語と般若心経を結ぶ語源の橋』の中で般若心経の英訳研究を行っている。この般若心経はインドの言葉で書かれたことは周知の通りである。近代ヨーロッパの言語学者たちの努力によっ

て比較言語学が研究され，インド・ヨーロッパ語族という考え方ができたのである。比較言語学によれば，インド・ヨーロッパ語族とは共通のインド・ヨーロッパ祖語から分かれて発達し，中央アジアより西はヨーロッパの西端に至るまで，また現在ではアメリカ大陸及び豪州に拡がっている一大言語族に与えられた名称である。この語族の最東部にあるのは，インド及びイランの言語である。これをインド・イラン語派と称する。

　古代インド語は古代インドの文学語で，これを大別してヴェーダ（Veda）時代と古典時代とする。前者はリグヴェーダ（R̥gveda）を最古とし，ウパニシャッド（Upaniṣad）の最古層を最新とする厖大な婆羅門の聖典文学の言語であって，紀元前千年以前より紀元の数世紀前までの時代に属する。古典時代の古代インド語は多くの劇，詩，散文の文学によって伝わっている。インド人はこの言葉をサンスクリット語（Saṃskr̥tam），すなわち華語と呼んだ。この言語は紀元前4・5世紀頃に文学語として明確に用法を規定せられ，ここに文学語として固定し，次第に日常の会話語より遊離していった。これに反してプラークリット語（Prākr̥tam）と呼ばれた日常会話語はサンスクリット語と並存し，サンスクリット語が文学語として固定した後も変化して行った。仏陀もこれによって説法したと伝えられ，幾多の方言に別れていったが，その中で特に仏教聖典の言語となったものをパーリ語（Pāli）と称する。同じインド・ヨーロッパ語族に属するゲルマン語派の西ゲルマン語は現代では英語，オランダのフリースランドのフリジア語，ドイツ語及びオランダ語の四つより成る[4]。

　従って般若心経の書かれたインドの言葉と英語は共通祖語を持つインド・ヨーロッパ語族に属する。鈴木勇夫によれば，「語源という立場から見ると，般若心経は印欧色でほぼ塗りつぶされた聖典である」[5]。この聖典のほとんどすべての語彙が，語源上，現代英語と結びついている。例えば，有名な「色即是空―玄奘訳，＜梵 yad rūpaṃ sā śūnyatā.」の「空」の原語 "śūnyatā" は，印欧語根 *k̂eu-（ふくらむ）の派生語である。*k̂eu- から派生したギリシア系英語彙に，"church"（教会）があり，ラテン系英語彙に，"cave"（ほら穴），"cage"（鳥かご）があり，ゲルマン系英語彙に，"hound"（猟犬）がある。この "śūnyatā" は，インド数学では，「零」という意味を持ち（古

第2章　英語学者・鈴木勇夫教授の英訳般若心経の研究について

代インド人は「零」を発見した民族である），これがアラビア語に翻訳されて"ṣifr"となったが，この"ṣifr"が英語の"zero""cipher"の祖形である。従って，「空」，"śūnyatā""church""cave""cage""hound""zero""cipher"は同族という絆で結ばれていることになる[6]。

鈴木勇夫は般若心経の研究基礎資料として，第一に，中村元・紀野一義訳註『般若心経・金剛般若経』（岩波書店）に載っている「小本テキスト」を使用している。鈴木勇夫は次のように般若心経を英訳し，英語の解説をほどこしている。

英訳般若心経

Bowing to the Omniscient!

1　The noble Avalokiteśvara-Bodhisattva, when pursuing the course of attaining Perfection in deep Wisdom, surveyed the world from on high and came to know that the five constituents of being (form; feeling, perception, volition and recognition) are empty in their own nature.

2　"Here in this world, O Śāriputra, form is emptiness, emptiness indeed is form. No other than form is emptiness, and no other than emptiness is form. What is form, that is emptiness; what is emptiness, that is form. The same can be said of feeling, perception, volition and recognition.

3　"Here in this world, O Śāriputra, all objects of thinking are characterized with emptiness. They are neither produced nor destroyed. They are neither defiled nor immaculate. Neither do they decrease, nor do they increase.

4　"In emptiness, therefore, O Śāriputra, there is no form, no feeling, no perception, no volition and no recognition. There is no eye-ear-nose-tongue-body-mind, nor is there any form-sound-smell-taste-touch-object. There is no world of vision on one side, and no world of mind and recognition on the other, and nothing exists in between. There is neither knowledge nor ignorance, nor is there any extinction of either of them, on one side. And on the other, there is neither old age nor death, nor is there any exhaustion of either of them. And nothing exists in between. There is no suffering, no origination, no stopping and no path to stopping. There is no cognition and there is no attainment.

5   "On account of there being no attainment, therefore, Bodhisattva lives on, leaning on Perfection in Wisdom, without his mind being clouded. As his mind is unclouded, he is free from fears, he overcomes a perverted view, and then he is blessed with the consummate extinction of all earthly desires. All the awakened personages in the past, present and future, leaning on Perfection in Wisdom, have attained, and will attain, the highest enlightenment.

6   "Therefore, one ought to know that 'Perfection in Wisdom' can be a great spell, a great spell of wisdom, an unsurpassed spell, and an unequalled one, and that it can pacify all kinds of suffering. This is true! As an evidence that it is not false, one ought to recite the spell in the following way, when pursuing Perfection in Wisdom: —

　　Gone, gone, gone to the Shore Beyond, completely gone to the Shore Beyond! Blessed is the awakening of wisdom!"

7   Thus ends the Heart of Perfection in Wisdom.

英文による般若心経の解説

Comments on the Book of Perfection in Wisdom

In this Book figure two persons. One is Avalokiteśvara-Bodhisattva and the other Śāriputra. The former is a fictitious person, and we can understand his role best, when we try to find in him Buddha in his pursuit of awakening. The latter is a person who really existed as a disciple of Buddha and he was famous for his unrivalled knowledge.

Short as it is, the Book can be divided into seven paragraphs.

Comment on Paragraph 1.

Here it is proposed that everything is intrinsically empty, everything that exists in this world, everything that is mirrored upon our mind, and everything that we ourselves conceive. This proposition is a universal axiom.

This part of the Book is a descriptive one and what follows is a sermon, except the last paragraph.

Comment on Paragraph 2.

Emptiness is explained successively in paragraphs 2, 3 and 4.

In the second paragraph the world of emptiness is brought into bold relief by taking form, the world we see, as an example.

The phenomenal world we see dissolves itself into emptiness, as soon as we awake to truth. Even if we have awaked, however, it is the world of phenomenon that we do see.

The world of emptiness stands aloof from actual existence and from actual non-existence. Existence together with non-existence is an objective fact, while emptiness is something subjective that dawns upon us through mystic intuition. Those two belong respectively to a different level.

Comment on Paragraph 3.

Here emptiness is explained from the viewpoint of attributes. The world of emptiness is constant, unchangeable and neutral, and, thus defined, a new world reveals itself before us, a new world which transcends time, space and quality.

Comment on Paragraph 4.

Here we find emptiness explained as possessing the infinite power of capacity and assimilation. In the world of emptiness everything melts into nothingness. Among the ancient Indians there reigned a view of life which was embodied in the "five constituents of being," the "twelve chains of causation," the "four kinds of truth," etc. and all these distinctions disappear, when transplanted into the land of emptiness, where, after all, there is no cognition, the subject of recognition, and no attainment, the object of recognition.

Comment on Paragraph 5.

Awakening to truth constitutes Perfection in Wisdom. Through awakening seekers after truth shake themselves free from suffering and enter the tranquil world of enlightenment.

In this paragraph the virtue of Perfection in Wisdom is elucidated.

Comment on Paragraph 6.

Awakening to truth comes through intuition.

We can not understand the meaning of a spell without picturing to ourselves the ancient Indians, who, in order to concentrate themselves into nothingness, used to make symbolic signs with their fingers and chant a spell repeatedly in their selflessness. The spell is a means of mystic intuition.

In the Book the spell is placed at its end, and it represents a folk-etymological paraphrase of *Prajñāpāramitā* (Perfection in Wisdom).

* * * * *

The essence of the whole Book is: —

We can not tide over the sea of suffering without awakening to the truth that everything is empty, and awakening comes, not from logical reasoning, but from mystic intuition[7].

私はこの鈴木勇夫の英訳を今度は日本語に訳してみた。

全知者に礼拝(らいはい)する

1 崇高な観世音菩薩は深い智慧の完成を達成する道を進み続けた時, 高い所から世界を見渡して, 存在する五つの構成要素（形, 感覚, 知覚, 意志, 認識）は本質において空であることを知るにいたった。

2 ああ舎利弗(しゃりほつ)よ, この世界においては, 形は空であり, 空はまったく形で

第2章　英語学者・鈴木勇夫教授の英訳般若心経の研究について

ある。形は空にほかならず，空は形にほかならない。形あるものは，即ち空であり，空なるものは即ち形である。同じことが感覚，知覚，意志，認識にも言うことができる。

3　ああ舎利弗よ，この世界においては，全ての考える対象は空であると見なされる。それらは生み出されることもなく，消滅させられることもない。それらは汚れることもなく，純潔でもない。それらは減少することもなく，増大することもない。

4　ああ舎利弗よ，だから空の中には，形もなく，感覚もなく，知覚もなく，意志もなく，認識もない。眼―耳―鼻―舌―身―心もなく，どんな形―声―香り―味―触る対象もない。一方における視覚の世界もなく，他方における心や認識の世界もなく，両方の間に存在するものはなにもない。一方において，知識もなく，無知もなく，それらのいずれの消滅もない。他方において，老齢もなく，死もなく，それらのいずれの消滅もない。苦しみもなく，始まりもなく，停止もなく，停止への道もない。認識もなく，達成もない。

5　従って，達成がないことによって，菩薩は心が曇らされることなく，智慧の完成に傾いて生活している。菩薩の心は晴れわたっているので，菩薩は恐れから自由であり，ゆがんだ見方を克服しており，全ての俗界の欲望を完全に消滅させてほめたたえられている。過去，現在，未来において智慧の完成に傾いている全ての目覚めた人々は最高の悟りを成就しており，成就するであろう。

6　だから智慧の完成は大きな呪文であり，大きな智慧の呪文であり，勝るものがない呪文であり，無比の呪文であり，智慧の完成はあらゆる苦しみを静めることができることを人は知らなければならない。このことは真実である！　それが間違っていない印として人は智慧の完成を進み続ける時，次のように呪文を繰り返さなければならない。

　　かなたの岸へ越えて，越えて，越えて，かなたの岸へ完全に越えた！
智慧の目覚めは喜ばしい！

7　こうして智慧の完成の心は終わる[8]。

引き続いて鈴木勇夫の英語による般若心経の解説を日本語に訳してみた。

智慧の完成の経典に関する解説

この経典には二人の人物が現れる。一人は観世音菩薩で，もう一人は舎利弗である。前者は架空の人物であり，観世音菩薩が目覚めの道を進み続ける中で，私たちが観世音菩薩に仏陀を見出そうとする時，菩薩の役割を最上のものであると理解することができる。後者は仏陀の弟子として実際に存在した人物であり，無類の知識で有名であった。

この経典は短いけれども，七つの節に分けられる。

1節に関する解説

ここではなにもかもが本質的に空であり，この世界に存在するあらゆるもの，私たちの心に映されるあらゆるもの，私たち自身が心に抱くあらゆるものが空であることが提示されている。この陳述は普遍的な原理である。

この経典のこの部分は説明的なものであり，最終節を除く，次に続くところが説法である。

2節に関する解説

空は2節,3節,4節において連続して説明されている。2節において空の世界は例えば，私たちが見る世界という形をとって想像力に富む安心がもたらされる。

私たちが真実に目覚めるとすぐに，私たちが見る外観上の世界が空に溶解していく。たとい私たちが目覚めても，私たちが見るのは外観上の世界である。

空の世界は実際の存在や実際の非存在から離れている。存在は非存在と共に客観的な事実であり，そして一方の空は神秘的な直観を通して私たちにわいてくる主観的ななにかである。これら二つは各々異なったレベルに属する。

第2章　英語学者・鈴木勇夫教授の英訳般若心経の研究について

3節に関する解説

　ここでは空は特性の観点から説明されている。空の世界は一定であり，不変であり，中立である。このように定義されて，新しい世界が私たちの前に現れてくる。時間，空間及び属性を超越する新しい世界が。

4節に関する解説

　ここでは空が非常に大きい包容力と同化作用を持っているとして説明されていることに気づく。空の世界ではあらゆるものが無に移り変わっていく。古代インド人の間では，五つの構成要素，十二の一連の因果関係，四つの真理に具現される生命観が支配していた。認識も，認識の主題もなく，達成や認識の対象もない空の領域に移った時，これら全ての区別が消えていく。

5節に関する解説

　真理に目覚めることは智慧の完成を生ぜしめる。目覚めを通して真理を求める人は自己を苦しみから断ち切り，悟りの平穏な世界に入っていく。
　この節では智慧の完成の徳が明らかにされている。

6節に関する解説

　真理に目覚めるのは直観を通してやって来る。
　古代インド人を心に描かずには呪文の意味を理解することはできない。古代インド人は自己を無に集中するために，指で象徴的なしるしを作り，無我の状態で繰り返し呪文を唱えるのが常であった。呪文は神秘的直観の手段である。
　この経典では呪文は最後に置かれ，それはプラジュニャーパーラミター（智慧の完成）の民間語源的言い換えを表示している。

＊　＊　＊　＊　＊

　この経典の本質は次の通りである。
　私たちは真理に目覚めずには苦しみの海を乗り切ることはできない。真理

とはあらゆるものが空であり，目覚めは論理的推論によるのではなく，神秘的な直観から来ることをいうのである[9]。

　鈴木勇夫による英訳の般若心経をきっかけとして，鈴木大拙(D. T. Suzuki)[10]及びマックス・ミュラー（Max Müller)[11]による英訳の般若心経を取り上げ，これら三つの英訳を並べてみることにした。最初に中村元・紀野一義のサンスクリット原典からの日本語訳をのせ，次に玄奘訳の般若心経の漢文の書き下しをのせた。どちらも中村元・紀野一義訳註『般若心経・金剛般若経』（岩波書店，1978）のテキストの中に収められているものである[12]。
　1から7までの数字で示したように分類したのは鈴木勇夫の英訳の分類に従ったものである。

1 ○サンスクリット原典からの日本語訳（中村・紀野，以下サンスクリットと略す）
　全知者である覚った人に礼したてまつる。
　求道者にして聖なる観音は，深遠なる智慧の完成を実践していたときに，存在するものには五つの構成要素があると見きわめた。しかも，かれは，これらの構成要素が，その本性からいうと，実体のないものであると見抜いたのであった。
　○漢文の書き下し（中村・紀野，以下漢文と略す）
　観自在菩薩，深般若波羅蜜多を行じし時，五蘊皆空なりと照見して，一切の苦厄を度したまえり。
　○鈴木勇夫訳（以下鈴木(勇) と略す）
Bowing to the Omniscient!
The noble Avalokiteśvara-Bodhisattva, when pursuing the course of attaining Perfection in deep Wisdom, surveyed the world from on high and came to know that the five constituents of being (form; feeling, perception, volition and recognition) are empty in their own nature.
　○鈴木大拙訳（以下鈴木(大) と略す）

第2章　英語学者・鈴木勇夫教授の英訳般若心経の研究について

English Translation of the Shingyo

When the Bodhisattva Avalokitesvara was engaged in the practice of the deep Prajnaparamita, he perceived that there are the five Skandhas; and these he saw in their self-nature to be empty.

○マックス・ミュラー訳（以下ミュラーと略す）

The Smaller

Pragñâ-Pâramitâ-Hridaya-Sûtra.

Adoration to the Omniscient!

The venerable Bodhisattva Avalokitesvara, performing his study in the deep Pragñâpâramitâ (perfection of wisdom), thought thus: 'There are the five Skandhas, and these he considered as by their nature empty (phenomenal).'

「聖なる」という言葉を鈴木(勇)は"noble"と訳し、ミュラーは"venerable"と表現している。「深遠な智慧の完成」を鈴木(勇)は"Perfection in deep Wisdom"と訳し、鈴木(大)は"the deep Prajnaparamita"のように英語とサンスクリット語を組み合わせている。ミュラーは"the deep Pragñâpâramitâ (perfection of wisdom)"と訳してサンスクリット語に英語の訳を括弧の中に入れて補っている。「五つの構成要素」を鈴木(勇)は"the five constituents of being (form; feeling, perception, volition and recognition)"と訳して五つの構成要素の内容を括弧の中で補っている。鈴木(大)とミュラーは"the five Skandhas"のようにサンスクリット語を用いている。「その本性からいうと、実体のないもの」を鈴木(勇)は"empty in their own nature"と訳し、鈴木(大)は"in their self-nature to be empty"と訳し、ミュラーは"by their nature empty (phenomenal)"と訳して、"phenomeral"という語を括弧で補っている。3人とも"empty"という表現では共通している。

2○サンスクリット

シャーリプトラよ、この世においては、物質的現象には実体がないのであり、実体がないからこそ、物質的現象で（あり得るので）ある。実体がないといっても、それは物質的現象を離れてはいない。また、物質的現象は、実

体がないことを離れて物質的現象であるのではない。(このようにして,)およそ物質的現象というものは,すべて,実体がないことである。およそ実体がないということは,物質的現象なのである。これと同じように,感覚も,表象も,意志も,知識も,すべて実体がないのである。

○漢文

余利子よ,色は空に異ならず。空は色に異ならず。色は即ちこれ空,空は即ちこれ色なり。受想行識もまたまたかくのごとし。

○鈴木(勇)

"Here in this world, O Śāriputra, form is emptiness, emptiness indeed is form. No other than form is emptiness, and no other than emptiness is form. What is form, that is emptiness; what is emptiness, that is form. The same can be said of feeling, perception, volition and recognition.

○鈴木(大)

"O Sariputra, form is here emptiness, emptiness is form; form is no other than emptiness, emptiness is no other than form; that which is form is emptiness, that which is emptiness is form. The same can be said of sensation, thoutht, confection, and consciousness.

○ミュラー

'O Sâriputra,' he said, 'form here is emptiness, and emptiness indeed is form. Emptiness is not different from form, form is not different from emptiness. What is form that is emptiness, what is emptiness that is form.'

'The same applies to perception, name, conception, and knowledge.'

「物質的現象」にあたる英語表現は3人とも "form" を用いている。「実体がない」にあたる英語表現は3人とも "emptiness" である。「感覚」を鈴木(勇)は "feeling" と訳しているのに対し,鈴木(大)は "sensation" と訳し,ミュラーは "perception" と訳している。「表象」を鈴木(勇)は "perception" と訳し,鈴木(大)は "thought",ミュラーは "name" と訳している。「意志」を鈴木(勇)は "volition" と訳し,鈴木(大)は "confection",ミュラーは "conception" と訳している。「知識」を鈴木(勇)は "recognition" と訳

しているのに対し，鈴木(大)は"consciousness"，ミュラーは"knowledge"と訳している。

3 ○サンスクリット

　シャーリプトラよ，この世においては，すべての存在するものには実体がないという特性がある。生じたということもなく，滅したということもなく，汚れたものでもなく，汚れを離れたものでもなく，減るということもなく，増すということもない。

　○漢文

　余利子よ，この諸法は空相にして，生ぜず，滅せず，垢つかず，浄からず，増さず，減らず。

　○鈴木(勇)

"Here in this world, O Śāriputra, all objects of thinking are characterized with emptiness. They are neither produced nor destroyed. They are neither defiled nor immaculate. Neither do they decrease, nor do they increase.

　○鈴木(大)

"O Sariputra, all things here are characterized with emptiness: they are not born, they are not annihilated; they are not tainted, they are not immaculate; they do not increase, they do not decrease.

　○ミュラー

'Here, O Sâriputra, all things have the character of emptiness, they have no beginning, no end, they are faultless and not faultless, they are not imperfect and not perfect.

　「生じたということもなく，滅したということもなく」を鈴木(勇)は"neither produced nor destroyed"と訳している。鈴木(大)は"not born, not annihilated"と訳している。ミュラーは"no beginning, no end"と表現している。

　「汚れたものでもなく，汚れを離れたものでもなく」を鈴木(勇)は"neither defiled nor immaculate"と訳している。鈴木(大)は"not tainted, not immaculate" と訳し, ミュラーは "faultless and not faultless" と訳している。

「減るということもなく，増すということもない」を鈴木(勇) は "neither decrease, nor increase" と訳し, 鈴木(大) は "not increase, not decrease" と訳している。両者ともに同じ "decrease""increase" という語を用いている。ミュラーは "not imperfect and not perfect" というように訳している。

4 ○ サンスクリット

それゆえに，シャーリプトラよ，実体がないという立場においては，物質的現象もなく，感覚もなく，表象もなく，意志もなく，知識もない。眼もなく，耳もなく，鼻もなく，舌もなく，身体もなく，心もなく，かたちもなく，声もなく，香りもなく，味もなく，触れられる対象もなく，心の対象もない。眼の領域から意識の領域にいたるまでことごとくないのである。

（さとりもなければ，）迷いもなく，（さとりがなくなることもなければ，）迷いがなくなることもない。こうして，ついに，老いも死もなく，老いと死がなくなることもないというにいたるのである。苦しみも，苦しみの原因も，苦しみを制することも，苦しみを制する道もない。知ることもなく，得るところもない。

○ 漢文

この故に，空の中には，色もなく，受も想も行も識もなく，眼も耳も鼻も舌も身も意もなく，色も声も香も味も触も法もなし。眼界もなく，乃至，意識界もなし。無明もなく，また，無明の尽くることもなし。乃至，老も死もなく，また，老と死の尽くることもなし。苦も集も滅も道もなく，智もなく，また，得もなし。

○ 鈴木(勇)

"In emptiness, therefore, O Śāriputra, there is no form, no feeling, no perception, no volition and no recognition. There is no eye-ear-nose-tongue-body-mind, nor is there any form-sound-smell-taste-touch-object. There is no world of vision on one side, and no world of mind and recognition on the other, and nothing exists in between. There is neither knowledge nor ignorance, nor is there any extinction of either of them, on one side. And on the other, there is neither old age nor death,

第2章　英語学者・鈴木勇夫教授の英訳般若心経の研究について

nor is there any exhaustion of either of them. And nothing exists in between. There is no suffering, no origination, no stopping and no path to stopping. There is no cognition and there is no attainment.

○鈴木（大）

Therefore, O Sariputra, in emptiness there is no form, no sensation, no thought, no confection, no consciousness; no eye, ear, nose, tongue, body, mind; no form, sound, colour, taste, touch, objects; no Dhatu of vision, till we come to no Dhatu of consciousness; there is no knowledge, no ignorance, till we come to there is no old age and death, no extinction of old age and death; there is no suffering, no accumulation, no annihilation, no path; there is no knowledge, no attainment, [and] no realization,

○ミュラー

'Therefore, O Sâriputra, in this emptiness there is no form, no perception, no name, no concepts, no knowledge. No eye, ear, nose, tongue, body, mind. No form, sound, smell, taste, touch, objects.'

'There is no eye,' &c., till we come to 'there is no mind.'

(What is left out here are the eighteen Dhâtus or aggregates, viz. eye, form, vision; ear, sound, hearing; nose, odour, smelling; tongue, flavour, tasting; body, touch, feeling; mind, objects, thought.)

'There is no knowledge, no ignorance, no destruction of knowledge, no destruction of ignorance,' &c., till we come to 'there is no decay and death, no destruction of decay and death; there are not (the four truths, viz. that there) is pain, origin of pain, stoppage of pain, and the path to it. There is no knowledge, no obtaining (of Nirvâna).'

「眼の領域」及び「意識の領域」の「領域」を鈴木（勇）は "world of vision" 及び "world of mind" というように "world" という言葉を使っている。鈴木（大）はサンスクリット語を使って "Dhatu of vision" 及び "Dhatu of consciousness" というふうに表現している。ミュラーも鈴木（大）と同様にサンスクリット語の "Dhâtus" を用いているが、英語でそれを補って "the

67

eighteen Dhâtus or aggregates" と表現している。

「迷い」という言葉は3人とも "ignorance" と訳している。「苦しみも，苦しみの原因も，苦しみを制することも，苦しみを制する道もない」というところを鈴木(勇)は "no suffering,no origination, no stopping and no path to stopping" と訳している。鈴木(大)は "no suffering, no accumulation, no annihilation, no path" と訳している。ミュラーはまず "not the four truths" と説明し，その四つとは "pain, origin of pain, stoppage of pain, and the path to it" というふうに表現している。

5 ○サンスクリット

それ故に，得るということがないから，諸の求道者の智慧の完成に安んじて，人は，心を覆われることなく住している。心を覆うものがないから，恐れがなく，顚倒した心を遠く離れて，永遠の平安に入っているのである。過去・現在・未来の三世にいます目ざめた人々は，すべて，智慧の完成に安んじて，この上ない正しい目ざめを覚り得られた。

○漢文

得る所なきを以ての故に，菩提薩埵は，般若波羅蜜多に依るが故に。心に罣礙なし。罣礙なきが故に，恐怖あることなく，（一切の）顚倒夢想を遠離して涅槃を究竟す。三世諸仏も般若波羅蜜多に依るが故に，阿耨多羅三藐三菩提を得たまえり。

○鈴木(勇)

"On account of there being no attainment, therefore, Bodhisattva lives on, leaning on Perfection in Wisdom, without his mind being clouded. As his mind is unclouded, he is free from fears, he overcomes a perverted view, and then he is blessed with the consummate extinction of all earthly desires. All the awakened personages in the past, present and future, leaning on Perfection in Wisdom, have attained, and will attain, the highest enlightenment.

○鈴木(大)

because there is no attainment. In the mind of the Bodhisattva who dwells depending on the Prajnaparamita there are no obstacles; and, going beyond the

第2章　英語学者・鈴木勇夫教授の英訳般若心経の研究について

perverted views, he reaches final Nirvana. All the Buddhas of the past, present, and future, depending on the Prajnaparamita, attain to the highest perfect enlightenment.

○ミュラー

'A man who has approached the Pragñâpâramitâ of the Bodhisattva dwells enveloped in consciousness. But when the envelopment of consciousness has been annihilated, then he becomes free of all fear, beyond the reach of change, enjoying final Nirvâna.'

'All Buddhas of the past, present, and future, after approaching the Pragñâpâramitâ, have awoke to the highest perfect knowledge.'

「求道者」を3人ともにサンスクリット語の"Bodhisattva"を用いている。「心を覆われることなく」を鈴木(勇)は"without his mind being clouded"と表現している。鈴木(大)は"no obstacles"という訳を"there 構文"で表現している。ミュラーは"the envelopment of consciousness has been annihilated"と訳して現在完了形を用いている。

「永遠の平安に入っている」を鈴木(勇)は"he is blessed with the consummate extinction of all earthly desires."とていねいに訳している。鈴木(大)は"he reaches final Nirvana"とサンスクリットを用いながら簡潔に訳している。ミュラーも"enjoying final Nirvâna"と鈴木(大)と同じく「ニルバーナ」という言葉を用いている。「この上ない正しい目ざめを覚り得られた」を鈴木(勇)は"have attained, and will attain, the highest enlightenment"と訳して"attain"を他動詞として用いている。鈴木(大)は"attain to the highest perfect enlightenment"と訳して"attain"を自動詞として用いている。ミュラーは"have awoke to the highest perfect knowledge"と訳して"awake"という動詞を用いているが、やはり自動詞である。

6○サンスクリット

それゆえに人は知るべきである。智慧の完成の大いなる真言、大いなるさとりの真言、無上の真言、無比の真言は、すべての苦しみを鎮めるものであ

り，偽りがないから真実であると。その真言は，智慧の完成において次のように説かれた。

ガテー　ガテー　パーラガテー　パーラサンガテー　ボーディ　スヴェーバー

（往ける者よ，往ける者よ，彼岸に往ける者よ，彼岸に全く往ける者よ，さとりよ，幸あれ。）

○漢文

故に知るべし。般若波羅蜜多はこれ大神咒なり。これ大明咒なり。これ無上咒なり。これ無等等咒なり。よく一切の苦を除き，真実にして虚ならざるが故に。般若波羅蜜多の咒を説く。即ち咒を説いて曰わく，

掲帝　掲帝　般羅掲帝　般羅僧掲帝　菩提僧莎詞
ぎゃてい　ぎゃてい　はらぎゃてい　はらそうぎゃてい　ぼじそわか

○鈴木（勇）

"Therefore, one ought to know that 'Perfection in Wisdom' can be a great spell, a great spell of wisdom, an unsurpassed spell, and an unequalled one, and that it can pacify all kinds of suffering. This is true! As an evidence that it is not false, one ought to recite the spell in the following way, when pursuing Perfection in Wisdom: —

Gone, gone, gone to the Shore Beyond, completely gone to the Shore Beyond! Blessed is the awakening of wisdom!"

○鈴木（大）

"Therefore, one ought to know that the Prajnaparamita is the great Mantram, the Mantram of great wisdom, the highest Mantram, the peerless Mantram, which is capable of allaying all pain; it is truth because it is not falsehood: this is the Mantram proclaimed in the *Prajnaparamita*. It runs: '*Gate, gate, paragate, parasamgate, bodhi, svaha!*' (O Bodhi, gone, gone, gone to the other shore, landed at the other shore, Svaha!)"

○ミュラー

'Therefore one ought to know the great verse of the Pragñâpâramitâ, the verse of the great wisdom, the unsurpassed verse, the peerless verse, which appeases all pain—it is truth, because it is not false—the verse proclaimed in the

第2章　英語学者・鈴木勇夫教授の英訳般若心経の研究について

Pragñâpâramitâ: "O wisdom, gone, gone, gone to the other shore, landed at the other shore, Svâhâ!'"

「智慧の完成の大いなる真言，大いなるさとりの真言，無上の真言，無比の真言」の「真言」という言葉を鈴木(勇)は "a spell" という言葉で表現している。鈴木(大)はサンスクリット語の "Mantram" という語を用いている。ミュラーは "verse" という言葉を使っている。

7　○サンスクリット
　ここに，智慧の完成の心を終わる。
　○漢文
般若波羅蜜多心経
　○鈴木(勇)
Thus ends the Heart of Perfection in Wisdom.
　○鈴木(大)
英訳なし
　○ミュラー
Thus ends the heart of the Pragñâpâramitâ.

以上，鈴木勇夫，鈴木大拙，マックス・ミュラーの英訳と中村元・紀野一義の訳註による日本語訳と書き下し文を並べてみた。これらは日本でよく親しまれている小本『般若心経』である。これに対して大本『般若心経』がある。基本的には両者は同じであるが，中村元・紀野一義訳の大本『般若心経』では「このようにわたしは聞いた。ある時，世尊は，多くの修行僧，多くの求道者とともに，ラージャグリハ……」となっている[13]。ドワイト・ゴダート（Dwight Goddard）の英訳しているものはこの大本『般若心経』に近い。最初はこのゴダートの英訳も上記3人の英訳と並べるつもりであったが，小本と大本の違いを考えて並べなかった。

終わりにあたって

　鈴木勇夫氏は長年にわたって，英語学，言語学の立場から造詣の深い英語，サンスクリット語，日本語の知識を駆使して，日本語におよぼしたサンスクリット語起源の語彙の研究，般若心経を校訂し，各語彙の語義・語形・語源の研究，サンスクリット本金剛般若経の言語の研究，サンスクリット本般若心経と現代英語との間の語源における関係の研究等の成果をいくつかの書物にまとめておられる。その厖大な研究は英語学や言語学から見ても，また仏教学から見ても及びにくいものであろう。

　従って私のような浅い知識しか持たぬ者が鈴木勇夫氏の研究をあまねく見ることは不可能である。鈴木勇夫氏の研究のごく一部である般若心経の英訳について，そしてさらにその英訳研究の一端についてなら紹介することができるかもしれないと思った次第である。そして鈴木勇夫氏の英訳研究のみならず，世界的に有名な鈴木大拙氏やマックス・ミュラーの英訳も取り上げることができた。般若心経が短い経典であるために，翻訳も3人に相当な工夫を求めたものと思われるのである。だから今回は取り上げなかったが鈴木大拙氏も般若心経の英訳にくわしいノートをつけている。

　鈴木勇夫氏から1982年にお便りをいただいてから月日はあっというまに流れてしまった。勉強の機会を与えて下さった鈴木勇夫氏に感謝したいと思う。

注

1　ジョルジュ・ムーナン（Georges Mounin）『翻訳の理論』（*Les problèmes théoriques de la traduction*）伊藤晃・柏岡珠子・福井芳男・松崎芳隆・丸山圭三郎訳（朝日出版社，1980），26頁．
2　椙山女学園大学図書館にて参照．
3　『Philologia』5　鈴木勇夫教授退官記念号（三重大学外国語研究会，1973），参照．
4　高津春繁『比較言語學』（岩波書店，1951），24-38頁，抜粋引用．
5　鈴木勇夫『英語と般若心経を結ぶ語源の橋』（中部日本教育文化会，1981），12頁．
6　同上，1頁．
7　同上，5-9頁．
8　拙訳．
9　拙訳．

第 2 章　英語学者・鈴木勇夫教授の英訳般若心経の研究について

10　Daisetz Teitaro Suzuki, *Manual of Zen Buddhism* (Rider London, 1957), pp. 26–27. ちなみに山田無文『生活の中の般若心経』(春秋社，1984) 参照。
11　*The Sacred Books of the East*, vol. 49. Translated by various oriental scholars and edited by F. Max müller (Motilal Banarsidass, 1985), pp. 153–54.
12　『般若心経・金剛般若経』中村元・紀野一義訳註（岩波書店，1978），8–13頁．
13　同上，179頁．

第3章

高橋源次氏の *Everyman*
(『万人』) 研究について

エヴリマン

❀

　高橋源次氏から著書 *A Study of Everyman*[1]及び論文 "The Source of *Everyman*"[2] を送っていただいたのは1979年であった。そもそもこの *Everyman*（『万人』）に注目したのは斉藤勇氏の著作を読んでからであった。彼はこう述べている。「現存する moralities のうち最も古いものの一つは，*The Castle of Perseverance* であるが，最も有名なのは，真率で雄勁な筆をもって死の問題を取扱った *Everyman* である。その題の下に "a treatise how the high father of heaven sendeth death to summon every creature to come and give account of their lives in this world" 云々とある。人は最後に Fellowship, Cousin, Kindred, Wealth, Beauty, Strength などに棄てられ，ただ Good-Deeds がついて来るばかりだという教訓が *Everyman* の骨子である」[3]。

　この箇所を読んだ時，私は道元禅師の言葉を思い出した。禅師は「おほよそ無常たちまちにいたるときは，国王・大臣・親昵・従僕・妻子・珍宝たすくるなし，たゞひとり黄泉におもむくのみなり。おのれにしたがひゆくは，たゞこれ善悪業等のみなり」[4]と述べている。当時，私は広島に住んでいた。たまたま，英文学研究で著名なM氏宅を訪ねる機会があったのでその旨のことについて尋ねたところ，氏は耳を傾けて下さり，高橋氏が *Everyman* と仏教について研究していると教えて下さった。

　T. S. エリオット（T. S. Eliot）は「正規のブランク・ヴァースのリズムは，すでに現代の話し言葉の動きからはかけ離れすぎたものとなっておりました。それゆえにわたくしの心にとどめたものは『エヴリマン』の作詩法であ

り，その音声中の耳慣れぬものこそ，全体からみて，こちらの註文に合うだろうと考えたのでありました」[5]と述べている。現代詩の巨匠，エリオットが『エヴリマン』について言及しているのは興味あるところである。Hartung によると，"The most frequently cited dramatic analogue is *Everyman*."[6] とあるように，『エヴリマン』は当時，人々に親しまれていたことがわかる。1985年の『英語青年』では，*Everyman* は仏教の教えにまでさかのぼれるようだが，この劇の源となる仏教の教典は何か[7]，という問い合わせが掲載されている。以上のようなことから，高橋源次氏の『エヴリマン』研究を今一度紹介するのも無意味なことではないと思うのである。それで，道元禅師の言葉，中村元，寿岳文章，金子健二，増谷文雄の諸氏研究の一端を加えて，高橋氏の『エヴリマン』と仏教との関係についての研究を称えたいと思う。

　高橋は1938年に "An Approach to the Plot of "Everyman""[8]という論文を発表している。氏はこの『エヴリマン』（『万人』）の筋は *Barlaam and Josaphat* 物語に基づいている説を紹介し，この *Barlaam and Josaphat* の作者にヒントを与えたのは *Lalita Vistara*[9]（Huyokyo 普曜経）であるのは明らかであると述べ，結局，この『エヴリマン』（『万人』）の原点は『雑阿含経』[10]であると，結論づけている。そしてその後，加筆修正し，*Everyman* のテキストと notes を加えて，*A Study of Everyman*[11]を出版している。高橋のこの研究の独自性は，この『エヴリマン』（『万人』）の根本の出典は仏典の『阿含経』であるとしたところにある。

　最初の氏の論文に対して，木方庸助は『英文学研究』で「"Everyman" の Source に就て」[12]と題する論評を書いている。木方は高橋の論文に幾つかの問題点を指摘しながらも，ultimate source は『雑阿含経』の第百一話中にあることを発見した点を高く評価している。後者の高橋の著書に対し，厨川文夫は，『英語青年』に批評文[13]を書いている。厨川の批評も詳しい分析に基づいており，有益なコメントだと思う。

　高橋のもう一つの論文 "The Source of Everyman"[14]は今までの論文及び著書を補足するものである。その中で蓮如（1415–99）の『御文』の次のような箇所があることを紹介している。

第3章　高橋源次氏の *Everyman*（『万人』）研究について

Wife and children, rare treasures and thrones will not accompany you when your life ends. Only caution, mercy and non-indulgence will be your friends both in this life and in the future life.[15]

　蓮如の思想もまた当然ではあるが、『雑阿含経』の第百一話の中に見られる教えと同じであることがわかる。高橋はまた、Yamamoto Yokichi 教授が論文 "On Everyman"（Kanazawa English Studies, 1954）の中で『阿含経』は『大無量寿経』の一種の裏打ちになっていると述べていることも紹介している。

　その『雑阿含経』の物語は次のようなものである。昔釈尊が舎衛国の祇園精舎にあって多くの人々を集めて説法されていた時のことである。ある都城に、四人の妻を持っている一人の男がいた。その第一の妻は、夫がもっとも愛する者で坐っても立っても、働いている時でも休んでいる時でも、けっしてこれを離したくないと思っている女である。それゆえ、毎日のように風呂に入れ、髪を結わせ、寒いにつけ暑いにつけ、これをいたわり、ほしい着物を買って与え、行きたいところには連れて行き、食べたい物は食べさせて、その言うなりに寵愛(ちょうあい)していた。

　その第二の妻は、たいへん苦労して、人と争ってまで得た妻で、常に傍に置いて言葉をかわしているけれども、第一の妻ほど愛してはいなかった。第三の妻は、ときどき会ってなぐさめ合ったり、気ままを言い合ったりしている仲である。そうして一緒にいると互いに飽き、離れていれば互いに思い合っている仲である。第四の妻はお手伝いさんと変わらない。あらゆる、つらい仕事に従事し、苦しい問題を処理し、よく働く妻である。それにもかかわらず夫からはやさしい言葉をかけられない。この第四の妻の存在はほとんどないと言ってよかった。

　ある日、夫は死が近づくことを知り、冥途(めいど)の旅に出発しなければならなくなった。そこで彼は、第一の妻を呼んで言うには、「私はこれから死の旅路に向うが、一緒に行ってくれないか」と。すると妻は「私はあなたの旅路に従って行くことはできません」と答えた。夫は「私は誰よりも一番君を愛している。どんなことでも、君の言うなりにしてやったのではないか。君の機嫌を取るために、どれほど私は骨を折ったか知れない。どうして今になっ

て，私と一緒に行くのがいやなのか」とたずねた。しかし，第一の妻は聞かなかった。「あなたがどんなに私を愛して下さっても，一緒に行くことはできません」

夫は第一の妻の無情を恨んで，第二の妻を呼んだ。「君は私と一緒に行ってくれるだろう」すると第二の妻は答えた。「あなたが一番愛していらした第一の女でさえ，ご一緒に行かないのに，どうして私が行けましょう」そこで夫は「私は君を求めるのに，どんなに苦労したか知っているだろう。寒さに触れ，暑さに会い，飢えを忍び，渇きに堪え，ある時は水や火に入り，盗賊に会い，友と争い，心をくだき，身を粉にして，声をあげ，歯をかんで，やっと君を手に入れたのだ。それなのにどうして今になって，私と一緒に行けないのだ」とたずねた。しかし第二の妻も聞かなかった。「それはあなたが，自分勝手に，無理に私を求めたからです。私のほうからあなたを求めたのではございません。どうしてあなたと共に苦労して旅路に出なければならないでしょう」

夫は第二の妻をも恨んで，第三の妻を呼んだ。「君なら私と一緒に行ってくれるだろう」すると第三の妻は答えた。「私はあなたのご恩を受けておりますから，城の外までお送りいたしましょう。けれども遠い旅にお供することはごめん被ります」夫は第三の妻をも恨んで，第四の妻を呼んで言った。「私は世界を離れていくが，一緒について来てくれるだろうか」すると第四の妻は答えた。「私は父母のもとを離れて，あなたにお仕え申している身でございます。苦しくとも楽しくとも，死のうが生きようがお側を離れず，あなたの行かれる処はどこへでもたとえどんなに遠くとも，かならずお供いたします」夫はついに日ごろ愛していた三人の妻を連れて行くことができず，止むなく，心に染まなかった第四の妻を連れて，旅に出ることになった。

釈尊は言われた。その夫とは意神(たましい)である。その第一の妻とは，人間の身体である。人間がその肉体を愛撫するありさまは，実に第一の妻をいつくしむ夫に劣らないものがある。しかし，命つきて死ぬ時には，意神は現世の罪福を荷って，ひとり淋しく去って行くけれども，その肉体は地上に倒れて，一緒に行こうとはしないものである。第二の妻とは，人間の財産である。どんなに苦労して貯めた財宝でも，死ぬ時に持って行くことはできないのであ

第3章　高橋源次氏の *Everyman*（『万人』）研究について

る。

　第三の妻とは，父母や，妻子や，兄弟や，親戚や友人である。生きている時は，互いに愛し愛され，思い思われて，忘れがたい仲である。死んだ当座も，泣き悲しんで，せめて城の外の墓場まで送ってはくれる。しかし死人を火葬にしてしまうと，各々の家へ帰ってしまう。そうして十日もたてば，死んだ人のことなど忘れてしまうのである。

　第四の妻とは人の意である。天下に誰ひとりとして，自分の意を愛し，守る者はあるまい。皆，心を放ち意をほしいままにし，貪欲をつのらせ，いかりを燃し，正しい道を信ぜず，死んでから地獄で苦しむのである。これは意を大切にして，守らなかった結果である。道を守り，みずから心を正し，意を正し，愚痴の心を去り，愚痴の行いをやめれば，悪を行わない。悪を行わなければ，わざわいは受けない。わざわいを受けなければ生を受けない。不生であれば，老いず，病まず，死なず，ついに永遠に変わらず存在する涅槃の道を得るであろう[16]。

　A. C. Cawley はこの「*Everyman* はオランダ語の寓意劇，*Elckerlijc* から翻訳されたものである。このオランダ語の寓意劇，*Elckerlijc* の構想は恐らく仏教を起源とする *Baarlaam*（ママ）*and Josaphat* の物語に負うている」[17]と述べている。金子健二は次のように述べている。「釈迦の名が西洋諸国に遍（あまね）く広められたのは，西紀第八世紀にダマスカスのジョン（John of Damascus）と呼べる基督教信者が，釈迦の伝記を基督教名僧伝式に改めて，これをギリシア語で書いたことに原因してゐる。釈迦がかくの如く基督教会の教父に依りて基督教の中に摂取せられ，基督教会暦の中に載せられ，毎年十一月廿七日にセント・ジョサファット（St. Josaphat）の名を以て天主教の人々に祭られるやうになったのは実に奇縁とすべきである」[18]コーリィが述べている *Baarlaam*（ママ） *and Josaphat* の Josaphat と，金子が述べているセント・ジョサファット（ママ）（St. Josaphat）が同じであることがわかる。

　さらに金子によると，上記，ダマスカスのジョンは多くの書物を著わした。その中でもこの『バーラームとジョサファットの伝』は最も傑出したものであった。その材料は『仏陀伝』から取ってきたものである[19]。中村元は次のように述べている。「特に文化史的に最も興味深いのは，仏教の「世尊」

と「菩薩」がカトリック教会の聖者として崇められるに至った事実である。仏を意味する「世尊」という語のサンスクリット原名は bhagavat であるが、その主格は bhagavān で、パフラーヴィ語のアルファベットは g と l、n と r とは字が似ていて容易に混ずるために、中世西洋にはバルラーム (Barlaam) として伝えられた。また、菩薩はサンスクリットの bodhisattva のことであるが、中央アジアでおそらく bot-sat と発音されていたのを、中国人が音写したのであろうと考えられる。あるいはペルシアの言葉で bvt'sp として採り入れているのを音写したのであるとも解せられている。すなわち bodhisattva がペルシアに達して、パフラーヴィ語では bvt'sp: Bodāsaf と写されたが、これがアラビア語では budāsaf となった。それが、さらにアラビア語で b と y とが字が似ているために混じて yudāsaf または yodāsāf となり、それがギリシア文字で Iōasaph と音写され、ついに Yoasaf となったのである。y は j に容易に転換するから、かくして、y の転換によって Joasaf, Josaphat と転訛したと推定されている」[20]。

さらに中村元は次のように述べている。「中世西洋を通じて「バルラームとヨサファートの物語」がキリスト教徒の間に愛好されたが、その作者は仏伝に基づいてその物語を作ったらしい。それを包む雰囲気がキリスト教であるにもかかわらず、物語の骨組は全く仏伝である。その物語によると、ヨサファートはインド王の太子として生まれた。太子の誕生日にカルデアの占星者が現われ、太子の将来を卜して大なる智者たるべきことを予言した。王は太子のために壮麗な宮殿を造って、極力浮世の悲劇や老病死の苦悩を見聞せしめぬように努めた。太子は長じて病人や老人や死屍を見るに及んで、人生の苦悩からの離脱の道を求めた。ときに宝石商を装うた隠遁者バルラームが太子を訪れて、説いてかれをキリスト教徒たらしめた。王は怒って魔法師を呼び来らしめ、美女の魅惑によって太子の心を誘わせようとしたが、魔法師はかえって十字架に帰依する。やがて王自身ものちには洗礼を受ける。ヨサファートは王の死後、バルラームの隠棲所を訪ずれ、終生、かれとともに懺悔の生活を送り、そののち三十五年にして自分もついに昇天したという」[21]。

『黄金伝説』(*The Golden Legend*) の中に、"The Life of S. Barlaam" が入っている。その "The Life of S. Barlaam" の物語の中に、「三人の友」の話があ

第3章　高橋源次氏の *Everyman*（『万人』）研究について

る（pp. 94–95）。三人の友を持っていた一人の男がいた。その男は一番目の友人を自分自身同様に愛した。二番目の友人に対しては自分自身ほどには愛さなかった。三番目の友人にはほとんど愛着がなかった。はからずもその男に生命の危機がおそい，王のところに呼び出されることになった。そこで彼は走って第一の友人のところに行って助けを求めた。ところがその友人は「今私は一緒にいなければならない他の友人がいるのであなたを助けることはできない。ただ，あなたを保護する衣服を与えることができる」とだけ答えた。それを聞いて，悲嘆にくれて，第二番目の友人のところに行って，助けを求めた。しかし，第二番目の友人は「私はあなたと一緒に行くことはできませんが，宮殿の門のところまではおともできます」と答えた。その男は絶望して，第三番目の友人のところに行った。その男はこう言った。「私は君に助けを求める資格はないけれど，友もなく，ひどく苦しんでいる。助けてくれないだろうか」すると，第三番目の友人は「あなたが私にして下さったご恩は忘れておりません。喜んであなたと一緒に王のところに行きましょう。そしてあなたのために王に慈悲を願います」と言った。

　第一番目の友人とは財産のことである。死が訪れた時，その人はその財産を持って行くことはできない。第二番目の友人とは息子，妻，親族である。彼らは墓場までは行くけれど，彼ら自身の生活に戻っていくのである。第三番目の友人とは信頼，希望，慈悲心，善行である[22]。

　13世紀の *Legenda Aurea*（『黄金伝説』のラテン語名）を Caxton が翻訳して，印刷している[23]。カクストンの生年は確認されていないが，多分1422年頃，ケント州に生まれている。年少にしてロンドンの mercer（織物商）へ弟子入りした。商業に従事して，1469年かその翌年に商業界から身を引き，エドワード四世の妹に当る Margaret, Duchess of Burgandy につかえた。1475年から77年の初めまで，カクストンはブルージュにおり，土地の人マンションと一緒に印刷業を始め，自分が訳した「トロイ物語集成」を印刷した。これが英人の手になる最初の，しかも文学的な印刷物である[24]。中世の書写本には，普通 title page というものがない。だからチョーサーも，著者がボッカチオだと知らないで，ボッカチオの作品を愛読したらしい形跡がある。英国最初の活字印刷者カクストンも，忠実にこの伝統を守って，タイト

ル・ページは印刷せず，その弟子のウィンキン・デ・ウォルデ（Wynkyn de Worde, d.1534?）の世代になってやっと題扉(だいひ)が英国の書物に姿を見せた[25]。

木方庸助も「*Everyman*（『万人』，15世紀末）は「死」が来ると「友人」も「親族」も「財宝」も見捨て，「善行」と「懺悔(さんげ)」だけが救い手だという筋の出処が仏典だという興味もある心理描写の秀れた悲劇型の傑作」[26]と述べている。15世紀末の『万人』もそのような印刷の環境にあったものと思われる。この『万人』の物語の筋は次のようなものである。この『万人』の主人公「万人」が傲慢(ごうまん)，貪欲(どんよく)，憤怒(ふんぬ)などの世のならいに流れて，快楽に溺(おぼ)れている。それを見た「神」は「死」を呼ぶ。そして，自己の一生の始末書を整えて，すぐに巡礼の旅に出るように「万人」に伝えよと命じる。「死」は「万人」に神からのメッセージを伝えるが，「万人」は相手がどういうものか，最初はわからない。しかし，相手が「死」であることを知ると，お金でもって解決しようとする。しかし，どんな手段を使おうとも，この世に生を受けた者は皆，死ぬべき運命にあることを「死」が「万人」に伝える。

「万人」は巡礼の旅の道づれを探そうとする。そこへ「友」が来る。「友」は「万人」の悲しそうな顔をしているのを見て，力になろうと言う。「万人」が，実はこれから神の命によって，苦しい危険な旅に出るので一緒に行ってもらいたいと頼むと，「友」は「万人」を見捨てて別れて行ってしまう。そこで「親族」に助けを求めようとする。「親族」も死ぬも生きるも私たちは一緒だ。頼りにできるのは血のつながった者だけなのだと調子のいいことを言う。しかし「万人」が一緒に旅に出ることを打ち明けると，「親族」も「万人」をあざむいて行ってしまう。悲しみにくれた「万人」は「財産」に頼んでみる。しかし「財産」は人間の魂を腐らせ，人間一人を救う間に，千人を駄目にしてしまうのが私の役目である。私は現世を離れることはできないと言って「万人」の申し出を断わる。

そこで「善行」のところに相談に行く。しかし「善行」は「万人」の罪のために，縛りあげられている。「善行」は身動きができないので「知識」のところに行くように助言する。「知識」は「万人」を「懺悔」の所に連れて行く。「懺悔(さんげ)」は「万人」に改悛(かいしゅん)の鞭(むち)を与える。そうすると，「善行」の縄が解かれて「万人」のところへやって来る。「善行」は「分別」，「力」，「美」，

第3章　高橋源次氏の Everyman (『万人』) 研究について

「五感」の四人を呼んで旅を一緒にするかどうかを尋ねると皆同意した。「万人」は財産の半分を慈善の形で施し，残りの半分はそのまま遺産として残し，然るべきところに返してもらうように遺言を残す。「万人」は墓に近づき，墓の中に入り，土になることを告げる。すると，「分別」，「力」，「美」，「五感」は背を向けて行ってしまった。「知識」に見守られて「万人」は「善行」と共に墓の中に入って行く。「万人」が頼りにできたのは結局「善行」だけであった。しかしその「善行」も，「万人」の行いが悪ければ，取るに足りないので油断はできないのである[27]。

以上のように見ると，前述した道元禅師の言葉は，イギリスの中世の作品『万人』や，『黄金伝説』の中に収められている「バルラームとヨサファート」の物語の中で語られている「三人の友」の話や，仏教の教典である『雑阿含教』の中で語られている物語の骨子と同じであることがわかる。『正法眼蔵全巻要解』[28]を見ると，道元禅師が実に仏典等を幅広く読んでいることがわかる。『阿含経』に限って，気がついたところだけを見てみると，『正法眼蔵』の「四馬」の巻では『雑阿含経』が引用されている。「雑阿含経に曰く，仏比丘に告げたまはく，四種の馬有り，一つには鞭影を見るに，即便ち驚悚して御者の意に随ふ。二つには毛に触るれば，便ち驚悚して御者の意に随ふ。三つには肉に触れて，然して乃ち驚く。四つには骨に徹つて，然して後方に覚く。初めの馬は他の聚落の無常を聞きて，即ち能く厭を生ずるが如し。次の馬は己が聚落の無常を聞きて，即ち能く厭を生ずるが如し，三つの馬は己が親の無常を聞きて，即ち能く厭を生ずるが如し。四の馬は猶己が身の病苦により，方に能く厭を生ずるが如し」[29]。

また「袈裟功徳」の巻では『中阿含経』から引用されている。「中阿含経に曰く，また次に諸賢，或し一人有りて，身浄行，口意浄行ならんに，若し慧者見て，設し恚悩を生ぜば，応当に之を除くべし」[30]。また「帰依仏宝僧宝」の巻では『増一阿含経』が引用されている[31]。また，「諸悪莫作」の巻では，『増一阿含経』一巻『出曜経』十七巻にある七仏通戒の偈「諸悪莫作　衆善奉行　自浄其意　是諸仏教」を提起して諸悪莫作は仏教の根本，教行証の根本精神であることを提唱している[32]。そうすると，『雑阿含経』の中にある「四人の妻」の物語，そしてそれをヒントにして作られたと思わ

れる『黄金伝説』の中に収められている「バーラームとヨサファートの物語」の中で語られている「三人の友」の話，そして，その話を基にして作られ，多くの人々に愛読された『万人』の物語は各々，形を変えていても，その骨子は仏教の根本精神であることがわかるのである。そういうことを考えさせてくれる機会を与えて下さった故高橋源次教授に感謝したいと思う。

86頁以下の *Everyman*（英文）は私が手書きで写したものである。使用したテキストは前出の *Everyman*. Edited by A. C. Cawley (Manchester University Press, 1978) である。

注

1 Genji Takahashi, *A Study of Everyman with Special Reference to the Source of Its Plot* (Ai-Iku-Sha, 1953).
2 Genji Takahashi, "The Source of *Everyman*"『明治学院論叢』Nos. 64 & 65 (1961), 1–9頁.
3 斉藤勇『斉藤勇著作集』第2巻（研究社，1978），66頁.
4 道元「出家功徳」『正法眼蔵』下（岩波書店，1972），330頁.
5 T. S. エリオット『エリオット全集』第3巻，訳者代表吉田健一（中央公論社，1988），367頁.
6 Albert E. Hartung, *A Manual of the Writings in Middle English*, 5 (Connecticut, 1975), p. 1365.
7 『英語青年』第131巻第8号（1985），432頁.
8 Genji Takahashi, "An Approach to the Plot of "Everyman""『英文学研究』（日本英文学会）Vol. XVIII, Nos. 4 (1938), 477–85頁.
9 「Lalitavistara という経典は「仏伝（文学）」の中に含まれる文献である」外薗幸一『ラリタヴィスタラの研究』上巻（大東出版社，1994）参照.
10 「阿含」は「アーガマ」（Āgama）を音写したものであった。「アーガマ」とは，「到来せるもの」(coming) とか，「伝え来れるもの」(anything handed down) とかいうほどの意味の二つのことばであって，それによって「伝来の経」を意味しているのである。増谷文雄『阿含経典』第1巻（筑摩書房，1979）参照.
「「阿含経典」は雑・中・長・増一という四部の経典から成りますが，そのそれぞれが単一の経典ではありません。そのおのおのが多くの経典を含んでいる経典群の名です」山田厳雄・箕田源二郎『阿含の詩——詩画でふれる仏の教え』（鈴木出版社，1989）参照.
11 Genji Takahashi, *A Study of Everyman with Special Reference to the Source of Its Plot*.
12 木方庸助「"Everyman" の Source に就て」『英文学研究』第21巻第3号（日本英文学会）Vol. XXI, Nos. 3 (1940), 435–38頁.

第3章　高橋源次氏の *Everyman*（『万人』）研究について

木方庸助氏を知ったのは，私が大学に入学した時，木方氏が学長挨拶をした時であった。氏の力強い，凛とした態度で，入学生を祝ってくれた響きを思い出す。

13　厨川文夫「寓意劇 *Everyman* の source と註解──高橋源次氏の *A Study of Everyman* に寄す」『英語青年』第99巻第3号（1953），126-27頁．
14　Genji Takahashi "The Source of *Everyman*" 1-9頁．
15　同上，3頁．
16　『大正新脩大蔵経』第2巻阿含部下「雑阿含経」，495-96頁，及び『仏教説話文学全集』5（隆文館，1978），407-11頁，各参照．
17　*Everyman*. Edited by A. C. Cawley (Manchester University Press, 1978), pp. xiii-xv 参照．
18　金子健二『東洋思想の西漸と英吉利文学』（自費出版，1934），33頁．
19　同上，33-35頁，105頁から抜粋引用．
20　中村元『中村元選集』第16巻（春秋社，1974），247-48頁．
21　同上，248-49頁．
22　*The Temple Classics The Golden Legend*. Edited by F. S. Ellis, vols. VI & VII (AMS Press, 1973), pp. 84-106.「174聖バルラームと聖ヨサパト」『黄金伝説』第4巻，前田敬作・山中知子訳（人文書院，1987），374-99頁．
23　*Everyman*. Edited by A. C. Cawley, p. xiii.
24　寿岳文章『本と英文学』（研究社，1961），7-8頁．
25　同上，6頁．
26　木方庸助『英米文学史講座　中世（600-1500）』第1巻（研究社，1962），117頁．
27　次の文献を参照．
　　(1)　*Everyman*. Edited by A. C. Cawley.
　　(2)　*Three Medieval Plays*. Edited by John Allen (Heineman Educational Books, 1979).
　　(3)　*Everyman and Medieval Miracle Plays*. Edited with an introduction by A. C. Cawley (J. M. Dent & Sons Ltd., 1974).
　　(4)　Stratmann, Francis Henry & Bradley, Henry. *A Middle-English Dictionary* (Oxford University Press, 1974).
　　(5)　「人間」（エヴリマン）安東伸介訳『中世文学選〈西欧文化への招待〉』4，厨川文夫責任編集（グロリア・インターナショナル INC., 1971）．
　　(6)　木方庸介『起源時代の英国劇』（神戸外国語大学英米学会，1951）．
28　中村宗一・中村宗淳『正法眼蔵全巻要解』（誠信書房，1987）．
29　道元『正法眼蔵』下，454-55頁．
30　同上，367頁．
31　同上，419-20頁．
32　中村宗一・中村宗淳『正法眼蔵全巻要解』166頁．

EVERYMAN

Here begynneth a treatyse how the [高 père]
hye fader of heuen sendeth Dethe to
hye
Somon every creature to come and
summon
=call
gyue a counte of theyr lyues in
 account
this worlde / and is in maner
of a morall playe.

Messenger. I pray you, all gyue your audyence,
 譯: 恭聴

And here this matter with reuerence,
 譯: 敬意

By fygure a morall play :

The somonynge of Eueryman called it is,
 summoning

That of our lyues and endynge shewes

How transytory we be all daye.
 transitory
 transitory
 （一時的）

This mater is wonders precyous,
 matter wondrous

But the content of it is more gracyous,
 intent

And swete to bere awaye.
 bear

The story sayth: Man, in the begynnynge
 注意

Look well, and take good heed to the endynge,
 very/sweet

Be you neuer so gay!

Ye thynke synne in the begynnynge full swete,

Whiche in the ende causeth the soule to wepe,

第 3 章　高橋源次氏の *Everyman*（『万人』）研究について

3

Whan the body lyeth in claye.

Here shall you se how Felawshyp/and Iolyte, *iolity*

Bothe / Strengthe / Pleasure / and Beaute,

Wyll fade from the *fear* as floure in Maye;

For ye shall here how our Heuen Kynge *hear*

Calleth Everyman to a generall rekenynge. *reckoning*

Cryne audyence, and here whit he doth saye.

god speketh. *majesty*

god. I perceyue, here in my majieste

How that all creatures be to me vnkynde, *dread=fear*

Lyuynge without drede in worldly prosperyte.

4

Of ghostly syght the people be so blynde,

Drowned in synne, they know me not for theyr God.

In worldely ryches is all theyr mynde;

They fere not my ryghtwysnes, the sharpe rod. *is*

My lawe that I shewed, when I for them dyed, *clean=completely*

They forgete clene / and shedynge of my blode rede.

I hanged bytwene two theues, it cannot be denyed; *dead*

To gete them lyfe I suffred to be deed;

I heled theyr fete / with thornes hurt was my heed. *had*

I coude do no more than I dyde, truely;

5 Jean forsaketh

5

And nowe I se the people do cleane for-sake me.

They vse the seuen deadly synnes dampnable,
As pryde, Couetyse, wrath, and lechery
Now in the worlde be made commandable;

And thus they leue of aungelles the heuonly company,
Euery man lyueth so after his owne pleasure,
And yet of theyr lyfe they be nothynge sure.

I se the more that I them forbere
The worse they be fro yere to yere
All that lyueth appayreth faster;

6

Therefore I wyll, in all the haste,
Haue a rekenynge of euery mannes persone,
For, and I leue the people thus alone
In theyr lyfe and wycked tempestes,

Varyly they will become moche worse than beestes,
For now one wolde by enuy another vp ete;
Charyte they do all cleane forgete.

I hoped well that every man
In my glory sholde make his mansyon
And therto I had them all electe,

第3章　高橋源次氏の *Everyman*（『万人』）研究について

7

        traitors dejected
But now I se, lyke traytours <u>deiecte</u>,
                        must
They thanke me not for the pleasure that I to them ment,
Nor yet for theyr beynge that I them haue <u>lent</u>.
  after
I profered the people greate multytude of mercy,
And fewe there be that asketh it hertly.
                           justice
They be so cumbred with worldly ryches
                 cumber
That nedes on them I must do insyce,
On euery man lyuynge without fere.
Where arte thou, Deth, thou myghty messenger?
       Deth
Dethe. Almyghty God, I am here at your wyll,

8

Your commaundment to fulfyll.
God. Go thou to Eueryman
And shewe hym, in my name,
A pylgrymage he must on hym take,
        way
Whiche he in no wyse may escape;
    コミニ～ミニ!!
And that he brynge with hym a sure rekenynge
                          tarrying
Without delay or ony taryenge
                              run
Dethe. Lord, I wyll in the worlde go renne ouer-all,
And cruelly out-serche bothe grete and small,
Euery man wyll I beset that lyueth beestly

to tarry = to delay

9

Out of Goddes lawes, and dredeth not fly.

He that loueth rychesse I wyll stryke with my darte,

His syght to blynde, and fro heuen to departe —

Excepte that almes be his good frende —

In hell for to dwell, worlde without ende.

Loo, yonder I se Eueryman walkynge

Full lytell he thynketh on my comynge;
   little
very

His mynde is on flesshely lustes and his treasure,

And grete payne it shall cause hym to endure

Before the Lorde, Heuen Kynge.

10

Eueryman, stande styll! Whyder arte thou goynge

Thus gayly? / Hast thou thy Maker forgete?

Eueryman.

Eueryman. Why askest thou?

Woldest thou wete?

Dethe. Ye, syr, I wyll shewe you:

In grete hast I am sende to the

Fro God out of his magaste.
    from

Eueryman. What, sente to me?

Dethe. Ye, certainly.

Thoughe thou haue forgete hym here,

第３章　高橋源次氏の *Everyman*（『万人』）研究について

11

He thynketh on the in the heuenly spere,

As, or we departe, thou shalte knowe.

Everyman. What desyreth God of me?

Dethe. That shall I shewe the:

A rekenynge he wyll nedes haue

Without ony lenger respyte.

Everyman. To gyue a rekenynge longer layser I craue!

This blynde mater troubleth my wyt͡s.

Dethe. On the thou must take a longe iourney;

Therfore thy boke of countes with the thou brynge,
         both

12

For tourne agayne thou can not by no wayes,
for returne

And loke thou be sure of thy rekenynge,

For before God thou shalte answere, and shewe

Thy many badde dedes, and good but a fewe;

How thou hast spente thy lyfe, and in what wyse,

Before the chefe Lorde of paradyse.

Haue ado that thou were in that waye,

For, wete thou well, thou shalte make none attournay.
                                                  a.14/

Everyman. Full vnredy I am suche rekenynge to gyue.
                                          thee
I knowe the not. What messenger arte thou?

Dethe. I am Dethe that no man dredeth ——

13

For every man I vaste — and no man sparcth!

For it is Goddes commaundement

That all to me sholde be obedyent.

Everyman. O Deth, thou comest when I had the leest in mynde!

In thy power it lyeth me to saue;

Yet of my good wyl I gyue the, yf thou wyl be kynde —

Ye, a thousande pounde shalte thou haue —

And dyfferre *diffsing* this mater tyll an other daye.

Deth. Everyman, it may not be by no waye.

I set not by golde, sylner, nor rychesse,

14

Ne by pope / emperour / kynge / duke, ne prynces; not

For, and I wolde receyue gyftes grete,

All the worlde I myght gete;

But my custome is clene contrary.
                              hence tas

I gyue the no respyte. Come hens, and nottary!

Everyman. Alas, shall I haue no lenger respyte?

I may saye Deth gyueth no warnynge!
                                      but
To thynke on the, it maketh my harte seke, ryck

For all vnredy is my boke of rekenynge.

But xii. yere and I myght haue a-bydynge,

My countynge-boke I wolde make so clere
        accound book

第3章　高橋源次氏の *Everyman*（『万人』）研究について

/5
That my rekenynge I sholde not nede to fere.

Wherfore, Deth, I praye the, for Goddes mercy,

Spare me tyll I be prouyded of remedy.

Deth. The avayleth not to crye, wepe, and praye,

But hast the lyghly that thou were gone that iourneye,

And preue thy frendes yf thou can.

For, wete thou well, the tyde abydeth no man,
    know   wait for
And in the worlde eche lyuynge creature
              each

For Adams synne must dye of nature.

Eueryman. Deth, yf I sholde this pylgrymage take
                                              are
And my rekenynge suerly make,

/6
Shewe me, for saynt charyte,

Sholde I not come agayne shortly?

Deth. No, Eueryman; and thou be ones there,

Thou mayst neuer more come here,

Trust me veryly.

Eueryman. O gracyous God in the hye sete celestyall, 天の
                                          made
Haue mercy on me in this moost greatest vtmoost 至極
Shall I haue no company fro this vale terestyall
                                          地 vually
Of myne acqueyntaunce, that way me to lede?

Deth. Yea, yf only be so hardy

17
That wolde go with the and bere the company.   And here on erthe wyll not amende thy lyue;

Hye the that thou were gone to Goddes magnyfycence,   18
                                    gretnes   For sodeynly I do come.
                                    glory   suddenly

Thy rekenynge to gyue before his presence.   Everyman. O wretched (caytyfe) whyder shall I flee,
                                                                     miserable, unhappy wretch
                                                                     despicable (person),
                                                                     coward (ly)

What, wenest thou thy lyue is gyuen the,   That I myght scape this endles sotowe?
       (I think   escape
       (I suppose

And the worldly goodes also?   Now, gentyll Deth, spare me tyll to-morowe,

Everyman. I had wende so, veryly.   That I may amende me
                  went   and my wage
                                                                            present
Dethe. Nay, nay, it was but lende the;   With good aduysement.

For as soon as thou arte go,   Dethe. Naye, therto I wyll not consent,
                                                                                acquiesce, agree

Another a whyle shall haue it, and then go ther-fro,   Nor no man wyll I respyte,
                                                                             delay; postpone the discharge
                                                                             of an obligation; suspension of a
                                                                             penalty;   say to
Then as thou hast done.   But to the herte sodeynly I shall smyte
                                                                                         strike, hit

Everyman, thou arte made! Thou hast thy wyttes trwe   Without ony aduysement.
                                                                     thought, consideration,
                   alwaes

第 3 章　高橋源次氏の *Everyman* (『万人』) 研究について

19

And now out of thy syght I wyll me hy; = so quickly / hie
So thou make the redy shortely,
For thou mayst saye this is the daye
That no man lyvynge may scape a-waye. / day
Everyman. Alas, I may well wepe with syghes depe!
Now have I no maner of company
To helpe me in my iourney, and me to kepe;
And also my wrytynge is full varyedy.
How shall I do now for to excuse me?
I wolde to God I had never be gete!
To my soule a full grete profyte it had be, / very gret profit / avantage

20

For now I fere paynes huge and grete.
The tyme passeth. Lorde, helpe, that all wroughte! / wroughte / P.P.
Tre' though I mournye, it avayleth noughte, / fel mourne / availe / いけに?
The day passeth and is almoost ago;
I wote not well what for to do. / know
To whom were I best my complaynt to make?
What and I to felawshyp therof spake, / spake / speake = 言語
And shewed hym of this sodayne chaunce?
For in hym is all myne affyaunce; / affiaunce / faith, trust
We have in the worlde so many a daye
Be good frendes in sports and playes,

95

21

I se hym yonder, certaynely.
      ouerthwe

I trust that he wyll here me company;

Therfore to hym wyll I speke to ese mysorowe,
                                       cure

Well mette, good Felawshyp, and good morowe!
      companion,
      wellmet
      (as a greeting)   Felawshyp spekith.

Felawshyp. Everyman, good morowe, by this daye!

Syr, why lokest thou so pytously?

If ony thynge be a-mysse, I praye the me saye,
                   err, amiss
     any

That I may helpe to remedy.
                    cure for disease.

Everyman. Ye, good Felawshyp, ye,

I am in greate jeoparde
                 danger.

22

Felawshyp. My true frende, shewe to me your mynde.

I wyll not forsake the to my lyues ende,
          give up;
          stand off from;
          withdraw oneself

In the wyse of good company.

Everyman. That was well spoken and louyngly.

Felawshyp. Syr, I must nedes knowe your heuynesse;
                                                  grief;
                                          distress
I have pyte to se you in ony dystresse.
           pity   severe pressure ?
                                        pain, suffering etc;

If ony haue you wronged, ye shall reuenged be,
                                  satisfy oneself;
                                  be satisfied
                                  with retaliation

Though I on the grounde be slayne for the,
                           till.

Though that I knowe before that I sholde dye.

Everyman. Vary/y, Felawshyp> gramercy.
                                 thank you.

Felawshyp. Tusshe! by thy thanks I set not a strawe.

第 3 章　高橋源次氏の *Everyman*（『万人』）研究について

23

Shewe me your grefe, and saye no more.

Everyman. If I my herte sholde to you breke, to open, reveal
And then you to tourne your mynde fro me
And wolde not me comforte when ye have me spoke,
Then sholde I ten tymes sorryer be.

Felawship. Syr, I saye as I wyll do in dede.

Everyman. Then be ye a god frende at nede!
I have founde you true here-before. up till now (heretofore)

Felawship. And so ye shall euermore;
For, in faythe, and thou go to hell,

I wyll not frysake the by the waye.

2ｐ

Everyman. Ye speke lyke a god frende; I byleue you well.

I shall deserue it, and I maye. pay back, repay

Felawship. I speke of no deseruynge, by this daye!
For he that wyll saye, and nothynge do,
Is not worthy with god company to go;
Therefore shewe me the grefe of your mynde,
As to your frende moost louynge and kynde.

Everyman. I shall shewe you how it is;
Commaunded I am to go a iournaye,
A longe waye harde and daungerous,
And gyue a strayte count, without delaye,

25

יהוה ‎ ‎ אדני
myLord Jehovah Adonai
high judge

Before the hye Juge, Atonay.
                          יהוה

Wherfore, I pray you, bere me Company,

As ye have promysed, in this iourneye.

Felowship. That is mater in dede! Promyse is duty;

But, and I sholde take suche a vyage on me,
                                     drivinge
I know it well, it sholde be to my payne;

Also it maketh me aforde, certeyne.
                          afraid

But let us take counsell here as well as we can,

For your wordes wolde fere a stronge man,

Everyman. Why, ye sayd if I had nede

Ye wolde me never forsake, quycke ne deed,
                                      alive

26

Though it were to hell, truely.

Felowship. So I sayd, certeynely;

But suche pleasures be set a-syde, the sothe to saye,
                                              Truth
And also, if we take suche a iourneye,

When sholde we agayne come?

Everyman. Naye, never agayne tyll the daye of dome.
                                              doom
                                              judgment

Felowship. In fayth, then wyll not I come there!

Who hath you these tydynges brought,
                        news,
Everyman. In dede, Deth was with me here.

Felowship. Now, by God that all hathe bought,
                                            paid
If Dethe were the messenger,

第3章　高橋源次氏の *Everyman*（『万人』）研究について

27

For no man that is lyvynge to-daye
I wyll not go that lothe iournaye —
Not for the fader that begate me!
Everyman. Ye promysed other wyse, pardie.
Felawship. I wote well I saydso, truely;
And yet, yf thou wylte ete & drynke & make good chere,
Or haunt to women the lusty company,
I wolde not forsake you whyle the daye is clere,
Trust me varyly,
Everyman. Ye, therto ye wolde be redy!
To go to myrthe, solas, and playe

28

Your mynde wyll soner apply
Then to bere me company in my longe iournaye.
Felawship. Now, in good fayth, I wyll not that waye;
But and thou wyll murder, or ony man kyll,
In that I wyll helpe the with a good wyll.
Everyman. O, that is a symple abyse in dede.
Gentyll felawe, helpe me in my necessyte!
We have loved longe, and now I made
And now, gentyll Felawshyp, remembre me,
Felawship. Wheder ye have loved me or no,
By Saynt Iohan I wyll not with the go!

29

Everyman. Yet, I pray the, take the labour & do so moche for me
                                          much grant

To brynge me forwarde, for saynt charyte,

And comforte me tyll I come without the towne.

Felawship. Nay, and thou wolde gyue me a newe gowne, I wyll not a fote with the go;
                                          a foot 一步

But, and thou had taryed, I wolde not haue lefte the so.
                                          tarried 等待

And as now God spede the in thy journaye,

For from the I wyll departe as fast as I maybe.

Everyman. Wheter awaye, Felawshyp? Wyll thou forsake me?

30

Felawship. Ye, by my fay! To God I betake the.
                         faith

Everyman. Farewell, good Felawshyp! For the, my herte is sore;
                         mortally tender

A-dewe for euer! I shall se the no more.

Felawship. In fayth, Everyman, farewell now at the endynge!

For you I wyll remembre that partynge is mournynge.

Everyman. A-lacke, shall we thus departe indede
—Lady, helpe! — without ony more comforte?

Lo, Felawshyp forsaketh me in my moost nede.

For helpe in this worlde wheder shall I resorte?
                         turn for aid 去…求助

第3章　高橋源次氏の *Everyman*（『万人』）研究について

31

Felawshyp here-before with me wolde mery make,
And now lytell sorowe for me dooth he take.
It is sayd, 'In prosperyte men frendes may fynde,
Whiche in adversyte be full vnkynde.'
Now wheder for socoure shall I flee,
Syth that Felawshyp hath forsaken me?
To my kynnesmen I wyll, truely,
Prayenge them to helpe me in my necessyte.
I byleue that they wyll do so,
For kynde wyll crepe where it may not go.
I wyll go saye, for yonder I se them.

32

Where be ye now, my frendes and kynnesmen?
Kynrede. Here be we now at your commandement.
Cosyn, I praye you shewe vs your entent
In ony wyse, and not spare.
Cosyn. Yes, Everyman, and to vs declare
If ye be dysposed to go ony-whyder;
For, wete you well, we wyll lyue and dye to-gyder.
Kynrede. In welth and we wyll with you holde,
For ouer his kynne a man may be bolde.
Everyman. Gramercy, my frendes and kynnesmen kynde.
Now shall I shewe you the grefe of my mynde.

33

I was commaunded by a messenger,

That is a hye kynges chefe offycer.
  hygh

He had me go a pylgrymage, to my payne,
  fed
  força   Sp.L.r.u

And I knowe well I shall never come agayne.

Also I must gyue a rekenynge strayte
                                  stryct

For I haue a grete enemy that hath me in wayte,

Whiche entendeth me for to hynder.
                                 ɐtɒrɜ, अपमान

Kynrede. What a counte is that whiche ye must render? Nay, Everyman, I had leuer fast brede and water
                                                                                (rather
                                                                                 somer)

That wolde I knowe.

All this fyue yere and more.

Everyman. Of all my workes I must shewe,

B. iii Everyman. Alas, that euer I was bore!
                                        born

For now shall I neuer be mery,

34

How I haue lyued and my dayes spent,

Also of yll dedes that I haue used

In my tyme, syth lyfe was me lent;
                  since

And of all vertues that I haue refused,
                                    thither = thither

Therfore, I praye you, go thyder with me

To helpe to make myn accounte, for saynt charyte.

Cosyn, What, to go thyder? Is that the mater?

第 3 章　高橋源次氏の *Everyman*（『万人』）研究について

35

If that you forsake me.

Kynrede. A, syr, what ye be a mery man!

Take good herte to you, and make no mone.
　　　　　　　　　　　　　　　complaint
　　　　　　　　　　　　　　　lamentation
But one thynge I warne you, by Saynt Anne—
　　　　　　　　　　　　　　　truly

As for me, ye shall go alone.

Everyman. My Cosyn, wyll you not with me go?
　　　　　　　　　　　　　　　motherq child

Cosyn. No, by our Lady! I haue the crampe in my to.
　　　　　　　　　　　　　　　toe

Trust not to me; for, so God me spede,

I wyll deceyne you in your moost nede.
　　　　　　　　　　　　　　　欺く

Kynrede. It auayleth not vs to tyse
　　　　　　　　　　　　　entice
　　　　　　　　　　　　　誘う

Ye shall haue my mayde with all my herte,

36

She loueth to go to feestes, there to be nyse,
　　　　　　　　　　　　　　　wanton

And to daunce, and a-brode to sterte,
　　　　　　　　　　　out of doors

I wyll gyue her leue to helpe you in that iourney,

If that you and she may agree.

Everyman. Now shewe me the very effecte of your mynde;

Wyll you go with me, or abyde be-hynde?
　　　　　　　　　　　　　　wait for

Kynrede. Abyde behynde?/Yes, that wyll I, and I may!

Therfore farewell tyll another daye.

Everyman. Howe sholde I be mery or glade?

For fayre promyses men to me make,

But when I haue moost nede they me forsake,

37

I am deceyued; that maketh me sadde.

Cosyn. Cosyn Everyman, farewell now,

For verily I wyll not go with you.

Also of myne owne an vnredy rekenynge

I haue to accounte; therfore I make taryenge.

Now God kepe the, for now I go.

Everyman. A, Iesus, is all come here-to?

Lo, fayre wordes maketh fooles fayne
courteously
nicety   glad
They promyse, and nothynge wyll do, certayne.

My kynnesmen promysed me faythfully

For to a-byde with me stedfastly,

38

And now fast a-waye do they flee.

Euen so Felawshyp promysed me.

What frende were best me of to prouyde?

I lose my tyme here longer to abyde.

Yet in my mynde a thynge there is;

All my lyfe I haue loued rychess;

If that my Good now helpe me myght,

He wolde make my herte full lyght.

I wyll speke to hym in this dystresse.

Where arte thou, my Gooddes and rychess?

Good. Who calleth me? Everyman?/What, hast thou

第3章　高橋源次氏の *Everyman*（『万人』）研究について

39
haste?

I lye here in corners, trussed and pyled so hye,

And in chestes I am locked so fast,

Also sacked in bagges. Thou mayst se with thyn eye

I can not styre; in packes lowe I lye.

What wolde ye haue? Lyghtly me saye.

Everyman. Come hyder, Good, in al the hast thou may;
      hither

For of counsayll I must desyre the.
        thee—you

Goodes. Syr, & ye in the worlde haue sorowe or aduersyte,
          aduersity
          (it)

That can I helpe you to remedy shortly.

Everyman. It is another dysease that greueth me;

40
In this worlde it is not, I tell the so.

I am sent for, an other way to go,

To gyue a strayte counte generall

Before the hyest Iupyter of all.

And all my lyfe I haue had ioye & pleasure in the,

Therfore, I pray the, go with me;
     peradventure

For, peraventure, thou mayst before God Almyghty
     perhaps

My rekenynge helpe to clene and puryfye,

For it is sayd euer amonge

That 'money maketh all ryght that is wronge.'

Goodes. Nay, Everyman, I synge an other songe.

41

I folowe no man in such vyages;
~~journay~~

For, and I wente with the,

Thou sholdest fare moche the worse for me.
  much
  grete

For bycause on me thou dyd set thy mynde,

Thy rekenynge I haue made blotted and blynde,
  t—y

That thyne accounts thou can not make truly —

And that hast thou for the loue of me!

Everyman. That wolde graue me full sore)

Whan I sholde come to that ~~feefull~~ fearfull answere.

Vp, ~~let vs go thitter together~~
VP? let vs go thyder to-gyder,
          too brittle
         (frail
           weak

Goodes. Nay, not so! I am to brytell, I may not endure.

42

I wyll folowe no man one fote, be ye sure.

Everyman. Alas, I haue the loued, and had grete pleasure

All my lyfe-dayes on good and treasure.
              damnation

Goodes. That is to thy dampnacyon, without lesynge,
                without a lie
                = truely

For my loue is contrary to the loue euerlastynge.

But yf thou had me loued moderately duryng,

As to the poore gyue parte of me,

Then sholdest thou not in this dolour be,

Nor in this grete sorowe and care.

Everyman. Lo, now was I deceyued or I was ware,
             ~~writ~~~ ~~*frayed?~~ ~~~~~~ ~~~~ nath
                                        ~~~~ pepard
        And all I may wyte my spendynge of tyme.
                   blame

第 3 章　高橋源次氏の *Everyman*（『万人』）研究について

43
Gode. What, wenest thou that I am thyne?
　　　　　 ̄ ̄ ̄ ̄　　　　　 ̄ ̄ ̄ ̄
　　　　　 thinke?

Everyman. I had wenst so.
　　　　　　　　　 ̄ ̄ ̄ ̄
　　　　　　　　　thought

Godes. Naye, Everyman, I saye no.

As for a whyle I was lent the;

A season thou hast had me in prosperyte.

My condycyon is mannes soule to kyll;
 　 ̄ ̄ ̄ ̄ ̄ ̄
 (natural
 disposition

If I save one, a thousande I do spyll.

Wenest thou that I wyll folowe the?

Nay, fro this worlde not, varyle,
　　　　　　　　　　　　　strange
Everyman. I had wende otherwyse.

44
Godes. Therefore to thy soule God is a thefe;
　　　　　　　　　　　　　　　　　　　 ̄ ̄ ̄ ̄ ̄
　　　　　　　　　　　　　　　　　　　 author
　　　　　　　　　　　　　　　　　　　 praise is

For when thou arte deed, this is my gyse —
　　　　　　　　　　　　　　　　 ̄ ̄ ̄ ̄
　　　　　　　　　　　　　　　　 custom
　　　　　　　　　　　　　　　　 practice

Another to deceyue in this same wyse

As I have done the, and all to his soules reproofe.
　　　　　　　　　　　　　　　　　　　　　　 ̄ ̄ ̄ ̄ ̄ ̄
　　　　　　　　　　　　　　　　　　　　　　(shame
　　　　　　　　　　　　　　　　　　　　　　disgrace

Everyman. O false Good, cursed thou be,
　　　　　　　　　　　　 ̄ ̄ ̄ ̄ ̄ ̄
　　　　　　　　　　　　 traitor
Thou traytour to God, that hast decayued me

And caught me in thy snare!
　　　　　　　　　　 ̄ ̄ ̄ ̄ ̄
　　　　　　　　　　 trap

Godes. Mary, thou brought thy selfe in care,
　　　　　　　　　　　　　　　　　　　 ̄ ̄ ̄ ̄
　　　　　　　　　　　　　　　　　　　 trouble

Whereof I am gladde.

I must nedes laugh; I can not be sadde.

Everyman. A, God, thou hast had longe my hertely loue;

107

45
I gaue the that whiche sholde be the Lordes aboue.
But wylte thou not go with me in dede?
I praye the trouth to saye.
Gredes. No, so God me spede!
Therefore fare well, and haue good daye.
Euerymann. O, to whome shall I make my mone,
                                    Complint
For to go with me in that heuy iournaye?
Fyrst Felawshyp sayd he wolde with me gone,
His wordes were very pleasaunt and gaye,
But afterwarde he lefte me alone.
Then spake I to my Kynnesman, all in dyspayre,

46
And also they gaue me wordes fayre,
                                  falsely
They lacked no fayre spekynge,
But all forsake me in the endynge.
Than wente I to my Goodes that I loued best,
In hope to haue comforte, but there had I lest,
For my Goodes sharpely dyd me tell
That he bryngeth many in to hell.
Than of my selfe I was ashamed,
And so I am worthy to be blamed.
Thus may I wall my selfe hate.
Of whome shall I now counseyll take?

第3章　高橋源次氏の *Everyman*（『万人』）研究について

47
I thynke that I shall never spede (help)
Tyll that I go to my Good Dede.
But, alas, she is so weke
That she can nother go nor speke; (wisdom)
Yet wyll I venter on her now. (=venture)
My Good Dedes, where be you?
Good Dede. Here I lye, colde in the grounde.
Thy synnes hath me sore bounde, (=sin, myne)
That I can not stere. (=stir, move)
Everyman. O Good Dedes, I stande in fere! (act, sin)
I must you pray of counsayll,

48
For helpe now sholde come ryght well.
Good Dede. Everyman, I have understandynge (answered)
That ye be somonde, a counte to make
Before Myssyas, of Iherusalem kynge;
And you do by me, that iourney with you wyll I take.
Everyman. Therefore I come to you my moone to make.
I preye you that ye wyll go with me.
Good Dede. I wolde full feyne, but I can not stande, veryly.
Everyman. Why, is there any thynge on you fall?
Good Dede. Ye, syr, I may thanke you of all.

109

47

If ye had parfytely cleered me,
= fully
Your boke of counte full redy had be.

Loke, the bokes of your workes and dedes eke
Ase how they lye vnder the fete,
        =order

To your soules hevynes.
                = grief
Everyman. Our Lorde Iesus helpe me!

For one letter here I can not se,

Good Dedes. There is a blynde rekenynge in tyme of dys-
tres,
+distress

Everyman. Good Dedes, I praye you helpe me in this nede, Called Knowlege, whiche shall with you abyde,

Or alles I am for euer damned in dede;

Therefore helpe me to make rekenynge
                                    — a-mend/cleanse
                                    Redemer
Before the Redemer of all thynge,

That Kynge is, and was, and euer shall,

Good Dedes. Everyman, I am sory of your fall,

And fayne wolde I helpe you, and I were able.

Everyman. Good Dedes, your counsayll I prey you gyue me,

Good Dedes. That shall I do, veryly.

Thoughe that on my fete I may not go,

I haue a syster that shall with you also,

To helpe you to make that dredefull rekenynge.

第3章　高橋源次氏の Everyman (『万人』) 研究について

51

Knowlege. Everyman, I wyll go with the and be thy gyde,

In thy moost nede to go by thy syde.

Everyman. In good condycyon I am now in every thynge,

And am hole content with this good thynge,
         well

Thanked be God my creature.

Good Dedes. And when she hath brought you there

Where thou shalte hele the of thy smerte,
                    soul's health =pain
                    salvation

Than go you with your rekenynge & your Good Dedes

togyders,

For to make you ioyfull at herte

Before the Blessyd Trynyte.
       Blessed Trinity
       =祝·性

52

Everyman. My Good Dedes, gramercy!

I am well content, certeynly,

With your wordes swete.

knowlege. Now go we togyder louyngly
                                  cleansing river
To Confessyon, that clensynge ryuere.
                                  浄化

Everyman. For ioy I wepe; I wolde we were there!
                                      cognition

But, I pray you, gyue me cognycyon

Where dwelleth that holy man, Confessyon.

Knowlege. In the hous of salvacyon,

We shall fynde hym in that place,

That shall vs comforte, by Goddes grace.

53

Lo, this is Confessyon. Knele downe & aske mercy,

For he is in good concepte with God Almyghty.
                  asleen 按住

Everyman. O gloryous fountayne, that all unclennes doth
claryfy,

Wasshe fro me the spottes of vyce uncleane,
                                    =整洁

That on me no synne may be sene.

I come with knowlege for my redempcyon,
                        ↓ redemption
                        Contrycyon; 救赎
                        contrition
                        受折磨

Redempte with harte and full confusyon;
                                Confusion

And grete accounte before God to make.

Now I praye you, Shryfte, moder of salvacyon
                  ↓
                 忏悔 mother

54

Helpe my Good Dedes for my pyteous aclamacyon.

Confessyon. I knowe your sorowe well, Everyman.

Because with knowlege ye come to me,

I wyll you comforte as well as I can.

And a precyous iewell I wyll gyue the,

Called penaunce, voyder of aduersyte;
                 remover
                 去除   不幸

Therwith shall your body chastysed be,
                          惩罚

With abstynence & perseueraunce in Goddes seruyture,
                                              service
                                              服务

Here shall you receyue that scourge of me
                                    ↓
                                    鞭

Whiche is penaunce stronge that ye must endure,

To remembre thy Savyour was scourged for the

第3章　高橋源次氏の Everyman（『万人』）研究について

55

With sharpe scourges, and suffred it pacyently;
　　　　　　　　　　　　　　　=patiently

So must thou or thou scape that paynful pylgrymage,
　　　　　　=before

Knowledge, kepe hym in this vyage,
　　　　　　　　　　　　journey

And by that tyme Good Dedes wyll be with the.

But in ony wyse be seker of mercy,
　　　　　　　　sure
　　　　　　　　certain
　　　　　　　　sure

For your tyme draweth fass, and ye wyll saued be,

Aske God mercy, and he wyll graunte truely;

Whan with the scourge of penaunce mandoth hym bynde,

The oyle of forgyuenes than shall he fynde.

Everyman, Thanked be God for his graycous worke!
　　　　　　　　　　　　　　　　　　work

For now I wyll my penaunce begyn.

56

This hath reioysed and lyghted my herte

Though the knotles be paynful and harde, within,
　　　　　　　　　　　　　　　同 苦しい
　　　　　　　　　　　　　　　　　look

Knowlege, Everyman, loke your penaunce that ye fulfyll
　　　　　　　　　　　　book　　　　　　何でも
　　　　　　　　　　　　　　　　　　　　　尽くせ

What payne that euer it to you be,

And Knowlege shall gyue you councayll at wyll
　　　　　　　　　　　　　　　　　　忠告

How your acounte ye shall make clerely.

Everyman, O eternall God / O henenly fygures,
　　　　　　　　　　咒語

O way of ryghtwysnes / O goodly vysyon,
　　　　　→ rightheousness　　　　その光景

Whiche dyscended downe in a vyrgyn pure

Because he wolde every man redeme,
　　　　　　　　　　　　　　→redeem
　　　　　　　　　　　　　　救済

Whiche Adam forfayted by his dyscobedyence;
　　　　　　→forfeit
　　　　　　失う　　　　　　不服従

57

O blessyd God-heed, electe and hye deuyne,
Forgyue me my greuous offence!
Here I crye the mercy in this presence.
O ghostly treasure, O raunsomer and redemer,
Of all the worlde hope and conduyter,
Myrrour of ioye, foundatour of mercy,
Whiche enlumyneth heuen and erth therby,
Here my clamorous complaynt, though it late be,
Receyue my prayers vnworthy in this heuy lyfe!
Though I be a synner moost abhomynable,
Yet let my name be wryten in Moyses table,

58

O Mary, praye to the Maker of all thynges,
Me for to helpe at my endynges;
And saue me fro the power of my enemys,
For Deth assayleth me strongly;
And, Lady, that I may by meane of thy prayer
Of your Sones glory to be partynere,
By the meenes of his passyon, I it craue;
I beseche you helpe my soule to saue.
Knowlage, gyue me the scourge of penaunce;
My flesshe therwith shall gyue a...
I wyll now begyn, yf God gyue me grace.

第3章 高橋源次氏の *Everyman*（『万人』）研究について

[59]
Knowlege. Eueryman, God gyue you tyme and space!

Thus I begyne you in the handes of our Sauyour;
Now may you make your rekenynge sure.

Eueryman. In the name of the Holy Trynyte,
My body sore punysshed shall be:

Take this, body, for the synne of the flesshe!
Also thou delytest to go gay and fresshe,

And in the way of dampnacyon thou dyd me brynge;
Therfore suffre now strokes of punysshynge.

Now of penaunce I wyll wade the water clere,
To saue me from Purgatory, that sharpe fyre.

[60]
Good Dedes. I thanke God, now I can walke and go,

And am delyuered of my sykenesse and wo.

Therfore with Eueryman I wyll go, and not spare;

His good workes I wyll helpe hym to declare.

Knowlege. Now, Eueryman, be mery and glad!

Your Good Dedes cometh now; ye may not be sad.

Now is your Good Dedes hole and sounde,

Goynge vpryght vpon the grounde.

Eueryman. My herte is lyght, and shal be euermore;

Now wyll I smyte fasster than I dyde before.

Good Dedes. Eueryman, pylgryme, my spacyall frende,

115

61
Blessyd be thou without ende!

For the is prepared the eternall glory.

Ye haue me made hole and sounde,

Therefore I wyll byde by the in every stounde.

Everyman, Welcome, my Good Dedes! Now I here thy voyce.

I wepe for very swetenes of loue.

Knowlege. Be no more sad, but euer reioyce;

God seeth thy lyuynge in his trone aboue.

Put on this garment to thy behoue,

Whiche is wette with your teres,

62
Or elles before God you may it mysse.

Whan ye to your iourneyes ende come shall.

Everyman. Gentyll Knowlege, what do ye it call?

Knowlege. It is a garment of sorowe;

Fro payne it wyll you borowe.

Contrycyon it is

That gotteth foreyuenes;

He plaeseth God passyngs wall.

Good Dedes. Everyman, wyll you were it furyourhode?

Everyman. Now blessyd be Iesu, Maryes sone;

For now haue I on true contrycyon,

第3章　高橋源次氏の Everyman（『万人』）研究について

63

And lette vs go now without taryenge. [taryenge]

Good Dedes. Haue we clere our rekenynge?

Good Dedes. Ye, in dede, I haue it here.

Eueryman. Than I trust we nede not fare.
　　　　　　　　　　　　　　　　[feare]

Now, frendes, let vs not parte in twayne.
　　　　　　　　　　[part]　　　[two]

Knowlegg. Nay, Eueryman, that wyll we not, certayne.
　　　　　　　　　　　　　　　　　　[lead]

Good Dedes. Yet must thou lede with the

Thre persones of grete myght.

Eueryman. Who sholde they be?

Good Dedes. Dyscrecyon and Strength they hyght,
　　　　　　　　[分別]　　　　　　↑
　　　　　　　　　　　　　　　　　are called
And thy Beaute may not abyde behynde.
　　　　　　　　　　　　abide　behind
　　　　　　　　　　　　　　　strong

64

Knowlegg. Also ye must call to mynde

Your Fyue Wyttes as for your counsaylours.
　　　[五感]

Good Dedes. You must haue them redy at all hours.

Eueryman. Howe shall I gette them hyder?

Knowlegg. You must call them all togyders.

And they wyll here you in-contynent.
　　　　　　　　　　　immediately

Eueryman. My frendes, Come hyder and be present,

Dyscrecyon, Strengthe, my Fyue Wyttes, and Beaute.

Beaute. Here at your wyll we be all redy.

What wyll ye that we shulde do?

Good Dedes. That ye wolde with Eueryman go,

65

And helpe hym in his pylgrymage.

Aduyse you / wyll ye with him or not in that vyage? [deuine / counsilot] [journey]

Strength. We wyll brynge hym all hyder,

To his helpe and comforte / ye may byleue me.

Dyscrecion. So wyll we go with hym all togyder.

Everyman. Almyghty God, loued may thou be!

I gyue the laude that I haue hyder brought. [priest]

Strength, Dyscrecyon, Beaute, & V. Wyttes, Lacke I nought; [= naught, not]

And my Good Dedes, with Knowlege clere [clare = excellently?]

66

All be in compacy at my wyll here.

I desyre no more to my besynnes. [busyness]

Strength. And I, Strength, wyll by you stande in dystres, [distress field?]

Though thou wolde in batayle fyght on the grounde, [feilde]

V. Wyttes. And though it were through the worlde rounde,

We wyll not departe for swete ne soure. [death]

Beaute. No more wyll I vnto dethes houre, [until]

What so euer therof befall. [like / though]

Dyscrecion, Everyman, aduyse you fyrst of all;

Go with a good adusyment and delyberacyon.

第3章　高橋源次氏の Everyman (『万人』) 研究について

67

We all gyue you vertuous monycyon
That all shall be well.
Everyman. My frendes, harken what I wyll tell;
I pray God rewarde you in his heuenly spere.
Now herken, all that be here,
For I wyll make my testament
Here before you all present;
In almes / halfe my good I wyll gyue with my handes twayne
In the way of charyte with good entent,
And the other halfe styll shall remayne

68

In queth, to be retourned there it ought to be.
This I do in despyte of the fende of hell,
To go quyte out of his perell
Euer after and this daye.
Knowlege. Eueryman, herken what I saye;
Go to Presthode, I you aduyse,
And receyue of hym in ony wyse
The holy sacrament and oyntement togyder.
Than shortly se ye tourne agayne hyder;
We wyll all abyde you here.
V. Wyfth. Ye, Eueryman, hye you that ye redy were.

119

69
There is no Emperour, Kynge, Duke, ne Baron,

That of God hath commyssyon
                    authority

(As) hath the leest preest in the worlde beynge;
                  priest

For of the blessyd sacramentes pure and benygne
                                        dignity

He bereth the keyes, and therof hath the cure
   beareth=has
              carry

For mannes redempcyon — it is ever sure —
                          Yes

Whiche God for our soules medycyne

Gave vs out of his herte with grete pyne,
                              suffering
                              torment

Here in this transytory lyfe, for the 2nd ma,
                                      days

The blessyd sacramentes vii. there be:

Baptym, confyrmacyon, with preesthode good,
baptism
     公/化

70
And the sacrament of Goddes precyouc flesscho & blod,
                                              flesh blood

Maryage, the holy extreme vnccyon, and penaunce,
                                    unction
                                       化治

These seven be good to haue im remembraunce,

Gracyouc sacramentes of hye denymyte.
                                divine

Euryman. Fayne wolde I receyne that holy body,
                  fain would
                  gladly

And mekely to my ghostly fador I wyll go.
   meekly   father
   mighty

V. Wyttle. Euryman, that is the best that ye can do.

God wyll you to salvacyon brynge,

For preesthode exceedeth all other thynge:

To vs holy scrypture they do teche,

And conuerteth man fro synne, heuen to reche;

第3章　高橋源次氏の *Everyman*（『万人』）研究について

71
God hath to them more power gyuen
Than to ony aungell that is in heuen,
With v wordes he may consecrate,
Goddes body in flessche and blode to make,
And handeleth his Maker bytwene his hondes.
The preest byndeth and vnbyndeth all bondes,
Bothe in erthe and in heuen.
Thou mynystres all the sacramentes seuen;
Though we kysse thy fete, thou were worthy,
Thou arte surgyon that cureth synne deedly
No remedy we fynde vnder God

72
But all onely presthode.
Eueryman, God gaue preest that dygnyte,
And setteth them in his stede amonge vs to be,
Thus be they aboue aungelles in degree.
Knowlege. If preestes be good, it is so, surely.
But whan Iesu hanged on the crosse with grete smarte,
There he gaue out of his blessyd herte
The seuen sacramentes in grete tourment;
He solde them not to vs, that Lorde omnypotent,
Therefore Saynt Peter the apostell doothe saye
That Iesus curse hath all they

73

Whiche God thayr Sauyour do by or sell,

Or they for ony money do take or tell.

Synfull preestes gyueth the synners example;

Thayr chyldren syttetth by other mannes fyres, I haue harde!

And some haunteth womens company

With vnclene lyfe, as lustes of lechery.

These be with synne made blynde.

O-Wytte, I trust to God no suche may we fynde;

Therefore let vs preesthode honour,

And folowe thayr doctryne for our soules socoure.

74

We be thayr shepe, and they shepherdes be

By whome we all be kepte in suerte.

Peas! For yonder I se Euryman come,

Whiche hath made true satysfaccyon.

Good Dedes. Me thynke it is he in dede.

Euryman. Now Iesu be your aller spede!

I haue receyued the sacrament for my redempcyon,

And then myne extreme vnccyon.

Blessyd be all they that counseyled me to take it!

And now, frendes, let vs go with-out longer respyte,

I thanke God that ye haue taryed so longer.

第3章　高橋源次氏の Everyman（『万人』）研究について

75

Now set eche of you on this rodde your handes,

And shortely folowe me.

I go before there I wolde be. God be our gyde!

Strength. Everyman, we wyll not fro you go

Tyll ye have done this vyage longe.

Dyscrecion. I, Dyscrecyon, wyll byde by you also.

Knowlege. And though this pylgrymage be neuer so stronge,

I wyll neuer parte you fro.

Strength. Everyman, I wyll be as sure by the

As euer I dyde by Iudas Machabee.

Everyman. Alas, I am so faynt I may not stande,

76

My lymmes under me doth folde.

Frendes, let vs not tourne agayne to this londe,

Not for all the worldes golde;

For in to this caue must I crepe

And tourne to erth, and there to slepe.

Beaute. What, in to this graue? Alas!

Everyman. Ye, there shall ye endure more and lesse.

Beaute. And what, sholde I smoder here?

Everyman. Ye, by my fayth, and neuer more appere.

In this worlde lyue no more we shall,

But in heuen before the hyest Lorde of all.

99

Beaute. I [~~crosse out~~ cancel right] all this./Adewe, by Synt Ihan! Everyman. Why, than, ye wyll forsake me all?

I take my tappe in my lappe and am gone. Smale Strength, tary a lytell space.

Everyman. What, Beaute, whyder wyll ye? Strength. Nay, syrs, by the rode of grace!

Beaute. Peas! I am defe, I loke not behynde me, I wyll hye me from the fast, [hy written above] runny

Not & thou woldest gyue me all the golde in thy chest, Though thou wepe to thy herte to-brast, [illegible] to breast

Everyman. Alas, wherto may I truste? Everyman. Ye wolde euer byde by me, ye sayd, far enough

Beaute goth fast awaye fro me. Strength. Ye, I have you ferre ynough conuayde.

She promysed with me to lyue and dye. Ye be olde ynough, I vnderstande,

Strength. Everyman, I wyll the also forsake and denye; Your pylgrymage to take in honde.

I repent me that I hyder came.

Thy game lyketh me not at all. Everyman. Strength, you to dysplease I am to blame,

124

第3章　高橋源次氏の Everyman (『万人』) 研究について

79

Wyll ye breke promyse that is dette?

Strength. In fayth, I care not.

Thou arte but a fole to complayne;

You spende your speche and wast your brayne,

Eueryman. I had wende surer I cholde you have founde.

He that trusteth in his Strength,

She hym deceyueth at the length.

Bothe Strength and Beaute forsaketh me;

Yet they promysed me fayre and louyngly.

Dyscrecion. Eueryman, I wyll after Strength be gone,

As for me, I wyll leue you alone.

80

Eueryman. Why, Dyscrecyon, wyll ye forsake me?

Dyscrecion. Ye, in fayth, I wyll go fro the,

For when Strength goth before

I folowe after euer more.

Eueryman. Yet, I pray the, I, for the love of the Trynyte,

Loke in my graue ones pyteously,

Dyscrecion. Nay, so nye wyll I not come.

Fare well, euerychone!

Eueryman. O, all thynge fayleth, saue God alone,

Beaute, Strength, and Dyscrecyon,

For when Deth bloweth his blast,

125

81

They all renne fro me full fast,
V. Wyttes. Everyman, my love never of the I take,
I wyll folowe the other, for have I the forsake.
Everyman. Alas, then may I wyple and wepe,
Tur I toke you for my best frende.
V. Wyttes. I wyll no longer the kepe.
Now fare well, and there an ende.
Everyman. O Jesu, helpe! All hath forsaken me.
Good Dedes. Nay, Everyman, I wyll byde with the.
I wyll not forsake the in dede,
Thou shalte fynde me a good frende at nede

82

Everyman. Gramercy, Good Dedes! Now
may I true frendes se,
They have forsaken me, everychone;
I loved them better than my God Dedes alone.
Knowlege, wyll ye forsake me also?
Knowlege. Ye, Everyman, whan ye to Deth shall go;
But not yet, for no maner of daunger.
Everyman. Gramercy, Knowlege, with all my herte.
Knowlege. Nay, yet I wyll not from hens departe
Tyll I se where ye shall be-come.
Everyman. Me thynke, alas, that I must be gone,

第3章 高橋源次氏の *Everyman*（『万人』）研究について

To make my rekenynge and my dettes paye.

For I se my tyme is nye spent awaye.

Take example, all ye that this do here or se,

How they that I loued best do forsake me,

Excepte my Good Dedes that bydeth truely.

Good Dedes. All erthly thynges is but vanyte;

Beaute, Strength and Dyscrecyon do man forsake,

Folysshe frendes and kynnesmen that fayre spake-

All fleeth saue Good Dedes, and that am I.

Everyman. Haue mercy on me, God moost myghty;

And stande by me, thou moder & mayde, Holy Mary!

Good Dedes. Fere not; I wyll speke for the.

Everyman. Here I crye God mercy.

Good Dedes. Shorte our ende and mynysshe our payne;

Let vs go and neuer come agayne.

Everyman. In to thy handes, Lorde, my soule I commende;

Receyue it, Lorde, that it be not lost.

As thou me boughtest, so me defende,

And saue me from the fendes boost.

That I may appere with that blessyd hoost

That shall be saued at the day of dome.

In manus tuas, of myghtes moost

85

For ever, Commende spiritum meum.

Knowlege. Now hath he suffered that we all
    shall endure;

The Good Dedes shall make all sure.

Now hath he made endynge;

Me thynketh that I here aungelles synge,

And make grete ioy and melody

Where Everymannes soule receyued shall be,

The Angell. Come, excellente electe spouse, to Iesu!

Here aboue thou shalte go

Bycause of thy synguler vertue.

86

Now thy soule is taken thy body fro,

Thy rekenynge is crystall-clere.

Now shalte thou in to the heuenly spere,

Vnto the whiche all ye shall come

That lyueth well before the daye of dome.

Doctour. This morall men may haue in mynde.

Ye lerers, take it of worth, olde and yonge,

And forsake Pryde, for he deceyueth you in the ende;

And remember Beaute, V. Wyttes, Strength, & Dyscrecyon,

They all at the last do Everyman forsake,

Saue his God Dedes there dothe he take.

第 3 章　高橋源次氏の *Everyman*（『万人』）研究について

87

But be-ware, for and they be small,

Before God he hath no helpe at all :

None excuse may be there for Everyman.

Alas, how shall he do than?

For, after dethe, amendes may no man make,

For than mercy and pyte doth hym forsake.

If his rekenynge be not clere when he doth come,

God wyll saye, 'Ite, maledicti, in ignem æternum.'

And he that hath his accounte hole and sounde,

Hye in heuen he shall be crouned.

Vnto whiche place God brynge vs all thyder,

88

That we may lyue body and soule togyder.

Therto helpe the Trynyte!

Amen, saye ye, for saynt Charyte.

FINIS

Thus endeth this moral pleye of Everyman

Impryntyd at London in Poules

Chyrche yarde by me

Johan Skot.

129

第4章

エドウィン・アーノルドの詩作品
『アジアの光』(The Light of Asia) について

　金沢篤著「エドウィン・アーノルドと近代日本──和訳と八巻本詩作品集他についての補足」[1]ではエドウィン・アーノルド氏の詩作品について詳しい論考がなされている。

　エドウィン・アーノルド (Edwin Arnold, 1832-1904) はイギリスの詩人，ジャーナリストであった。1832年イギリスのケント州グレイヴズ・エンドに生まれている。ロンドン大学とオックスフォード大学に学び，1854年オックスフォード大学を卒業後，インドのプーナにある官立サンスクリット語学校の校長として赴任した。1861年にこの職を辞してイギリスに帰国している。そしてデイリー・テレグラフの記者となり，1873年には編集長に昇進した。1889年にはアメリカへ講演旅行に出かけ，後，日本にも来ている。1897年に日本女性と結婚している。1904年，73歳で亡くなった[2]。「彼は仏教徒であったことは確かであった。しかし今以上に，アーノルドの生きていた時代は仏教徒であることを公言することは反感を引き起こしかねないことであったので彼は用心深くした」[3]。

　彼の著作の中でもとりわけ『アジアの光』(The Light of Asia, 1879) は高く評価されて大きな反響を呼んだのである。それは西洋の人々から注目されたのみならず，日本でも山本晃紹氏はこの作品を『亜細亜の光』と題して日本語に翻訳している[4]。また松岡譲氏も著書『釋尊の生涯』の中でこのアーノルドの作品について触れている[5]。この作品は詩の形でお釈迦様（釈尊，仏陀）の生涯を描いており，8章から成っている。ところで仏陀80年の生涯を

記述する文献を「仏伝」というが，原始仏典では全生涯をまとめて一つにしたものはない。前田惠學氏は「佛陀の生涯が，誕生から入滅まで，まとめられて伝記風の「仏伝文学」となり，聖典文学の一大ジャンルが成立するようになるのは，仏滅後もはるか数百年を経てのちのことであったと見られる」[6]と述べている。水野弘元氏は著書『釈尊の生涯』の「まえがき」で釈尊伝に関する東西学者の著述の一部を掲げている。欧文のものが12あげられているが，このアーノルドによる *The Light of Asia* の1880年出版のものが紹介されている。そしてこのアーノルドの詩作品は「馬鳴の佛所行讃等によって，韻文によって書かれた名作」[7]と説明している。この馬鳴（アシユヴァゴーシャ）は西暦1〜2世紀に活躍した仏教詩人であった。彼の代表作は仏陀の生涯を描いた『仏所行讃』（ブッダ・チャリタ）である。

　アーノルドはこの作品等を読むことによって『アジアの光』を書き上げていったものと思われる。しかしこの『アジアの光』は馬鳴の『仏所行讃』とはかなり違ったものになっている。

　第1章ではスッドーダナ王の妃，マーヤー夫人の白象の夢見，シッダールタ（後の釈尊，仏陀）の誕生，母親，マーヤー夫人の死，シッダールタの悲しみ哀れむ心の芽生えの様子が描かれている。

　第2章ではスッドーダナ王は18歳になった息子，シッダールタのために季節に応じた三つの宮殿を造らせる。シッダールタがスプラブッダ王の娘，ヤソーダラへの求婚，求婚者たちとの軍技の競争に勝ち，結婚する様子が描かれている。

　第3章ではシッダールタがぜいたくな宮殿の生活に憂え悶え，スッドーダナ王の見た苦しい夢，シッダールタが城門を出ると病気で苦しむ人々，老いて苦しむ人々，死んで行く人々を目の当たりにした様子が描かれている。

　第4章ではヤソーダラ妃の数々の夢見，シッダールタが愛しい家族と別れて遠い旅路に出発する様子が描かれている。

　第5章ではシッダールタが街から街へ托鉢し，苦行者たちに出会い，なぜ自らを苦しめるのかをたずねる。それからわが子を亡くしたキサー・ゴータミーの話。シッダールタに出会ったビンビサーラ王がそのシッダールタの尊い姿に心打たれる様子が描かれている。

第4章　エドウィン・アーノルドの詩作品『アジアの光』(*The Light of Asia*) について

　第6章では6年の苦行のために疲れ果てたシッダールタがスジャータから受けた凝乳と乳で力と命が蘇り，菩提樹の下で坐禅を行う。そこに暗黒の王，魔神の強軍，10の悪天使がシッダールタを誘惑するが，眼もくれず坐禅三昧で，暁の明星を見て解脱した様子が描かれている。

　第7章ではカピラ城に住む悲しみ深い父スッドーダナ王，子供のラフラと共に夫のシッダールタを待つ妻，ヤソーダラ妃は商人からシッダールタが無辺広大の情けをもって，生きとし生ける人すべてを助ける仏陀となっていることを聞く。仏陀がどのようにすれば人々に十二因縁[8]のことわり，解脱の道を説くことができるのか，それはあまりにもむずかしいと悩み，煩悶した。しかしもしこれを断念すれば法の道が途絶えてしまうのではないかと思い煩った時，大地が響き「おお，無上尊，法輪を転じたまえ」という声が聞こえた。その時，仏陀は「私は法を説こう」と決意した。まず5人の比丘に法を説いた。仏陀はカピラ城に帰り，法を説き，父スッドーダナ王，妻ヤソーダラ妃，子ラフラが悟道に入る様子が描かれている。

　第8章では次のようなことが描かれている。鳥類，獣類等あらゆる生き物が仏陀の法を聞いて喜び合う。四諦が説かれる。すなわち苦諦（この世は苦である），集諦（苦の原因は煩悩や執着による），滅諦（この世の無常を見極め，執着にとらわれないこと），道諦（苦の消滅には正しい修行がいる）である。これには八つの聖道がある。すなわち正見（ただしくみること），正思惟（ただしいおもい），正語（ただしいことば），正業（ただしいおこない），正命（ただしいせいかつ），正念（ただしいこころ），正定（ただしい精神集中），正精進（ただしい努力）である。また十の煩悩，すなわち，自分へのしゅうちゃく，誤った道，疑い，いかり，むさぼり，せいのこだわり，てんへのあこがれ，がまん，過ち，おごりが謳われている。さらに五つの戒（いましめ），すなわち，殺すなかれ，人のものを奪うなかれ，偽の証人となるなかれ，悪口をいうなかれ，嘘をいうなかれも謳われている。原文では"kill not"（殺すなかれ）というように命令形になっている。ただ水野弘元は「五戒とは，生き物を殺さない，盗みをしない，うそをつかない，夫または妻以外の異性と関係しない，酒を飲まないの五つであって，これは強制的のものではなく，信者が自発的に誓いを立ててこれを守るのである」[9]と述べてい

る。水野弘元によると五戒は命令形ではない。命令形を用いているアーノルドはやはり西洋的伝統に基づいているのであろうか。また両者による五戒の内容も少し異なっている。

さてこの『アジアの光』(The Light of Asia) の行数を試みに数えてみた。第1章が439行，第2章が510行，第3章が596行，第4章が559行，第5章が560行，第6章が746行，第7章が513行，第8章が606行で合計4529行の詩である。

私の手元にある5種類の『アジアの光』(The Light of Asia) は次の通りである。

(a) これは昭和63年（1988）にイギリス，エジンバラの古書店で買ったものである。

出版社：London: Trübner & Co., Ludgate Hill
出版年：1883, Tenth Edition（10版）
装本：ペーパーバック（紙表紙，仮製本）
頁数：256頁

この表題は

　　　　　The Light of Asia
　　　　　　　　OR
　　　THE GREAT RENUNCIATION
　　　　（MAHÂBHINISHKRAMANA）
　　　　　　　　BEING
　　　THE LIFE AND TEACHING OF GAUTAMA,
　　PRINCE OF INDIA AND FOUNDER OF BUDDHISM

となっている。

これを訳してみると，『アジアの光　偉大なる自制　ゴータマの人生と教え　インドの王子であり仏教の創始者』となる。

この本は1883年に出版されており，10版である。この『アジアの光』は

第4章　エドウィン・アーノルドの詩作品『アジアの光』(*The Light of Asia*) について

1879年が初版なので，4年ほどで10版を重ねたということはその反響の大きさを物語っている。

　従ってこの10版の書物の最初のところには5ページにわたって報道機関の意見が紹介されている。当時の状況を知る貴重な資料である。例えば1879年の9月17日の『モーニング・ポスト』(*Morning Post*) はこう述べている。

> Mr. Arnold, one of the most musical and thoughtful of modern writers of verse, has given to the world in 'The Light of Asia,' a poem which is for many reasons remarkable.... Entirely apart from the vivid beauty of the scene as set forth in these noble lines, it is worthy of note with what inimitable success the figure of onomatopæia is employed; it is impossible to conceive of anything more perfect in this way than such a line as that descriptive of the successive rises of the (Himalayan) precipice.... Not the least of his merits is that he writes such pure and delicious English.... 'The Light of Asia' is a noble and worthy poem.
>
> 最も音楽的で思慮深い現代詩人の一人であるアーノルド氏は私たちに『アジアの光』という詩を与えてくれた。この詩は多くの理由から注目に値する。堂々とした詩行の中で語られる生き生きとした美しいシーンに加えてその無類の成功が擬声法を用いたことにあるのは注目に値する。連綿としてそびえ立つヒマラヤの絶壁の描写ほど完全なものをほかに思い浮かべることはできない。彼が純正で実にうまい英語で書いているのは少なからぬ長所である。『アジアの光』は威厳のある敬服すべき詩である。　　　　　　　　　　　　　　　　　　　　（拙訳，以下同）

　また1879年10月16日のボストンの『ザ・クリスチャン・レジスター』(*The Christian Register*) は次のように述べている。

> At last we have a classic, —a work of inspiration and power, which must broaden and brighten humanity, and give delight to many generations. The

praise with which the higher critics have greeted 'The Light of Asia' will not prepare the reader for disappointment.

終に私たちは第一級の作品を手にした。それは霊感と力の作品である。それによって人間性が広がり，磨かれる。それは何世代にもわたって歓喜を与えていくに違いない。高名な批評家たちが『アジアの光』に対して述べた称賛によって読者が警戒する失望の気持ちは要らなくなるだろう。

(b) 次の本は平成2年（1990）にイギリス，ロンドンの古書店で買ったものである。

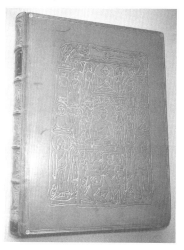

出版社：London: Trübner & Co., Ludgate Hill
出版年：1885
装本：ハードカバー（上製本）
頁数：212頁

　この本は実にしっかりとした装丁の本である。古書店の人にこの本の有無を尋ねると，すぐに奥にひっこんでしばらくしてもって来たものである。この本の随所に仏教に関する挿絵がほどこされている。表紙は仏陀の誕生，降魔成道，初転法輪，涅槃等の生涯が描かれた絵が刻印されている。口絵には仏陀の出家の決意の彫刻が載っている。アーノルドの説明によると，この彫刻はジェマールガリ（Jemal-garhi, Yuzufzai）の丘にあった仏教の僧院の廃墟で発見され，現在ラホール博物館（Lahore Museum）にあるという。ラホールは現在パキスタン，パンジャブ州の首都である。本とびらには仏陀の頭像がある。これはガンダーラ（Gandhara, Yuzufzai）で発見された彫刻で，現在カルカッタ博物館（Calcutta Museum）にあるという。3ページには仏陀の母，マヤ夫人の夢見の様子の彫刻がある。これはアムラヴァティ（Amravati）の仏教の僧林で発見されたもので，

第4章　エドウィン・アーノルドの詩作品『アジアの光』(*The Light of Asia*) について

現在カルカッタのインド博物館（Indian Museum）にあるという。

　88ページには出家を決意し，出城する彫刻がある。これはアムラヴァティでの彫刻という。121ページにはスジャータが苦行して疲れ果てたシッダルタに凝乳と乳を与える場面がある。これはガンダーラで発見されたものという。129ページには降魔成道する前の晩の様子がある。これはアジャンタ（Ajanta）石窟からのものという。156ページには法を説く仏陀がある。これはガンダーラで発見されたものという。173ページには仏陀の慈悲の様子が載っている。これはアジャンタの石窟からのものという。196ページには仏陀の涅槃の姿がある。これもアジャンタ石窟にあるフレスコ壁画という。全ての挿絵について述べることはできなかったが，この本の特色はこのように種々の挿絵が載っていることである。

(c)　3番目のアーノルドの『アジアの光』表紙は次の通りである。

出版社：Los Angeles: The Theosophy Company
出版年：1977
装本：ハードカバー（上製本）
頁数：273頁

　この本と(a)の本とは本文のページ数がともに238頁で同じである。ちなみに(b)の本の本文は196頁である。この本はアメリカで出版されているのが特色である。

　この本の巻末にアメリカの牧師，ウィリアム・ヘンリー・チャニング（William Henry Channing）が友人に書いた手紙の抜粋が紹介されている。

"The Light of Asia" is a poem in which the effort is made to bring before our modern age, in the Western world, that sublime embodiment of the finest genius of the Orient, in its prime, whom we call BUDDHA, in *living form*, and to sketch this outline of his speculative and ethical *systems* in vivid pictorial representation.And marvellously successful has the effort of the poet proved. Those who are most familiar with the semi-historical, semi-legendary biographies of Prince Siddârtha Gautama, will be the most prompt to admit that never has the image of the serene and heroic, saintly and gentle sage been more beautifully portrayed than in this poem; and from infancy, through youth and manhood, to his new birth in extreme age, his whole growth towards perfection is so glowingly brought before the reader, that he feels as if lifted into personal communion with this grand and lovely teacher of the "Way to Peace."

Buddha lives and moves and speaks again in these pages, as he lived and moved and taught amid the sacred groves of India.

『アジアの光』は私たち現代の西洋世界にもたらされた努力の詩である。私たちがブッダと呼ぶ、東洋の卓越し、最も優れた天才の生きた姿を雄大に現し、あざやかに生き生きとした表現でブッダの瞑想的で倫理的な体系の輪郭を描いている。この詩人の努力が驚嘆すべき成功であることを示している。シッダルタ・ゴータマ王子の半分歴史的で、半分伝説の伝記に最も精通している人々は落ち着いて利他的で聖人らしく、寛大な賢人の像をこの詩ほど美しく表現したものはないとたちまち認めるであろう。ブッダの幼少から青年時代、成年を経て臨終の再誕生まで完全円満な方向へ成長していく全体像が読者の前に燃えるように伝えられ、この「平和への道」の堂々として高潔な教師と読者がじかに交わっているかのように感じる。ブッダはこの詩のページにおいてかつてインドの聖なる林の中で生活し、移動し、法を説いたように生活し、移動し、話すのである。

第4章　エドウィン・アーノルドの詩作品『アジアの光』(*The Light of Asia*) について

(d)　4番目の書物の表紙は仏陀の頭像が用いられている。

出版社：London: Routledge & Kegan Paul
出版年：1978
装本：ペーパーバック（紙表紙，仮製本）
頁数：169頁

この本の本文は157頁である。これは1971年に出版されており，ここに掲げているのはそのリプリント版である。

上の(a)，(b)，(c)本では表題の著者の名前が Edwin Arnold と記されているのに対し，この本では Sir Edwin Arnold となり，Sir が加えられている。

(e)　最後の書物はアメリカで出版されている。

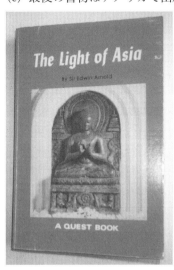

出版社：Wheaton: The Theosophical Publishing House
出版年：1984
装本：ペーパーバック（紙表紙，仮製本）
頁数：169頁

この初版は1969年に出版されているが，ここに掲げているのは3版である。この本の本文は154頁である。この本の表題の著者名も(d)本と同じく Sir Edwin Arnold となって Sir がついている。以上(a)，(b)，(c)，(d)，(e)本の序文（PREFACE）は基本的には同じであるが，表現等の違いが

若干見られる。(a), (b), (c), (d)本は "PREFACE" という表現のように綴字は全部大文字になっている。(e)本は "AUTHOR'S PREFACE" となっており、"AUTHOR'S" が加わっている。ただ(b)本の場合の序文の表題, "Preface" の綴字は文字 "P" 以外は小文字が使われている。

(a)と(c)本は次のようになっている。

> Four hundred and seventy millions of our race live and die in the tenets of Gautama; and the spiritual dominions of this ancient teacher extend, at the present time, from Nepal and Ceylon over the whole Eastren Peninsula to China, Japan, Thibet, Central Asia, Siberia, and even Swedish Lapland. India itself might fairly be included in this magnificent empire of belief, ...
>
> （下線筆者）

下線部がここでは小文字になっている。ところが(b), (d), (e)本ではここが "Empire of Belief" となって大文字 "E" と "B" が使われている。

ちなみにここを日本語に直してみると次のようになる。

> 私たち4億7千万の人類はゴータマの教えの中に生き、死んでいく。この古代の教師の精神的範囲は現在ネパール、セイロンから東方の半島全体を越えて、中国、日本、チベット、中央アジア、シベリア、スウェーデンのラップランドまで広がっている。インド自身もこの崇高な教えの地域に含まれるであろう。

(a)と(c)本は次のようになっている。

> To Gautama has consequently been given this stupendous conquest of humanity; （下線筆者）

下線部にあるようにここでは "given" が使われている。ところが(b), (d), (e)本ではここが "granted" という表現に変わっている。

第4章　エドウィン・アーノルドの詩作品『アジアの光』(*The Light of Asia*) について

訳してみる。

　ゴータマには結果として驚くべき人間愛の克服が与えられた。

(a)と(c)本は次のようになっている。

　As to these there has arisen prodigious controversy among the erudite, …（下線筆者）

(b), (d), (e)本では下線部の所が "As to these latter" となって "latter" の語が加えられている。
　訳してみる。

　これらに関しては学者たちの間で活発な議論が生じている

(a)と(c)本は次のようになっている。

　The time may come, I hope, when this book and my "Indian Song of Songs" will preserve the memory of one who loved India and the Indian peoples.
　　　　　　　　　　　　　　　　　　　　　　　　（下線筆者）

(b), (d), (e)本では下線部のところが "my Indian Song of Songs, and Indian Idylls," となって "Indian Idylls" が加えられている。(e)本ではそこがイタリック体になり引用符（" "）が省略されている。
　訳してみる。

　この本と私の『インドの歌の歌』がインドとインドの人々を愛した人の記憶をもち続ける時が来ることを願っている。

　以上見てみると(a), (c)本の系統と(b), (d), (e)本の系統の二つがある

141

ように思う。

　この詩の多くの部分は散文的無韻詩形（blank verse）で書き連ねられている。そして弱強五歩格（iambic pentameter）であるのはイギリス詩で多く用いられる韻律である[10]。例えば巻頭は次のように始まっている。

> *The Scripture of the Saviour of the World,*
> *Lord Buddha—Prince Siddārtha styled on earth—*
> *In Earth and Heavens and Hells Incomparable,*
> *All-honoured, Wisest, Best, most Pitiful;*
> *The Teacher of Nirvāna and the Law.*
>
> 　　Thus came he to be born again for men.
>
> Below the highest sphere four Regents sit
> Who rule our world, and under them are zones
> Nearer, but high, where saintliest spirits dead
> Wait thrice ten thousand years, then live again;

最初の行に弱を示す記号（－）と強を示す記号（ˊ）をつけてみる。

　　－ ˊ －ˊ －ˊ －ˊ －ˊ
　　The Scripture of the Saviour of the World,

　"Scripture" と "Saviour" は 2 音節あるので、"The Scrip" "ture of" "the Sav" "iour of" "the World" がそれぞれ弱強であり、弱強の組み合わせが五つあることになる。したがってこれは弱強五歩格である。ちなみに(e)の本では "Siddartha" の "a" と "Nirvana" の "a" 上の記号は "－" が使われている。

　この『アジアの光』を日本語に訳した一人に山本晃紹（1896-1976）という人がいる。彼は山口県正善寺の住職であり、龍谷大学教授であった。彼の翻訳した英文『真宗聖典』『教行信証』『大般涅槃経』等とともにこの翻訳は

第 4 章　エドウィン・アーノルドの詩作品『アジアの光』(The Light of Asia) について

優れたものである。大正 3 年 (1914)，浄土真宗本願寺派管長大谷光瑞のサンスクリット語研究生としてインドのパンジャブ州ラホール市でサンスクリット語研究を行っている。彼がこのアーノルドの『アジアの光』に出会ったのはインドのラホールであり，彼がきわめて熱心に読んだ本の一つがこの『アジアの光』であった。そして仏教のことを真剣に考えはじめたのはこの本のお陰であるという[11]。彼はこの翻訳に手を染めて約20年たったという。繰り返しなされた推敲によって磨かれたこの翻訳はアーノルドの英文の真意を咀嚼している。また文体も仏伝の形として荘重であり，読むものの気持ちを引き締めてくれる。従ってさきほど掲げたアーノルドの英詩の訳はそのような貴重な仕事をされた山本晃紹の訳を紹介するのがふさわしいと思うのである。以下は彼の訳である。

　　天上，天下，地下にくらべなく，
　　いと尊く，いと慧く，いと善く，憐愍
　　いと深き，涅槃と法の大導師，
　　濟世主，——世ぞ呼ぶ御名は
　　シッダールタ太子——佛陀の傳經。
　　かくて，また，人の身のために
　　降誕れますことになりにける。
　　いと高き天の下に
　　四天王は在して人土を統ぶる。
　　して，そが下に國あり，ま近に，
　　さは高きところ，其處にては
　　いとぞたふとの逝ける精靈，三萬年を
　　休息ひて，後，また，生るとはいふ。　　　　　　　　　　(山本訳)

ちなみに杉浦義朗訳の『仏所行讚』(ブッダ・チャリタ) の巻頭はこのように始まっている。

　　遠き神々の祖先イクシュヴァークをも凌がんばかりに，いみじう勢いた

143

るシャカ族に，行い澄みたれば，民草(たみくさ)より望月の如く慕われたるシュッドーダナなる王ありけり。
インドラに似いたるこの王には，天女の如く美しく，蓮華(れんげ)の如く清らに，大地(おおつち)の如く堅く，マハーマーヤーの名に適わしき王妃(きさき)ありけり。[12]

(杉浦訳)

さてアーノルドの『アジアの光』の詩の中ではわずかではあるが，4行連句（quatrain）がある。これはイギリス詩では最も一般的で自然な形である。各行が弱強五歩格（iambic pentameter）で隣接する各2行が押韻する対句詩型をとっている。

例えば第3章の初めの所にある。他の箇所と異なり，ここがイタリック体になっていることからアーノルドが強調したいところと思われる。

We are the voices of the wandering wind,
Which moan for rest and rest can never find;
Lo! as the wind is so is mortal life,
A moan, a sigh, a sob, a storm, a strife.

Wherefore and whence we are ye cannot know,
Nor where life springs nor whither life doth go;
We are as ye are, ghosts from the inane,
What pleasure have we of our changeful pain?

What pleasure hast thou of thy changeless bliss?
Nay, if love lasted, there were joy in this;
But life's way is the wind's way, all these things
Are but brief voices breathed on shifting strings.

O Maya's son! because we roam the earth
Moan we upon these strings; we make no mirth,
So many woes we see in many lands,

第4章　エドウィン・アーノルドの詩作品『アジアの光』（The Light of Asia）について

So many streaming eyes and wringling hands.

Yet mock we while we wail, for, could they know,
This life they cling to is but empty show;
'Twere all as well to bid a cloud to stand,
Or hold a running river with the hand.

But thou that art to save, thine hour is nigh!
The sad world waiteth in its misery,
The blind world stumbleth on its round of pain;
Rise, Maya's child! wake! slumber not again!

We are the voices of the wandering wind:
Wander thou, too, O Prince, thy rest to find;
Leave love for love of lovers, for woe's sake
Quit state for sorrow, and deliverance make.

So sigh we, passing o'er the silver strings,
To thee who know'st not yet of earthly things;
So say we; mocking, as we pass away,
These lovely shadows wherewith thou dost play.

第1行の"wind"と第2行の"find"が脚韻を踏んでいる。また第3連の"life"と第4連の"strife"も脚韻を踏んでいる。以下第2連から8連まで隣接する各2行が脚韻を踏んでいる。

我等は漂ふ風の聲，
住所（すみか）を求め，呻きて，そを
得もせざる。
見よ，風のごときは
人の生，

呻吟，嘆息，啜泣，暴風，葛藤！
何故，何處より我等はあるか，
汝は知るを得ね。
生の將來，又そが行手をも。
我等は汝れと等しき
虛空の客，我等が，
轉輪の苦に何かは樂やはある？
變りなき
汝が幸福に何の喜ぞ？
いやさ，持たばや愛にも樂やはあれ。
なれど，生の道は
風の通路，これらなべては移り行く
弦が上に息する幽かの聲なるのみ。
おゝ，マーヤーが子よ！我等は
地上に漂へば，我等は歎く，
これらの弦上に。我等は笑ひはしやがぬ，
數けき國にかくは數けき悲を見，
かくは數けき流れなす
涙，戰慄き震ふ手を見るが故に。
なれど，我等は
慟哭めど嘲笑はする。そも，誰れかは知る，
執着ふこの生はたゞ虛假なるを。
そは，宛然に，
雲を呼び止め，又掌をもちて，流れ去る
河水をし抑止めんとはするにも似たる。
さは，世を救ふべきは
汝，汝が時やは迫れる！
悲しの世は痛みつ待つ。
盲目の世は轉び苦しむ。
起てよ，マーヤーが子！

第4章　エドウィン・アーノルドの詩作品『アジアの光』(*The Light of Asia*) について

　目覚めよ！　二度と居眠るな！
　我等は漂ふ風の聲。
　汝も亦漂ひ汝が
　休息(くそく)を捜せ，おゝ，太子。愛するものの
　愛がためには愛を捨て，
　憂きことのためには
　悲の世を捨て，解脱を得よや。
　かくは歎息する，我等，
　銀線の上に翔びて，
　未だ地上の事を知らぬ汝れに向ひて。
　かくは，我等がことば，
　過ぎ行くまゝに，我等は
　嘲笑(あざわら)ふよ，汝が弄ぶこれら美しの影を。　　　　　　　（山本訳）

　第7章ではビンビサーラ（頻婆娑羅）王のことが謳われている。マガダ国のビンビサーラ王たちが慈悲や守るべき生活の教えをブッダから聞き，ブッダに帰依し，竹林園を寄付した。この竹林園が仏教最初の修行道場となった。そしてそこに王は石柱を建て，次のように記した。

　"What life's course and cause sustain
　These *Tathágató* made plain;
　What delivers from life's woe
　That our Lord hath made us know."

　この4行連も1行と2行，3行と4行がそれぞれ脚韻を踏む二重対句（double couplet）になっている。しかし強弱格（trochee）をとっている。この下降律によってアーノルドはビンビサーラ王の気持ちを強調させようとしているように思う。2行目を除いて基本的には4歩格（tetrameter）であるが，弱音節が省略（catalexis，欠節詩行）されている。

生の行程、そが原因をさゝふるもの、
　　こを如来は明したまへる。
　　生の苦より救ひとるもの、
　　そを如来は我等に教したまへる。　　　　　　　　　　　（山本訳）

　ビンビサーラ王はブッダが修行者ゴータマと呼ばれた頃からその信者であった。ビンビサーラ王がブッダから布施の話、持戒の話からはじめて、苦悩と苦悩の起源と苦悩の滅却と苦悩の滅却への道の話を聞いて、仏と法と僧の三宝に帰依した。その時次のように言ったといわれる。「わたしはかつて太子であった時に五つの願い事を持っていた。第一には国王となること、第二には私の領土に仏陀が出現なさること、第三にはその世尊に仕えまつること、第四には世尊が私のために説法をしてくださること、第五には私が世尊の法を悟ることができること、以上の五つの願い事は今すべてかなえられた」[13]。
　ブッダはビンビサーラ王たちに対してこう述べている。

　　"Evil swells the debts to pay,
　　Good delivers and acquits;
　　Shun evil, follow good; hold sway
　　Over thyself. This is the Way."

　1行と3行と4行が脚韻を踏んでいる。やはり強弱格であるが、1行と2行が欠節詩行である。

　　悪は返しの負債を増し、
　　善はたすくる、解脱せしむる。
　　悪をすて、善につけ、
　　汝が身を制めよ。これ道ならく。　　　　　　　　　　　（山本訳）

　コーサラ国のプラセーナジト（波斯匿）王の妹、コーサラ・デーヴィーは

第4章　エドウィン・アーノルドの詩作品『アジアの光』(*The Light of Asia*) について

ビンビサーラ王の妃となったが，別の妃ヴァイデーヒー（韋提希）の生んだアジャータシャトル（阿闍世）が暴力で王位を奪うに及んで自ら死を選び，これが原因となって両国の間に戦争が起こった。

ビンビサーラ王の王子，アバヤバ（無畏）はなぜか国王の位につかず，アジャータシャトル王子は父のビンビサラ王を一室に監禁して自ら王位につき，軍備を盛んにして四方を侵略する体制をとった。

『観無量寿経』ではアジャータシャトルの逆罪を機縁に，彼の母，ヴァイデーヒーの要請によって，ブッダが16種の観法を説いた。これによってアジャータシャトルの母，ヴァイデーヒーの苦悩が除かれていった。アジャータシャトルははじめは仏教を信じなかったが，後にはブッダの意見を聞くようになった。

のち，プラセーナジト王もわが子ヴィドゥーダバ（毘瑠璃）王に王位を奪われ，アジャータシャトルをたよってマガダ国のラージャグリハ（王舎城）の城門の外までたどりついて最後をとげた。このヴィドゥーダバ王はブッダの祖国カピラヴァストゥ（迦毘羅衛）を攻めてシャーキャ（釈迦）族を滅ぼしたが，まもなくマガダ国に負けて併合された。このようにブッダの時代の北インドは政治的軍事的にも多事多端な時期であった[14]。

アーノルドは終末のところで次のように綴っている。

   Here endeth what I write
 Who love the Master for his love of us.
 A little knowing, little have I told
 Touching the Teacher and the Ways of Peace.
 Forty-five rains thereafter showed he those
 In many lands and many tongues and gave
 Our Asia light, that still is beautiful,
 Conquering the world with spirit of strong grace:
 All which is written in the holy Books,

我等を愛せし佛陀（みほとけ）を

追慕ひまつる我が筆は此處にてぞ盡く。
　　僅かをのみ知り，佛陀がこと，悟の道に
　　觸れて，僅かをのみ語りしなり。
　　そが後，四十五年，佛陀は
　　それらの悟の道を數多の土地，
　　數多の言語に傳へ，して
　　我が亞細亞に光を與へし。
　　そは，猶，美し，して，強くぞ，
　　優雅の心をもちて世をぞ征服むる。
　　すべては經典に記してはある，　　　　　　　　　　　　　　（山本訳）

　ここはおおむね弱強五歩格である。ただし1行は弱強三歩格（iambic trimeter）である。
　アーノルドは題名を「佛陀の生涯」とか，「佛陀伝」とせず，「アジアの光」としたのが特色である。
　ここでは謙遜して述べているが，英詩の形にまとめるのは並大抵のことではなかったと思う。また山本晃紹はこの難解な翻訳という仕事を見事に成し遂げたのは仏恩への熱い情熱があったと察するのである。
　仏陀の生涯を英語の詩で書き上げたアーノルド及びそれを長い年月にわたって訳し，推敲を重ねた山本氏の偉大さにただただ敬意を表するのみである。かくも仏陀はおよそ2500年以上にもわたって人々に影響を与え，仏陀の説いた法が人々のよりどころとなっていることを強く覚えるのである。

注

1　金沢篤「エドウィン・アーノルドと近代日本──和訳と八巻本詩作品集他についての補足」『駒澤大学佛教学部論集』第44号（2013），448-20頁．
2　『英米文学辞典』（研究社，1985）及び Edwin Arnold, *The Light of Asia* (The Theosophy Company, 1977) の巻末に掲載されている著名人の短評を参照．
3　William Peiris, *Edwin Arnold Brief Account of his Life and Contribution to Buddhism* (Buddhist Publication Society, 1970), pp. 74-75. ちなみに2巻でとりあげている小泉八雲は1902年に出版した著書 *Kotto* (the Macmillan Company) の扉で「心やさしい言

第 4 章　エドウィン・アーノルドの詩作品『アジアの光』（*The Light of Asia*）について

葉をいただいた感謝の思いつでに　エドウィン・アーノルドに捧げる」（To Sir Edwin Arnold in Grateful Remembrance of Kind Words)」と記している．また 1 巻 8 章と 9 章のトマス・ヒギンスンは1872年，英国を旅行した時，アーノルド家を訪問している（Brooks Wright, *Interpreter of Buddhism to the West: Sir Edwin Arnold.* Bookman Associates, Inc., Publishers, 1957, p. 65)．

4　エドウィン・アーノルド『亜細亜の光』山本晃紹訳（目黒書店，1944）．
5　松岡譲『釋尊の生涯——佛傳と佛傳文學』（大東出版社，1978），141頁．
6　前田惠學「序」黒部通善『日本仏伝文学の研究』（和泉書院，1989），i頁．
7　水野弘元『釈尊の生涯』（春秋社，1971），3頁．
8　十二因縁について渡辺照宏は次のように説明している。「そのときボサツは次のようにお考えになりました——何によって老死ということになるのか。何を原因として老死があるのか。生まれることによって老死ということがある。生まれることを原因として老死がある。では，何によって生まれることになるのか。何を原因として生まれるのか。生存（有）によって生まれる。生存を原因として生まれる。では，何によって生存となるのか。何を原因として生存があるのか。執らわれ（取）によって生存となる。執らわれを原因として生存がある。では，何によって執らわれということになるのか。何を原因として執らわれがあるのか。渇望（渇愛）によって執らわれということになる。渇望を原因として執らわれがある。では何によって渇望がおこるのか。何を原因として渇望があるのか。感受（受）によって渇望がおこる。感受を原因として渇望がある。では何によって感受がおこるのか。何を原因として感受があるのか。接触（触）によって感受がおこる。接触を原因として感受がある。では何によって接触がおこるのか。何を原因として接触があるのか。六種の感覚（六処）によって接触がおこる。六種の感覚を原因として接触がある。では，何によって六種の感覚がおこるのか。何を原因として六種の感覚があるのか。姿と物（名色）によって六種の感覚がおこる。姿と物とを原因として六種の感覚がある。では，何によって姿と物とがおこるのか。何を原因として姿と物とがあるのか。思いめぐらすこと（識）によって姿と物とがおこる。思いめぐらすことを原因として姿と物とがある。では，何によって思いめぐらすことになるのか。何を原因として思いめぐらすことがあるのか。現象（行）によって思いめぐらすことになる。現象を原因として思いめぐらすことがある。では，何によって現象があるのか。何を原因として現象があるのか。迷い（無明）によって現象がある。迷いを原因として現象がある。このようにして人間の苦悩の原因の連鎖を順次にさかのぼって考察した結果，すべての根本には無明があることが見出されました。無明から始まるこの連鎖——無明〜行〜識〜名色〜六処〜触〜受〜渇愛〜取〜有〜生〜老死——は，十二因縁とも縁起ともよばれています」渡辺照宏『新釈尊伝』（大法輪閣，1983），191-92頁．
9　水野弘元『釈尊の生涯』168頁．
10　英詩の韻律については次の書物を参照した。
　　石井白村『英詩韻律法概説』（篠崎書林，1988）．

竹中治郎『簡約英詩法と鑑賞法』(篠崎書林, 1990).
　　　新倉俊一『英詩の構造』(駿河台出版社, 1971).
11　百済康義・龍谷大学教授から送っていただいた山本晃紹「英文完訳・大乗「大般涅槃経」の翻訳及び出版事務に関する報告書並びに感謝録」(1975), 前掲『亜細亜の光』, 及び『日本仏教人名辞典』(新人物往来社, 1993) を参照。
12　『ブッダ・チャリタ──仏陀への讃歌』杉浦義朗訳 (桂書房, 1986), 30頁.
13　渡辺照宏『新釈尊伝』243頁.
14　同上, 381-82頁.

第 5 章

リディア・マリア・チャイルド著
「仏教とローマ・カトリックの類似性」
（翻訳）

訳者前書き

　リディア・マリア・チャイルド（Lydia Maria Child, 1802-80）[1]氏は1870年，68歳の時にエッセイ「仏教徒の宗教とカトリックの宗教の類似点」を『アトランティック・マンスリー』(*The Atlantic Monthly*) 誌に書いている[2]。これは彼女が亡くなる10年前であった。1870年という時代はアメリカで中国人排斥の運動が起き，中国人移民禁止法が1882年に成立している。そのような時代にチャイルドがこのエッセイの中で中国人も含めた仏教について書いているのはすごく勇気のいることであったろう。そして円熟した年齢の時に仏教について書いていることは仏教への理解がかなり進んでいたと思われる。
　リディア・マリア・チャイルドは18歳の時，兄のコンバース・フランシスに「私の感情と知性が一体となるような宗教を見いだしたい」と手紙を書いている[3]。果たして彼女はそのような宗教に巡り合えたであろうか。1876年，74歳の時，自由宗教協会（Free Religious Association）の会合に出席している。「この協会は1867年に設立され，エマソン氏（Ralph Emerson）はボストンでの最初の会合で演説を行っている。多くの超絶主義者がこの協会に関わっている」[4]。エマソンを中心とする超絶主義者たちが発行していた季刊誌『ダイアル』(*The Dial*, 1844年1月) に「仏陀の教え」というエッセイが掲載されている[5]。このように自由宗教協会に関わっていた人たちには仏教にも関心を持っていた側面がうかがわれる。

153

彼女がこのようなエッセイを書いたことと，自由宗教協会[6]に足を踏み入れたことは矛盾しないであろう。
　このエッセイは今から141年ほど前に書かれている。従って現代から見た訳し方が適切であるか，また内容的にも学問的に疑問点があるかもしれない。諸賢からのご意見等がありましたら光栄である。

＊　＊　＊

仏教とローマ・カトリックの類似性

　労働の独占権を規定しようとする人々は中国人を異教徒としてあざ笑うことに慣れている。彼らは市民権を中国人に与えるべきではないと強く主張している。その理由は中国人の宗教が私たちの宗教と異なるからという。けれどもこんなふうに論じる人々は（ローマ・カトリックの）アイルランド人の移民を受け入れたり，アイルランド人に任意の商品販売権を与えることに反対はしない。私たちの（プロテスタントの）慣習や考え方，信じ方がローマ・カトリック教と異質である以上に中国で流布している仏教は私たちと異質であろうか。実際は両者において多くの著しい類似点があり，いくつかの事項においては対応するものが非常に酷似しているので，その名前を除けば違いに気づくのは難しい。いくつかの最も明らかな類似点を指摘してこの発表の正しいことを裏付けたい。
　釈迦牟尼仏は畏敬する釈迦或いは聖なる釈迦を意味する。キリスト教徒がイエス・キリストを崇めるように仏陀もまた多くの信奉者たちによって崇敬されている。仏陀の誕生日ははっきりしない。国によって異なる。モンゴルの記録によると紀元前2134年前に仏陀は誕生されたという。しかし中国の記録によると紀元前1029年であるという。ウィリアム・ジョーンズ及び他の東洋研究者たちはこの問題を調べて，仏陀は紀元前千年頃に誕生されたという十分な証拠を発見したと考えている。
　インドの三大神はブラフマン（梵天），ヴィシュヌ及びシヴァからなる。しばしば一つの体に三つの頭を持った像で表わされる。民衆はこれらを別々

第5章　リディア・マリア・チャイルド著「仏教とローマ・カトリックの類似性」(翻訳)

の神々として崇める。しかしもっと理知的な人々は次のように述べている。「唯一の造物主，存在の究極の源のみである。その方は眼に見えず，無限であり，計り知れない。ブラフマンは創造し，ヴィシュヌは守り，シヴァは破壊するという。しかしこれら全ての表現は唯一の至高の存在のみを示している」。

　釈迦牟尼仏はヴィシュヌ神の顕現であると信じられている。仏陀のこの世への出現は次のように語られている。「仏陀はいつどこにでも存在し，尽きることなく瞑想しておられる。最高の方であり，不動の方であり，礼賛するにふさわしい，神々しい方である。仏陀は非常にすぐれた天性を備えてこの人間界にあらわれた」。彼は王家に生まれた。彼の母親はマヤという名前のバージンであり，光線によって身ごもったと言われている。彼の誕生は不思議な夢によって予言された。彼が誕生した時，輝かしい光があたり一面をさした。はるか遠く離れた森にすむ聖者はヴィシュヌ神が人間の形をしてあらわれたという超自然的な情報を霊受した。聖者はその宮殿に飛んでいき，「私は新しくお生まれになったお子様に会いに参りました」と語った。聖者はその赤子を見るとすぐに，その赤子はヴィシュヌ神の化身であり，世界に新しい宗教を広める方であると宣言した。

　仏典によると彼が歓喜の天界を去り，この地上に降り立ったのは人類の罪と苦しみへの哀れみに満ち溢れていたからという。あらゆる罪は定められた苦しみの度合いによって償わなければならないという神聖な法があるので，彼は王子の位を捨て，全ての世俗の慰みを断ち，難行苦行を経験した。それによって彼は人間の罪をあがなったのである。彼は非常に慈悲深かったので，地獄にも降り行って，罪人たちに説き教え，彼自身の苦行によって罪人たちの罪の期間を短くしたのである。

　彼の完全な霊的生活によって死することなく天界へ昇ることができたのである。多くの国々の岩には彼の言葉や行いの記録が碑文となって，また彫像の形で残されている。いくつかの場所において，踵で蛇を押しつぶしている彼の姿が描かれている。多くの敬称が彼に授けられている。例えば「釈迦族のライオン」「この世の王」「マーヤーの息子」「慈悲の薬師」である。しかし彼の最も知られている称号は「世界の救済者」である。仏教の経典は彼を

「未来永劫において至高の存在者」として、また「三つの姿をした一つの実体」として述べている。彼は究極なる存在者であるので、彼の名前を唱えて祈りが捧げられる時、信者たちは彼ら自身が極楽へ行けること及び彼と一体となることを期待する。彼が再び地上に降りて人類に秩序と幸福をもたらすことを信じている。

ヒンズー教信徒はもっぱら自分たちこそ神の真理の啓示を授かるのだと信じている。彼らは外国人が宗教上不浄であるとみなして、コミュニケーションはしなかった。なぜならば外国人はヒンズー教の儀式に従って洗い清めていないからである。ヒンズー教徒の聖典の制度は社会を四つのカーストに分け、より高いカーストの人々はより低いカーストの人々と交われば汚れるとした。釈迦牟尼仏は祖国の大部分の宗教的教義、儀式、慣習には準拠した。しかし釈迦はいくつかの重要な改革を導入しようとした。もっとも大きな社会運動はカーストの制度を廃止することであった。

釈迦牟尼仏から何世紀も前の時代には次のようなことは一般的であった。即ちヒンズー教徒は世間から引退すると森の奥に住んだ。そして絶え間なく祈りに専念し、さまざまな難行苦行を行った。それは神と一体となるための定められた方法であった。それは他の全てに優先する目標であった。このような苦行者たちは（そのような苦行の）知識と神々しさによって大きな評判を得たので奇跡を行える、神感を持つ教師としてみなされた。若者たちは教えてもらうために苦行者に集団で群れをなした。そしてこのようにして宗教的コミュニティが森の中で成長していった。厳粛な沈黙が祈りと聖歌で満たされた。

女性たちはこの聖人のような生活に専念することは許されなかった。外国人たちだけでなく、より低いカーストの人々もこれら宗教的教えから締め出された。しかし釈迦牟尼仏はこのような狭い制限を退けた（つまり女性も外国人も低いカーストの人々も参加できると釈迦は宣言した）。仏陀は「神と一体になる道は世界の人々、国内の人々、外国の人々、身分の高い人々、身分の低い人々、男性、女性、全ての人々に開かれている」と示した。これは彼の教えの一つとして次のように記録されている。即ち「全ての人々は平等である。そして私の教えは全ての人類への一つの贈り物である」。

第5章　リディア・マリア・チャイルド著「仏教とローマ・カトリックの類似性」（翻訳）

　バラモンと呼ばれた聖職位にいるカーストの人々は釈迦牟尼仏のこのような宣言を軽蔑した。彼らは仏陀を嘲って「仏陀や彼の弟子たちは身分の低い人々，犯罪者たちに教えを説いており，最も邪悪にも身分の低い人々，犯罪者たちを気品のある人々であると位置づけている」と罵った。新しい非正統派（仏陀の教え）が広がるにつれて，その革新はバラモンの教会のプライドを害するのみならず，バラモンの利己主義に警報を発した。もし全ての人が正義の教師になることが許されるなら，世襲の聖職者，バラモンは必然の結果として彼らの威信が低下し，収入が減ると考えた。

　したがって（仏教への）迫害が次第に激しくなっていった。たくさんの仏教徒が死に追いやられた。仏教徒は終にインドから完全に追い払われていった。インドでは仏教は何世紀もの間，廃れた状態になっている。しかし迫害は仏教徒を燃え立たせ，彼らの種々の教義への熱情が増大していった。そして仏教徒はあらゆる地域で教えを説いていった。8万人の仏教徒がインドから他の国々に布教者として前進していったといわれている。彼らの種々の教義は平和にそして静かに広まっていった。しかもそれは驚くほどの速さであった。仏教は今日では中国，日本，チベット，セイロン（スリランカ），ビルマ帝国（ミャンマー），タタール地域の大部分（東欧からアジアにわたる地域）に広く行き渡っている。その信奉者は4億人と見積もられている。それは人類の3分の1以上になる。仏陀・釈迦の誕生は多くの国々にとって重要な出来事としてみなされている。あらゆる場所において仏陀の教えに従う人々はインドを聖なる国と考えている。多くの信奉者はインドのベナレス（バラナシ）に聖地詣でに出かける。（仏陀が最初に説法した都市）ベナレスを特に聖なる都としている。

　数千年前にインドの隠者及び聖者の集団は森に住んでいた。彼らは数珠玉の力を借りて多くの祈りの儀式をやり通すことに慣れていた。仏教徒もこの古代の習慣をそのまま行っていた。巡礼者は，ひっきりなしに祈りを繰りかえしながら，ベナレスへ向かった。その途中必ず他の巡礼者に出会った。巡礼者は巡礼の間，指で数珠玉を回し続けた。それは丁度カトリックの巡礼者がイェルサレムやローマに行く途中，ロザリオ（数珠の一種）の助けを借りて信仰を行うのと似ている。

釈迦牟尼仏が誕生する数世紀前には，個々人の罪業は苦しみの厳格な配分によって償われ，その（罪業）結果は定められた多くの祈りによって転じられ，或いは減じられるのはヒンズー教徒の主な教義の一つであった。代理人をたててこれらの苦行が引き受けられ，これらの祈りが有効に繰り返されると信じられていた。それだから，もし人が自分自身の罪業の償いのために必要以上により多くの苦行を自身に負わせ，より多くの祈りを朗唱すれば，余剰分によって故人となった親戚や友人たちの面目が施され，それによって刑罰の期間が短縮されるかもしれない。祈りは代願者の霊性に応じて効果があると考えられたので，死者のために祈りを朗唱してくれるヒンズー教の僧侶に報酬を支払うのが一般的なしきたりになった。苦しみから精霊を助けるやりかたはローマ・カトリックだけでなく仏教の僧団に大きな恩恵をもたらしている。
　仏教徒たちは多数の聖者を崇めている。聖者たちは偉大なる霊性によって釈迦牟尼仏と一になり，奇跡を行う力を得ている。聖者たちの大きな聖像は寺院に多く安置され，小さな聖像は種々の儀式や祈りの儀式を行う僧侶たちによって崇められている。これらの聖像は人々に大量に売られる。人々はそれをお守りとして身につける。人々はそれが妖術や邪悪の類から防護してくれると信じている。ローマ・カトリックの聖職者も同様に十字架，聖母マリア及び多くの聖者の像の販売から多くの収入を得ている。人々はそういったものが危険から守ってくれるものであり，非常の場合には人々を助けてくれる不思議なほどの力を備えていると信じている。アニュス・デイと呼ばれる神の子羊の小さな像をカトリックの国々のほとんどいたるところで小作農の人々は身につけている。聖職者によって行われる聖なる儀式は自分たちを悪霊から守ってくれると人々は確信している。
　日本ではほとんどすべての山（高い山から低い山まで）及び崖は仏教の聖者のある人たちにとって聖なるものである。彼らに対して旅人が祈りをあげることが懇願される。ヨーロッパのカトリック教徒の住むあらゆる道端に聖母マリアと聖者の像が安置されている。そこの碑文には旅人が祈りを唱えて，供え物を祭壇にささげるようにと記されている。
　全ての仏教徒の家にはある聖者の像が祭られている。人々は祭っている聖

第5章 リディア・マリア・チャイルド著「仏教とローマ・カトリックの類似性」(翻訳)

者に豊作，健康な子供たち，順調な旅，そして人々が願うさまざまな幸運を祈る。もし人々が願ったことが叶えられない場合，その不運な像を打ち，罵声を浴びせることがある。カトリック教徒の人々も似たようなとりなしを彼らの家に安置している聖者の像や絵にする。もし彼らの祈りが実を結ばない時，しばしば聖者の絵を裏返しにしたり，或いはその像に対して「報われない，役立たず！　毎日私はあなたに祈りをして，供え物をしているのに，あなたは私に何もしてくれない」と罵って，打ったりする。

　仏教僧は聖者の多くの遺品を見せる。これらはその聖者自身が存命中に有していた不可思議な力と同じものを持っていると信じられている。最も名高い遺品を持っているお寺は最大数の巡礼者をひきつける。巡礼者の供え物は大きな富の源泉になる。その中でも最も裕福なお寺がセイロン（現在のスリランカ）にある。そのお寺には釈迦牟尼仏の歯が保存されている。それは多くの驚くべき奇跡を起こしているといわれている。それは四つの金の箱の中にまつられており，まわりは高価な宝石がちりばめられている。巡礼者の大群はそこへひんぱんに出かけて行き，肉体が継承するすべての病気が治癒されることを希望するのである。

　ローマ・カトリックの教会も類似した聖なる遺品がたくさんある。奇跡的な力はその御蔭によるものとみなされている。イエスが磔（はりつけ）にされた十字架は3世紀あとにカルガリの丘で掘り起こされたといわれている。金がはめ込まれ，高価な宝石で装飾された小さな木片を人々はしきりに買い求めて，身につける。それは危険やあらゆる悪をさそうものから守ってくれるのである。需要が大変多いのでそれに応じることができなかった。その聖なる木片は奇跡的な力を備えていて，それが減少するとたちまち再現することを牧師たちは気がつかなかった。そのかなりの量は現存している。サンドニという町には二つの頭蓋骨と並んで，二つの完全な骸骨がある。異なった場所に陳列されて，夫々が本物であるというローマ教皇の証明書を持っている。

　聖母マリアの髪の毛の実例が幾つかの教会に祭られている。そのあるものは淡黄褐色，あるものは褐色，あるものは赤，あるものは黒である。聖母マリアが住んでいた家は夜に天使によってイタリアのロレトに運ばれたと言わ

れている。そこには素晴らしい教会が建てられている。何千という巡礼者はそこに行き，幾分高価な供え物をささげる。小さなジョッキの中にロザリオを入れる恩典のために。そのジョッキから飲み物を幼子イエスが飲んでいたということになっている。書物にはカトリックの遺品とそれらの奇跡が行われたという物語で満ち溢れている。

　中国のどの家にも祭壇がある。そこには聖人の碑文と像が飾られている。その祭壇の前で家族の人たちはひざまずいて祈りをあげる。カトリックの人たちも像の前で同じようにする。カトリックの人たちは一般に住居のある場所にそれを設ける。中国の家の祭壇での最も一般的な像は慈母（観音）の像である。それは母なる女神を意味する。それは手には赤ちゃんを抱いて，頭の周りには光輪がさしている女性を表している。伝説では彼女は水蓮と接触して身ごもった聖処女であり，素晴らしい子供を産んだという。その子供は聖人になり，偉大なる奇跡を行ったという。もし中国人がヨーロッパのカトリックの教会や礼拝堂を訪ね，青や深紅の光り輝く装いで，頭の周りには金色で光る光輪があり，手には幼子イエスを抱いている聖母マリアのたくさんの像を見るなら，中国人はそれを自分たちの慈母（観音）の肖像と疑いもなく見間違えるかもしれない。仏教国の聖なる像は時々まぶたをあげ，祈りにうなずき，数年のうちに奇跡が起きるといわれている。それと似たようなことが聖母マリアの像によっても起きる。

　ガンジス河やその他の聖なる河の水は超自然の属性がしみ込んでいると仏教徒によって思われている。仏教徒は宗教的な目的に使用するためにその水を得るためにはるばる旅をする。カトリック教徒もまたヨルダン川に関して類似した感情を持っている。ヨルダン川から水がフランスの皇太子に洗礼を施すという特別な目的のために運ばれる。仏教僧もまた祈りと儀式で水を聖なるものにして，災いからのお守りとして人々にそれを売る。仏教僧はしばしば招かれて聖水を病人，危篤の人，新婚夫婦が入居する戸口，新しく誕生した赤ちゃんにそそぐ。カトリック教徒もまた水に大きな意義を結びつける。カトリック僧は宗教的儀式によって水を清める。枕元に聖水を置くのは彼らには普通の行為であった。聖水の入った瓶は常に教会の入り口に置かれた。その水に指を浸して，十字を切る。カトリック教の僧はまた小さな散水

第5章　リディア・マリア・チャイルド著「仏教とローマ・カトリックの類似性」(翻訳)

器でその聖水を信者にふりまく。

　仏教徒は寺院で香りのよいお線香を焚く。カトリック教徒も教会で似たように乳香を焚く。チベットでは日暮れが近づくと、男性も女性も子どもたちも僧侶の合図で仕事や遊びをやめて、公共の広場に集まり、跪いてお祈りを唱える。カトリック教徒も晩の鐘で同じようなことをする。

　仏教徒は増えるにつれて、もともと礼拝(らいはい)のために使っていた庵は消えて、大きな寺院が現れた。その寺院は壮麗に飾られ、釈迦牟尼仏と聖者の絵画や彫刻で満たされた。これらのほとんどにはアジア式芸術作品特有のグロテスク性がある。しかし釈迦牟尼仏の画像は常に落ち着いて威厳のある表情で、大きくて優しい目、長くてカールした髪の毛を有している。チベットのラサは仏教徒のローマである。そこに建立された寺院は雄大さにおいて他の寺院の上に位する。丁度聖ペテロ大聖堂が他のカトリックの教会の上に位しているように。それは4階建てで、金色の柱に取り囲まれ、金色の板で屋根を葺いた壮麗な建物である。室内は多数の彫刻で飾られ、金色、銀色の聖なる像で満ちている。

　チベットの僧はラマと呼ばれる。それは羊飼いを意味する。教皇は大ラマ、或いは偉大なる羊飼いと呼ばれる。彼はラサに住む。ラサの都はもともと仏陀ラ(原文La)〔ママ〕或いは聖者ラ(原文La)〔ママ〕の出現によって聖なる都になった。仏陀ラ(原文La)〔ママ〕は釈迦牟尼仏を讃えた仏教徒で、聖性が卓越することによって釈迦牟尼仏と一体になった。聖者ラ(原文La)〔ママ〕の魂はきちんと代々の大ラマに伝えられている。大ラマはそれによって直接の継承者になり、永遠の老聖者の目に見える代表者である。このプロセスによって彼は完全で、決して誤らないとされる。彼は全ての人に祝福の言葉を施す力を備えた神の代理人とみなされている。彼が聖典を説明することは神々しい霊感としてみなされる。彼の手を崇拝者の頭に置くとき、罪の許しを授けるとされている。彼が諸寺院に大行列で進む時、王子たちも、乞食たちも一様に平身低頭する。彼が聖なる建物に入る時、随行する僧たちは裸足で彼に随い、彼に平身低頭する。彼が行う儀式の一つは小さな清められた練り粉を施す。それはお守りとして熱心に求められる。正式な場合には彼は黄色い冠をかぶり、紫のシルクの法衣を着用し、手には十字の形をした長い杖を持つ。

遠い昔から大きな森で禁欲と祈りの生活をしている信者たちが共に建物に集まり始めた時代に関しての記録は知られていない。しかし僧院（僧堂）に大変類似した教育施設は仏教国において何世紀もの間おびただしくある。ラサだけでもラマ寺と呼ばれる営造物が三千はあると言われている。それらは一般に山や丘の上に建てられ，アジアの中では非常に絵のように美しく，堂々とした建物である。王宮は除いて。それらの寺院のいくつかは聖なる女性たちの尼僧会によって使用されている。このような生活様式を選ぶ人は全て禁欲の誓いをたて，頭をそり，俗名を捨てることによって世間に知られる。子供たちはラマ寺で宗教の儀式や教義を教わり，アジア人が教えなければならないような知識の教育を受ける。病気の人や貧しい人もそこに受け入れられ，親切な世話をしてもらう。ラマ僧の他の役目は祈りを暗誦し，儀式を行う。それによって死者の罰を短くし，生きている人を悪霊の災いから守る。ラマ僧はまた仏像やお守りを清め，聖なる水を散布し，薬草を集めて薬を調合し，果物を貯蔵する。ラマ僧は聖典から抜粋を細心の注意をはらって書き，しばしば美しく明るい色の書物にして販売する。

　多くの金持ちたちは浄土に往生せんがためにラマ寺の建立のために多額のお金を遺贈する。その建立したラマ寺では彼らの精霊のために祈りが唱えられ，病人が看護をうけ，貧しい人々が救済され，旅人が暖かいもてなしを受ける。コーチシナ（インドシナの南部にあった旧フランス植民地；1949年以降ベトナムの一部）へのイエズス会の宣教師，ボリは「それはまるでカトリック教会の中で悪魔が異教徒の宗教的儀式の美と異種を表そうと努めているかのようである。ラマ僧たちは首のまわりに数珠をかけている。ラマ僧には（カトリックの）司教，大修道院長，大司教と似た僧がいる。ラマ僧はカトリックの司教杖と似ていなくもない金色の棒を用いる。もし誰でも新しくこの国に来れば，そこが以前はクリスチャンがいたところであるといとも簡単に思いこまされるほどに悪魔はカトリックを真似ようとしている」と述べている。

　フランスのイエズス会の宣教師，フーク霊父はそれほど以前でない時ラマ寺の一つを訪ねている。彼は（カトリックとの）類似性に衝撃を受けて次のように述べている。「私たちが受けた歓迎によってこれらの僧院がまるで私

第 5 章　リディア・マリア・チャイルド著「仏教とローマ・カトリックの類似性」(翻訳)

たち自身の宗教的先祖によって建立されたような思いがわき上がってしまった。そのラマ寺では旅人も貧しい人も常に体の回復のための飲食物と魂の慰めを見出している」。その宣教師はラサの統治者にローマ・カトリック教徒になるように説得を試みた時，ラサの統治者は礼儀正しく耳を傾けて聞いたあと「あなたの（カトリックの）宗教は私たち（仏教）と同じですね」と答えたと私たちに語った。

　ラマ僧の中のある僧たちは共同体に住まず，遊行の生活を送り，乞食（托鉢修行）によって暮らしていく。この種類の人たちは中国ではきわめて多く，大変やっかいである。イタリアやスペインの多くの托鉢僧と同様にしばしば不潔である。仏教僧のある僧たちは本当に立派で，知的であるが，ある僧たちは放埓で，不埒で，サンスクリット語の意味について知らずに祈りをくりかえす。それは丁度あるカトリック司祭がラテン語をそら覚えすると同じである。

　知的なカトリック教徒はさまざまな儀式に精神的な意義を見出し，無知な大衆の多くの迷信的なしきたりを決して是認しない。仏教徒の中でも悟りを開いた僧たちも事情は同じである。フーク霊父が悪魔に取り付かれた人々から悪魔を追い出す手段として贈り物を要求するラマ僧について話した時，ラマ寺の一人の高僧が「悪魔がお金持ちの人たちに取り付いていることはありうる。しかし高価な贈り物の結果として悪魔が離れていくというのは同胞を犠牲にして富を積もうとする，無知で，ペテン師的なラマ僧の作りごとである」と答えた。ラサの統治者はその宣教師に「タタール地方およびチベットにおいて非難される多くのことを見たり，聞いたりしたでしょう。しかし無知なラマ僧によってもたらされた多くの間違いや迷信は正しく学んだ仏教徒によって拒絶されていることを忘れてはならないでしょう」と述べた。

注

1　チャイルドはアメリカ人の奴隷問題や児童文学作品のみならず，アメリカ先住民問題についても数多く書いている。牧野有通氏はアメリカ先住民関係のチャイルドの著作 5 篇を日本語に翻訳され，『孤独なインディアン』と題して2000年に出版している。牧野氏は「インディアン問題は単純な人種問題ではない。そこには常にチャイルドが批判する，黒人や女性を抑圧してきた「白人父権主義」のイデオロギーと

根深く関わるものがある。のみならず第二次世界大戦中の日系人強制収容にもつながる問題ともなりうる。それゆえチャイルドの作品を再評価すること自体が，アメリカという歴史的，地理的現実を「正当化」してきた国家の根底を再検証することにつながるようにおもわれるのである」（牧野有通「訳者解説」リディア・マリア・チャイルド『孤独なインディアン』牧野有通訳，本の友社，2000，pp. 190–91）と述べている。

2　Lydia Maria Child, "Resemblances between the Buddhist and the Roman Catholic Religions" *Atlantic Monthly*, 26 (Dec. 1870), pp. 660–65. このエッセイは2004年に発行された *Buddhism in the United States, 1840–1925*, Vol. 1 (Genesha Publishing / Edition Synapse) にも収められている。

3　Carolyn L. Karcher, ed., *A Lydia Maria Child Reader* (Duke University Press, 1997), p. 415.

4　Joel Myerson, Sandra Harbert Petrulionis, and Laura Dassow Walls, eds., *The Oxford Handbook of Transcendentalism* (Oxford University Press, 2010), p. 67.

5　これについては第7章を参照。またこの自由宗教協会に関わっていたトマス・ウエントワース・ヒギンスン（Thomas Wentworth Higginson）は1871年に「仏教経典『法句経』」を，及び1872年に「仏陀の特性」を発表している。前者は第9章，後者は第8章参照。

6　日野淑子氏によるとチャイルドは「"女性"としてよりも"自由"な"個人"として生きることのほうが重要であった。［略］宗教的セクトに対しても，その"自由"をもって反発している」（日野淑子「リディア・マリア・チャイルドにおける娘の教育と〈母〉」『東京大学教育学部紀要』第34巻（1994），p. 67）。

参考文献

イーストバーン，ジェイムズ・ウォリス，ロバート・チャールズ・サンズ『ヤモイデン──もうひとつのフィリップ王戦争』中村正廣訳（中部日本教育文化会，2010）．

Karcher, Carolyn L., ed. and with an Introduction. *Hobomok and Other Writings on Indians* by Lydia Maria Child (Rutgers University Press, 2009).

Karcher, Carolyn L. *The First Woman in the Republic: A Cultural Biography of Lydia Maria Child* (Duke University Press, 1994).

黛道子「異人種間にみる社会改革への試み──リディア・マリア・チャイルド『ホボモック』」野口啓子・山口ヨシ子編著『アメリカ文学にみる女性改革者たち』（彩流社，2010）．

大串尚代『ハイブリッド・ロマンス──アメリカ文学にみる捕囚と混淆の伝統』（松柏社，2002）．

Wells, Anna Mary. *Dear Preceptor: The Life and Times of Thomas Wentworth Higginson* (Houghton, 1963).

第6章

ジェームズ・F・クラーク著
「仏教；言い換えれば東洋の
プロテスタンティズム」
(抄訳)

訳者前書き

　第5章ではリディア・マリア・チャイルド氏のエッセイ「仏教とローマ・カトリックの類似性」(1870) を紹介した。ここではジェームズ・F・クラーク氏の論考「仏教；言い換えれば東洋のプロテスタンティズム」(1869) を紹介したい。これは題名にあるようにプロテスタントから見た仏教の考察及び比較である。この論考は『アトランティック・マンスリー』誌 (*The Atlantic Monthly*) に1869年，掲載されている[1]。それから135年後の2004年，再刊されて現代の私たちも読むことができる。それが収録されている書物は *Buddhism in the United States, 1840–1925*，第1巻（全6巻）である[2]。

　ジェームズ・F・クラーク (James Freeman Clark, 1810–88) はアメリカ北東部のニューハンプシャー州，ハノーバーに生まれた。この州の南東部の一部は大西洋に面し，北はカナダとの国境になっている。この州の港町，ポーツマスで1905年，日露戦争を終結させるためのポーツマス条約が締結されている。クラークはキリスト教プロテスタントの一派，ユニテリアンの牧師であった。従ってこの論考は一人のキリスト教徒の視点から仏教とキリスト教が論じられている。

　クラークはまた『ダイアル』(*The Dial*) という雑誌に「ジョージ・キーツ」(George Keats) と題する論考を投稿している[3]。トーマス・W・ヒギンスンは興味深いことを述べている。「『ダイアル』に寄稿したクラークをはじ

165

め，Ralph Waldo Emerson, A. Bronson Alcott, Theodore Parker, Henry Thoreau, George Ripley, Henry Hedge, W. H. Channing たちはアメリカ文学の本当の創設者であった」[4]。もちろん Margaret Fuller や E. P. Peabody といった女性たちも編集・出版に貢献した重要な文学者であった。

　この最初の『ダイアル』誌は1840年から1844年まで発行された。超絶主義者たちが投稿する貴重な場であった。尾形敏彦氏によると，超絶主義思想とは，個性尊重，盲目的なヨーロッパ崇拝の拒否，自我と自然との再発見，直観による神と人間との交渉の悟得などを唱える一種の浪漫的運動である[5]。ヒギンスンは「超絶主義者は1830年から1860年代の改革者の中で影響力のある勢力であった」[6]と述べている。

　翻訳の内容，訳注について現在の仏教の学問的視点から疑問の点も見られるかもしれない。ご教示いただければ幸いである。この翻訳は後半部分を省略した。*Atlantic Monthly* 誌を閲覧できたのは愛知学院大学図書館及び関係の大学図書館の館員の皆さまのお陰である。誌上を借りてお礼申し上げる。

＊　＊　＊

仏教；言い換えれば東洋のプロテスタンティズム

　広大で伝統のある仏陀の宗教を初めて知ると，この題目「東洋のプロテスタンティズム」は正確ではないと言いたくなるかもしれない。「むしろ東洋のローマ・カトリック教ではないか」と言うであろう。仏教のシステムの慣習とローマ・カトリック教会のそれらとの間には多くの類似性があるので，仏教の僧侶に出会ったカトリックの宣教師はうろたえてしまった。そして悪魔が自分たちの聖なる儀式を真似ていると誤解した。ポルトガルの宣教師，ベリー神父は剃髪した中国人の仏教僧が仏像の前でひざまずき，数珠[7]を用いて，聞きなれない言葉で祈りをささげているのをじっくり見た時，驚いて叫び声をあげた「悪魔がこの国でローマのコートと同種類の服装，同じ聖職の行事，儀式を真似ている」。デイビス氏（英国アジア協会の議事録，II 491）は「仏教僧の禁欲生活，男性及び女性のそれぞれの共同体の僧堂生活，

第6章　ジェームズ・F・クラーク著「仏教；言い換えれば東洋のプロテスタンティズム」(抄訳)

数珠，祈願の読経の作法，香，蝋燭」について話している。

　メドハースト氏（中国，ロンドン，1857）は「天の女王」と呼ばれた乙女の像について述べている。この乙女は腕に幼児を抱き，十字架を持っている。罪の懺悔(ざんげ)は必ず行われる。ハック神父はタタール地方，チベット，中国各地での「旅の回想記」（ハズリットの翻訳）の中で次のように述べている。「十字架，かぶり物(ころも)，衣，外衣を大ラマたちは旅行の時，或いは寺院の外に於いて或る儀式を行う時に身につける。二重の聖歌隊の儀式，讃美歌，悪魔払いの儀式，希望する時には開けたり，閉めたりできる五つの鎖から吊るされる香炉，信者の頭の上にラマ僧が右手をさしだして行う祝禱，数珠，聖職者の禁欲，宗教的隠棲，聖者に対する崇拝，断食，行列して前進しつつ行う祈り，先唱者が唱える祈願に会衆が唱和する祈り，聖水，これら全ては仏教徒と我々との間にある類似点である」。

　そしてチベットではダライ・ラマがいる。この人はある種の仏教の法王である。このように多くの際立つ類似性は説明するのが困難である。「悪魔が（キリスト教と仏教の宗教的儀式の類似に）大いに関係がある」という素朴な理論の後，イエズス会修道士たちによって抱かれた意見は次のようなものであった。「仏教徒はこれらの習慣をネストリウス派の宣教師たちから真似ている。この宣教師たちは早くから中国にまで入り込んでいたことが知られている」。しかしこのようなジェスイット宣教師たちの憶測に対する強い異議は「仏教は少なくともキリスト教より500年以上古く，最も顕著な類似点の多くは最も早い時期に属する」というものであった。次のようにウィルソン氏（ヒンズードラマ）は西暦紀元より前に書かれた演劇を翻訳した。その中で仏教僧は托鉢修行者として姿を現す。

　聖遺骨への崇拝はかなり古い。ファーガソン氏はインド，セイロン（現在スリランカ），ビルマ（現在ミャンマー），ジャワに存在する太古の聖遺骨のための仏塔或いは聖堂について述べている。これらの多くは偉大なる仏教徒，アショーカ王の時代に属する。この王は紀元前250年全インドを支配した。彼の統治下に於いて仏教はその国の宗教になった。3回目の結集(けつじゅう)[8]が行われた。

　古代の仏教建築は非常に優れており，大変美しい。仏教建築は仏塔，岩を

167

掘り抜いた寺院，及び僧院から成っている。仏塔の幾つかは巨大な円柱状の物であって，40フィート（12.19メートル）の高さがある。それには装飾された柱頭がある。幾つかはレンガと石の巨大な丸屋根状の物であり，その中には聖なる遺品が収められている。仏陀の歯はかつてインドの壮大な聖堂に保護されていた。しかし紀元後311年セイロンに移された。セイロンでは依然として普遍的な崇敬の対象である。それは象牙か骨の一片で，2インチ（5.08センチ）の長さ，6個の箱に収められている。その最大のものは頑丈な銀色で5フィート（1.52メートル）の高さがある。他の箱にはルビーや宝石が嵌め込まれている。このほかにセイロンには「遺された聖なる鎖骨」が鐘形の仏塔に収められている。この塔は50フィート（15.24メートル）の高さである。この胸部の聖遺骨は紀元前250年インドの国王によって建てられた仏塔に安置されていた。その周りに二つの他の仏塔が後に建てられた。最後の物は80キュービット（34.5メートル或いは36.5メートル）の高さであった。インドで最も素晴らしいサンチーの仏塔は石材で作った堅固なドームである。直径106フィート（32.31メートル），高さは42フィート（12.8メートル）である。地階とテラスがある。今は倒れているが，60本の柱廊からなり，豪華に彫刻された石の手すりと通路があった。

　岩を掘って造った仏教寺院は非常に古く，インドにたくさんある。これらの遺跡をじきじきに研究したファーガソン氏によると，今もなお900以上の遺跡が残っており，そのほとんどがボンベイ管区[9]にあるという。これらの中で多くのものは紀元前2世紀にまでさかのぼる。様式ではそれらは最も初期のローマ・カトリック教会と非常に似ている。頑丈な岩を掘り抜いて作った寺院には身廊及び側廊があり，半円形の窪みの後陣で終わっている。その後陣の周りに通路が伸びている。カルレー[10]という町にある一つはこのやり方で造られており，126フィート（38.40メートル）の長さで，45フィート（13.71メートル）の幅である。そしてそれぞれの側に華美に彫刻された15本の柱がある。それによって身廊と側廊が隔てられている。この仏教寺院の正面もまた豪華に飾られており，豪華で品位のある回廊或いは高廊の下の室内を明るくするために大きく開いた窓をもうけている。

　インドにおいて岩を掘って造った仏教僧院は多い。打ち捨てられてから長

第6章　ジェームズ・F・クラーク著「仏教；言い換えれば東洋のプロテスタンティズム」(抄訳)

い年月がたっているのだが。700年から800年の間、存在していたことが知られている。それらのほとんどは紀元前200年から紀元500年の間に僧院のために穴が掘り抜かれたものである。現在と同じように当時も仏教僧は禁欲，清貧，順守の3つの誓いをした。カトリックの修道会のメンバーもこれと同様の誓いをしている。これに加えて全ての仏教僧は托鉢をする。仏教僧は頭を剃り，衣を着て，腰回りは縄で結びとめる。彼らは木製の応量器（おうりょうき）（僧侶の用いる食器）を持って，家から家へ托鉢し，炊いたご飯をいただく。インドの古い僧院には僧たちのための礼拝堂（らいはいどう）と小さな独居室がある。最も大きな僧院でもせいぜい30人から40人の収容能力である。現在のチベットの一つの僧院で4000人のラマ僧が修行に専心している。これはフック宣教師（1813-60）とガベー宣教師（1808-53）がチベットのクンブムのラマ寺を訪ねた時の記録である。仏教僧のシステムは非常に古く，キリスト教を模倣したということはできないことをこれらの僧院の制度ははっきりと示している。

それではその逆は本当であろうか。カトリックのキリスト教徒は修道院の規定等，鐘，数珠，剃髪，お香，司教冠，マント形の法衣，遺骨への崇拝，告白の慣習などは仏教徒から由来しているのだろうか。ヘンリー・トビー・プリンセプ（1792-1878）（チベット，タタール地方，モンゴル，1852）及びクリスチャン・ラッセン（1800-76）（インド考古学）の意見はそのようである。しかしこの意見に対してハードウィックは歴史上そのような影響の痕跡は見られないと反論している。もしかすると，その類似は共通の人間の傾向が別々に働いて同じ結果になったかもしれない。しかしながら一方の宗教が他の宗教から模倣したと仮定する必要性があるなら，仏教徒は古さに立脚して真正であることを主張するかもしれない。

しかしそうであったとしても次のような疑問が生じる。仏教とローマ・カトリック教会の形式的な特徴が似ているにも関わらず，何故仏教を東洋のプロテスタント教会と呼ぶのだろうか。

次のように答えよう。バラモン教とローマ・カトリック教，そして仏教のシステムとプロテスタント教会はより深く，より本質的な関係があるから。アジアで人間の理性が経験され，その後ヨーロッパで同じような経験が繰り

返された。人類のためにそれは聖職者のカーストの抑圧に異議を申し立てた。バラモン教はローマ・カトリックの教会のように聖なる修道会の支配力を持って聖礼典の救いを確立した。仏教はプロテスタント教会のように反抗し，個人の人格に基づいて個人の救済の教義を確立した。バラモン教はローマ・カトリック教会のように懺悔と殉教を称えて，排他的な心霊論を教え，肉体を魂の敵と考える。しかし仏教とプロテスタント教会は万物（nature）及び万物の法則を受け入れ，帰依の宗教のみならず人類の宗教を創った。このような大まかな表現には常に多くの例外が見られるかもしれない。しかしこれらは大きな輪郭としての特色である。

　ローマ・カトリック教会とバラモン教会は犠牲的行為をその本質に置く。それぞれが著しく犠牲的なシステムである。ミサの日々の犠牲的行為はカトリック・教会の中心的な特徴である。そんなふうにバラモン教会も犠牲的行為のシステムである。しかしプロテスタント教会と仏教は教えによって魂を救う。ローマ・カトリック教会では説教はミサより重要度が低い。プロテスタント教会と仏教では説教は主要な手段であり，それによって魂が救われる。バラモン教会は硬直したカーストのシステムである。その聖職者のカーストは区別され，最高権威とされる。ローマ・カトリック教会では聖職者がほとんど教会に等しい。仏教とプロテスタント教会では信徒が権利を取り戻している。従って仏教の儀式とローマ・カトリック教会の儀礼が外面的に似ていても，内面的な類似性は仏教とプロテスタント教会にある。

　アジアの仏教はヨーロッパのプロテスタント教会のように霊に反対して本質を掲げ，カーストに反対して人間性を掲げ，教団の独裁制に反対して個人の自由を掲げ，秘跡による救いに反対して信仰による救いを掲げる。全ての反抗がうまくいく傾向があるように，仏教も同様である。霊の独裁的な権威の乱用に反対して，本質の真相を主張する仏教は神をたてない。仏教には被造物も造物主もいない。仏教の聖歌では「世界が起こるのは自然界の事実である」「その発生と消滅は自ずと本来的である」「世界が発生し滅びるのは自然である」と唱える。バラモン教では絶対的な霊が唯一の実体であり，この世界は幻想であるのに対して，仏教徒はこの世界のみを知っており，永遠の世界は全く知られないものであり，取るに足りないものである。しかしどん

第6章　ジェームズ・F・クラーク著「仏教；言い換えれば東洋のプロテスタンティズム」（抄訳）

なに徹底的であろうと，どんな反抗も全ての前例を廃することはない。即ち仏教も時の栄枯盛衰から永遠という絶対の安息に逃避するバラモン教と同じ目的を持つ。彼らは存在の対象に関して同じ考えである。そこに到達する方法に関しては意見を異にする。バラモン教徒とローマ・カトリック教徒は永遠の安息は知的な服従によって，また我々に教えられること及び我々のために他人によってなされることを無抵抗に受け入れることによって手に入ると考えている。仏教徒とプロテスタントは神聖な法則を理性的，かつ自由に受け入れることによって成就されると考えている。ネパールで仏教を長年にわたって研究してきたホジソン（1800–94）は「仏教の絶対に正しいひとつの特徴は人間の知性の無限なる理解力を信じていることである」と述べている。仏陀の名前は理性的な人，或いは広く目覚めた人を意味する。ここにおいても自由な思考と真理を追究することに価値を強調するプロテスタント教会との類似性が見られる。

　ユダヤ教では2種類の霊的な権力者が見られる。一つは預言者で，もう一つは聖職者である。聖職者は赦免し，神の愛を大事にする機関である。預言者は真理を導く機関である。ヨーロッパの宗教改革では，聖職者に対して反抗した預言者がプロテスト教会を起こした。アジアの宗教改革では，預言者は仏教を起こした。遂にバラモン教とローマ・カトリック教会はより信仰的で，仏教とプロテスタント教会はより倫理的，精神的となる。このように大まかな輪郭を述べると，このエッセイの題名が正しいことがわかる。しかし東洋と西洋の宗教的儀式の間の類似性をさらに見ていくことによって，その正確さの確信を持ちたい。

　これらは主に仏教徒とローマ・カトリック教会の修道会の類似点である。現在ではそれは事実である。しかし充分に言及されていないことがある。それはローマ・カトリックの全体的な修道院のシステムがその教会の本質的な考えと全く異なる原則に基づいていることである。ローマ・カトリックの根本的な教義は秘跡による救いである。これだけが「教会の聖体拝領を離れて救いは無い」という訓言を正当化するものである。洗礼の秘跡は霊をよみがえらせる。告解の秘跡はその大罪を清める。聖体拝領の秘跡はその命を復活させる。叙階の秘跡は聖職者がこれら及び他の秘跡を授けることを認める。

しかしもし霊が充分に施され，拝領した秘跡によって救われるならば，何故霊を救うために宗教的会に入るのだろうか。何故敬虔，自制，世間からの離脱という行為によって，教会の普通の秘跡で得られるものを求めようとするのか。私たちがこの問題を調べれば調べるほど，ローマ・カトリック教会の全体の修道院システムが一つの包含されたプロテスタント主義であり，教会内のプロテスタント主義であることがわかってくる。

　宗教改革以前の改革者の多くは僧であった。サボナロラ，聖バーナード，ルター自身は僧であった。修道院から多くの宗教改革の指導者が出た。ローマ・カトリック教会のプロテスタントの要素は何世紀にもわたって修道院では締め出され，その大きな組織体に含まれる不調和な要素が異物として存続した。一つの弾丸，あるいは異物が体内に入る時，生命力が働き始め，その周りに小さな壁を作り，それをさえぎる。カトリック教徒たちが単に秘跡の救いに満足しなくなり，より高尚な生活にあこがれる時，教会は彼らを修道院に行かせて，自活させる。そこでは彼らは害を与えないから。歴史の奇妙な一致の一つはアジアの社会的行事の経過がヨーロッパで繰り返されることである。仏教は何世紀もの間インドにおいて同じ仕方で許容された。仏教はバラモン教が含み，インドの宗教の一部になっている僧院制度を取り入れている。危機が到来し衝突が始まると，インドのプロテスタント（仏教）はインドにおいて長い間自らを守った。それは丁度ルター主義がイタリア，スペイン，オーストリアで永続したように。しかし仏教は遂に誕生の地，インドから追い払われた。それは丁度プロテスタント主義がイタリア，スペインから追い払われたように。今や仏塔，寺院，僧院の廃墟が残っているのみである。バラモン教の真っただ中にあって仏教の勢力がいかに広大であったかを示している。

　インドから放逐され，アーリア人種を統制し続けることはできなかったが，仏教は力強い布教の本領を発揮している。モンゴル人種の大多数の国々が仏教に帰依している。ほぼ3億人の人々が仏教徒である（ここでの統計は当て推量にすぎない）。

　若干の当て推量がある。
　アレクサンダー・カニンガム著　『ビルサ・トープス』

第6章　ジェームズ・F・クラーク著「仏教；言い換えれば東洋のプロテスタンティズム」(抄訳)

キリスト教徒　2億7千万人
仏教徒　　　　2億2千2百万人

ハッセル著　『ペニー　百科事典』
キリスト教徒　　1億2千万人
ユダヤ教徒　　　4百万人
マホメット教徒　2億5千2百万人
バラモン教徒　　1億1千百万人
仏教徒　　　　　3億1千5百万人

ジョンストン著　『自然界の地図帳』
キリスト教徒　　3億百万人
ユダヤ教徒　　　5百万人
バラモン教徒　　1億3千3百万人
マホメット教徒　1億1千万人
仏教徒　　　　　2億4千5百万人

パーキンス著　『ジョンソンのアメリカの地図帳』
キリスト教徒　　3億6千9百万人
マホメット教徒　1億6千万人
ユダヤ教徒　　　6百万人
仏教徒　　　　　3億2千万人

『新アメリカ百科事典』
仏教徒　2億9千万人

　仏教は中国では民間に普及している宗教である。チベットやビルマ帝国（ミャンマー）では国の宗教になっている。仏教は日本，シャム（タイ），アンナン（ベトナム），ネパール，セイロン（スリランカ）の宗教である。つまるところ東アジアのほぼ全域に及んでいる。

この巨大な宗教に関して，最近まで私たち（アメリカ人）は知識を得る手段をほとんど持っていなかった。しかし最近25年間非常に多数の資料がもたらされている。現在私たちは仏教の最初の状況及びその後発展していった事実に基づいて仏教を学ぶことができる。仏教の聖典はセイロン，ネパール，中国，チベットにおいてそれぞれ独自に護持されている。G. ターナー氏，ジョージリー氏，R. スペンス・ハーディ氏はセイロンで護持されているパーリ語の仏教聖典，即ち経，律，論の三蔵に関して最高の大家である。ホジソン氏はネパールのサンスクリット語の仏教聖典を収集し，研究している。1825年に彼はベンガルのアジア協会にサンスクリット語の60の仏教書及びチベット語の250の仏教書を送っている。ハンガリアの医師，スソマ氏はチベットの仏教僧院で膨大な量の仏教聖典に出くわしている。それらはサンスクリット語から翻訳された聖典である。さきほどのホジソン氏も最近そのサンスクリット語の聖典を調べていることは上述した通りである。シュミット氏はモンゴル語の仏教聖典に出くわしている。中国語の高名な研究家，スタニスラス・ジュリエン氏は中国語から仏教に関する書物を翻訳している。それらは紀元76年にさかのぼる。

　最近では北インドの岩，円柱，及び他の遺跡に刻まれた碑文が書き写され，翻訳されている。ジェームズ・プリンセプ氏はこれらの碑文を解読した。仏教が最初に現れたマガダ国の古代の言語であることがわかった。碑文にはピャダシという名前の王の布告もある。前に言及したターナー氏は有名なアショーカ王と同一人物であることを示している。アレキサンダー大王の時代，紀元前325年にこの王は即位しているようである。類似した碑文がインド全体にわたって見られる。それらによってビュルヌフ，プリンセプ，ターナー，ラッセン，ウェーバー，マックス・ミュラー，聖ヒレールといった学者は紀元前4世紀には仏教はインドのほぼ国家的な宗教であったということを受け入れた。

　これらの豊富な資料によって，仏教の起源と特質を調べてみよう。中央インド及びアウド王国の北，ネパール国境に近いところに，紀元前7世紀の末，賢く，立派な王がいた。首都はカピラヴァストゥであった。彼は偉大なる太陽族の末裔の一人であった。太陽族はインドの叙事詩で褒めたたえられ

第6章　ジェームズ・F・クラーク著「仏教；言い換えれば東洋のプロテスタンティズム」(抄訳)

ている。王の妃は非常に美しかったのでマーヤーと呼ばれた。シッダルタ王子の母である。王子は後に仏陀として知られる。王子が生まれて7日後に母が亡くなり，シッダルタは母方の叔母に育てられた。若い王子は人格においても，知性においても抜きんでていたのみならず，早くから敬虔な心の持主として頭角を現した。バラモン教の最も初期の時代において，信心深い行為を求める人々が隠者になり，森の中で一人で暮らし，祈り，瞑想，節制，及びヴェーダの学習に励むことは珍しいことではなかったことがマヌ法典から明らかである。

　しかしながらこの修行はバラモンに制限されていたようである。王にとって息子が青春の盛りに，心も体も王にふさわしい才能を仕込まれているのにもかかわらず，隠者の生活に心を向けているのは深い悲しみであった。実際若いシッダルタ，人類の偉大なる指導者は，生まれてから何時も深い経験をしてきたようだ。世界の悪魔たちは彼の心や頭脳を苦しめてきた。まさにその様子は死ぬべき運命ばかり考えていた。あらゆる物が消滅した。永続する物はあるのだろうか。不変の物はあるだろうか。真理のみである。完全無欠で，永遠の事物の法則のみである。「長く続く平和を人類に与えたい。私は人々の解放者になろう」と彼は言った。父や妻や友人たちの懇願に反して，彼は或る夜，宮殿を去って行った。王子という地位を捨てて托鉢の修行者になった。「神聖な法の見解に達し，仏陀になるまで私は宮殿に戻ることはない」と彼は言った。

　彼は最初にバラモン僧たちの所を訪ねた。彼らの教義を聞いたが，そこに満足できるものは見いだされなかった。彼らの中で最も博学な人たちでさえも彼に本当の平和を教えることはできなかった。それは深遠な心の安心であり，彼はすでにそれをニルバーナと呼んでいた。彼は29歳であった。彼は五感を抑制するために，バラモン教の苦行を6年間行ったが，結果として否認した。完全（悟り）への道はそのような苦行には無いことを納得した。従って彼は以前の食事を再び始め，より苦痛のない生活様式を行った。そのため彼の驚くばかりの苦行に魅惑されていた多くの弟子が去って行った。彼は一人で修行の生活をした。遂にしっかりとした確信に達した。決して揺らぐことのない事物の法の体験であった。それが彼にとって本当に自由な生活

の土台になった。1週間絶え間なく坐禅を続けた後，彼は遂に至福の洞察力（直観力）を得た。そこはインドで最も聖なる場所の一つになっている。彼は木の下に座り，顔を東に向け，日夜動かなかった。人類の苦悩を救う三重の科学的知識[11]を勝ち得た。仏陀が亡くなって200年後，一人の中国人の巡礼者はこの聖なる木に関して伝わっていることを教えられた。それは高いレンガの壁で囲まれており，東は開いていた。その近くには多数の仏塔や僧院があった。聖ヒレール氏によると，これらの遺跡，及び木の位置はいずれ再発見されるかもしれない。全体から見てそこは2400年の間，計り知れないほど多くの人々にとって幸福と進歩の源であるという運動が始まってから求められるに値する場所である。

　この洞察力（直観力）について確信したので，仏陀はその真理を世の人々に伝えることを決意した。それが彼に何をもたらすかよく知っていた。つまり，妨害，侮辱，無視，軽蔑を受けることであった。しかし彼は三つの階級の人々のことを思い出した。この人々はすでに真理への途上であって，彼を必要としなかった。この人々は思い違いに捕らわれており，どうにもできなかった。貧しく，信じかねている人々は彼らの生き方に自信が無かった。仏陀が伝えようとしたのはこの信じかねている最下位の人々を救うためであった。インドの聖なる都市，ベナレスに行く途上，ガンジス河で困ったことが生じた。そこを渡るための代金を船頭に払うお金が無かった。ベナレスで初めて「転法輪」を説き，仏陀の教えを理解する人々が出たのである。彼の説法は仏教聖典に入っている。父（シュッドーダナ王）をはじめとして多くの人々が彼に帰依した。しかしインドの筆写者，独善家，指導的なバラモン僧たちから激しい抵抗を味わった。80歳で亡くなるまで，彼はそのように生き，伝え続けた。

　この先覚者が死ぬとたちまち万人にとって尊い存在となった。遺体は火葬に付された。残った遺骨をめぐって争いが生じた。結局遺骨は八つに分けられた。それぞれの遺骨を幸運にも保持した人たちがそれぞれ仏塔を建てた。何故ならばそのような素晴らしい聖なる遺骨がその人に帰属したので。北部と南部の古代の書物は仏塔が建てられた場所に関して意見が一致している。ローマ・カトリックの遺品は信頼性が証明できない。仏陀はイエスと同様に

第6章　ジェームズ・F・クラーク著「仏教；言い換えれば東洋のプロテスタンティズム」(抄訳)

肉体は何の益ももたらさず，言葉は心と生命であると信じた。この偶像崇拝を咎めたのはおそらく仏陀が最初であろう。しかし呪物崇拝は最も純粋な宗教からなかなか消え去らない。

　仏陀が亡くなった時[12]は大抵の東洋の生没年のように定かでない。チベットやネパール等の北部の仏教徒はお互いにかなり異なる。中国の仏教徒はもっと不確かである。大多数の学者と同様にラッセンは南部，特にセイロンの全ての権威者が同意している紀元前543年を信頼できる時期として受け入れている。最近ウェスターガードはそれに関する論文を書いている。その中で詳しく推論して，時期を200年遅らせている。彼が兄弟である学者たちを確信させるかどうかはわからない。

　釈迦牟尼仏陀が亡くなってすぐ彼の最も優れた弟子たちの全体会議が招集された。会衆の教義と戒律を定めるためであった。伝説によると弟子から3人が選ばれ，仏陀が教えたことを記憶をもとに朗唱した。最初の弟子は戒律について仏陀の教えを朗唱するよう指名された。彼らは「戒律は法の根本原理であるから」と言った。そこでウパーリは演壇に上がり，倫理と儀式に関する全ての戒律を復唱した。次にアナンダが選ばれ，信仰と教義に関する師（仏陀）の説話を行った。最後にカーシャパがシステムの原理と形而上学を告げた。会議は7カ月間開かれた。仏教聖典の3部門が彼らの仕事の結果となった。釈迦牟尼仏陀自身は何も書き残していないから。仏陀は会話によってのみ教えた。

　2番目の会議が招集された。忍び寄る悪弊を正すためであった。仏陀の死後百年ほど経った頃それが行われた。僧たちの強い友愛会は僧院の戒律を緩やかにすることを提案した。それによって食事，酒類，金や銀の施し物があれば，それを受け取る大きな自由が許された。教会分離の罪を犯す僧は罷免された。その数は1万人に及んだ。彼らは新しい宗派を結成した。第3回目の会議が招集された。偉大なる仏教徒，アショーカ王の治世の時であった。異説を唱える人たちのためであった。その数6万人に及び，罷免され，追放された。この後，布教師たちはさまざまな所で教えを伝えた。これらの布教師たちの名前や成果は『マハワンソー』(聖史)に記録されている。ジョージ・ターナー氏がシンハラ語から翻訳している。注目すべきことはそれらの

中の幾つかの遺物が最近サンチー仏塔や他の聖なる建物で発見されている。小箱に収められ、そこに名前が刻まれている。刻まれた名前はセイロンの歴史書の中の同じ布教師と対応する。

例えば『マハワンソー』によれば、二人の布教師、一人はカサポ（或いはカーシャパ）、もう一人はマジマ（或いはマドフマ）はヒマラヤ山脈の地域に伝道に行っている。彼らは一緒に旅をし、伝道し、病気などで苦しみ、こつこつと働いた。古代の歴史書は5世紀にセイロンで構成された歴史を伝えているが、研究の助けによってもっと古い時代も明らかになっている。今1851年に二番目のサンチー仏塔がメジャー・カニンガムによって公開された時、これらの布教師の遺物が発見された。1819年にキャプテン・フェルが訪ねた時、仏塔は完璧で、「一つの石も崩れていなかった」。その後1822年、素人の遺物をあさる人たちによって傷つけられたが、中身はそのままである。それはしっかりとした半球体である。モルタルなしの粗い石で建てられ、直径39フィート（11.88メートル）である。地階は6フィート（1.82メートル）の高さで、周りは5フィート（1.52メートル）突き出して、テラスになっている。

この仏塔の中央には一つの小さな部屋があり、6つの石で出来ている。そこには白い砂岩で出来た10平方インチ（25.4平方センチ）ほどの遺物箱が含まれている。四つの磁器の小箱（仏教徒の間では聖なる石）がそこにある。それぞれに火葬された人間の少しばかりの遺骨がある。これらの箱の一つの蓋の外側にこのような碑文がある。「伝統にとらわれず、自由なカーシャパ・ゴットラ、全ヘマワンタへの布教師」。その蓋の内側には「伝統にとらわれず、自由なマドフヤマの遺物」と刻まれている。仏教教会の8人の他の指導者たちと共にこれらの遺物はアショーカ王時代からこの塔にある。紀元前220年よりも後に推定することはできない。

仏教によって発揮された伝道精神はキリスト教以前のどの宗教とも異なる。儒教は中国の外で改宗させようとはしなかった。バラモン教はインドの域を越えなかった。ゾロアスター教のシステムはペルシアの宗教であった。エジプトのシステムはナイル河流域に限定されていた。ギリシアのシステムはギリシア人に限られていた。しかし仏教は全ての人々に原理の知識を

第6章　ジェームズ・F・クラーク著「仏教；言い換えれば東洋のプロテスタンティズム」(抄訳)

伝えようとする願いで燃え立った。その熱烈で成功した布教師たちによってネパール，チベット，ビルマ，セイロン，中国，タイ，日本において多くの人々が仏教に帰依した。これら全ての国々において僧院は今日も人々にとって知識の主たる拠り所であり，教育の中心である。このような一つの宗教を人を卑しくさせる迷信と同類とみなすのはつまらないことである。その力は教師たちを駆り立てる強い確信を宿している。間違った信仰ではなく，きっと正しい見解から来たものであろう。

　それなら仏教の教義は何であるか。仏陀と弟子たちの本質的な教えは何であるか。私たちがしばしば聞いているように仏教は神や不死を否定するシステムなのか。無神論は東洋において人々の心を支配しているのだろうか。アジア人の精神は永遠の死に好意を持っているだろうか。明らかにしてみよう。

　私たちが見てきたように釈迦牟尼仏は二つの深い確信——絶え間なく変化する災い及び永続していく或る価値あるものの可能性——から出家した。彼は伝道の書の言葉を使ったかもしれない。「空の空。全ては空である」。この素晴らしい書物の深淵は仏陀と同じ一連の思索に基づいている。あらゆる物は循環してぐるぐると回っている。太陽の下，新しい物はなく，太陽は昇り，そして沈み，再び昇る。風は東西南北に吹き，回路に従ってまた戻ってくる。何処に安心が見出されるのか。何処に平和が。何処に確実性が。シッダルタは若かった。しかし彼は迫り来る老年に気づいていた。彼は健康であった。しかし病気や死が手近に来ていることを知っていた。生育と衰え，生と死，喜びと悲哀の止むことのない繰り返しの光景から彼は逃れることはできなかった。彼は不変不動で，真に価値あるものを求めて心の底から叫んだ。

　再び変化や衰亡からの解脱は知識に見いだされると彼は確信した。しかし彼は知識によって外面的な事実の理解や記憶を意図しなかった。覚えることでもなかった。思索的な知識や推理の力をもくろむことでもなかった。直観的知識，永遠の真理の理解，宇宙の変わらない法則の認識を意味した。これは単に知的な方法によって得られるものではなく，倫理的訓練と純正な心と生活によるものである。従って彼は世を捨て，森に入り，隠者になった。

しかしこの点において彼はバラモンと袂を分かつ。バラモンは苦行，拒絶，難行の有用さを信じていた（いる）。バラモンは若いころに彼らの隠者を受け入れた。しかし彼らは功徳を積むものとして難行の有用さを信じた。彼らはそれ自体のために自己否定を実践した。仏陀はそれをより高い目的――解脱，純正，直観の手段として修行した。仏陀はこの目的を達成すると信じた。遂に仏陀は真理を見た。仏陀は「完全に悟った」。迷いは消え去った。真実性（客観性）が彼の前にあった。彼は誰でも知っている仏陀であった。

　やはり彼は人間であり，神ではなかった[13]。ここでさらにバラモン教に背反する点がある。バラモン教のシステムでは信仰の究極は神に没頭するようになることである。バラモン教の教義は神を讃えることに没頭することである。仏教徒の教義は人間の成長にある。バラモン教のシステムでは神は最も大切なものである。仏教徒においては人間が最も大切であり，神ではない。ここには無神論が見られ，神を忘れるほどに人間を重視する。それは恐らく「神のない世界」である。しかし神を否定しない。それは三界の教義を受け入れる。一つは絶対的存在の永遠の世界。二つ目は神々，梵天，インドラ，ヴィシュヌ，シヴァの天上界。三つ目は有限の世界。その世界は個々の人間，自然の法則から成っている。絶対的存在の世界，ニルヴァーナ（涅槃）を私たちは知らない。従ってそれは私たちにとって無いようなものである。天界，神々の世界は私たちにはあまり重要でない。私たちが知っているのは永久に続く自然の法則である。それに従って私たちは生じ，滅していく。その自然の法則に完全に従うことによって，私たちはようやくニルヴァーナ（涅槃）を得て，永遠に安らぐのである。

　仏陀の心には二つの存在界から成る。一つは生き物であり，もう一つは法である。仏陀は無数の虫，動物，人間たちにおける感情を見た。そして生き物は曲げられない法――自然の法によって取り巻かれていることも見た。これらを知ること及びそれらに従うことが解脱である。

　仏教の根本的な教義は四つの崇高な真理である。これは仏陀及びビルマ，チベット，中国等の北から南の全ての仏教徒によって例外なく説かれている。

第6章　ジェームズ・F・クラーク著「仏教；言い換えれば東洋のプロテスタンティズム」(抄訳)

1．全ての存在は苦である。何故ならば全ての存在は変化と死に従属しているから。
2．この苦の原因は変化し，滅亡していくものへの欲望である。
3．この欲望，その結果として起こる苦は不可避ではない。欲望と苦が完全に止む時，私たちはニルヴァーナ（涅槃）に到達することができる。
4．そのための不動の方法がある。それを怠慢なく修行することによって目的を達成できる。

これら四つの真理はシステムの基本である。一つは苦。二つ目は原因。三つ目は原因を除去すること。四つ目は除去する（涅槃に達すること）方法。
この方法には八つのステップがある。

1．正見。正しい理解。正しい信条。
2．正思。正しい思考。正しい意見。生活への信頼という賢い適用。
3．正語。正しい言葉。私たちが話したり，行ったりする全てにおける完全な誠実さ。
4．正業。正しい行為。正しい目的。常にふさわしい目的を目指す。
5．正命。正しい生活。正しい活動。罪を伴わない社会生活。
6．正精進。正しい努力。正しい孝順と支配。義務の真直な遵守。
7．正念。正しい注意。正しい記憶。過去の行為について適切な回想。
8．正定。正しい精神集中。正しい坐禅。不変の真理に対して心を不動にする。

この教義のシステムに続いて倫理的抑制と禁制が来る。つまり全ての人々に適用される五つの戒。さらに僧尼及び僧にだけ適用される戒である。最初の禁制は次の通りである。

1．不殺生戒。生き物を殺さない。
2．不偸盗戒。盗みをしない。
3．不妄語戒。うそをつかない。
4．不邪淫戒。夫または妻以外の異性と関係しない。
5．不飲酒戒。酒を飲まない。

僧だけの戒は次の通りである。

1．不非時食戒。正午以後には食事は取らない。

2．不歌舞観聴戒。舞踊，声楽，器楽，見世物を観聴しない。
　3．不塗飾香鬘戒。花環，香料，塗油，飾り物などをつけない。
　4．不坐高広大牀戒。高い大きなベッドを用いない。
　5．不蓄金銀宝戒。金銀などを受けない。

　これら全ての教義や戒は多数の注解や解説の主題になっている。あらゆることが注釈され，解説され，明らかにされる。イエス一団の神父たちの決議論と同様の大部のシステム，聖トマスの偉大な神学大全の綿密な分析と同様な神学のシステムがチベットやセイロンの僧院の図書館で見られる。僧たちは偉業と不思議なことで満ちあふれた聖人伝集，聖人たちの言行録を持っている。形而上学の巨大な組織が少しの法規と悔悟というわかりやすい基礎の上に生じている。この印刷物の大半は啓発的で，面白い。その幾つかは深い洞察力を持っている。グノーシス派の複雑な思弁について重要な研究をしたバウアーは仏教の巨大な抽象的概念とそれらを比較している。

　私たちがこのシステムをじっくりと考える時，やはり二つの事実が現れてくる。まずその合理性。二つ目はその慈愛性である。それは隈なく人間の理性に訴える。それはこれから先ではなく，現在の地獄から人を救うことを提案する。それは教えることによって人を救おうとする。影響力を持つ大きな手段は法話である。仏陀は数え切れないほどの法話を行った。彼の伝道師たちは外国に行って伝道した。仏教は人間の心に理性的な訴えをすることによって見事に克服したのである。それは国王の支援があっても，武力によって広めなかった。他のどんな宗教よりも多くの帰依者を出している仏教とキリスト教は征服者の剣に頼らず，理性でもって公平な理性の論争で勝利を獲得したのは確かに人類史上励みになる事実である。

　確かに仏教には迷信や間違いはある。しかしそれは人を欺いてはいないし，人を虐げてもいない。この点において仏教はキリスト教徒に一つの教訓を与えている。仏教は他の宗教を告白している人々に対して毛嫌いをしない。仏教徒は異端審問所を設けていない。仏教徒は世界を仏の国にする熱意と我々西洋の経験では不可解な寛容さを結合している。一回だけの宗教戦争が彼らの2300年の平和な歴史に影を落としている。それはチベットで起きたが，詳細はわからない。あるタイ人がクロフォードに世界の全ての宗教は

第6章　ジェームズ・F・クラーク著「仏教；言い換えれば東洋のプロテスタンティズム」(抄訳)

本当の宗教の分枝であると思っていると語った。セイロンのある仏教徒は彼の息子をキリスト教の学校に行かせた。彼は驚いた宣教師に「私はキリスト教を仏教と同様に尊敬しています。だからキリスト教は仏教を支援するものとみなしています」と語った。M. M. ユクとガベットはタタールとチベットにおいて一人の仏教徒も（キリスト教に）改宗できなかった。しかし彼らは或る仏教徒に，良きキリスト教徒であり，同時に良き仏教徒であると言わしめたのは部分的な改宗に成功したと言えよう。

　仏教はまた慈愛の宗教である。仏教は理性に重点を置くので，全ての人間に敬意を払う。全ての人間は同じ資質を持っていると考える。出発点において仏教は排他的階級制度を打破している。どんな身分であろうと，全ての人が聖職に就くことができる。全ての人間に対して無限の慈悲心を持ち，全てに対して犠牲を払う義務感がある。ある伝説によると，仏陀は飢えた雌の虎に自身の体を捧げたと言われている。その雌の虎は弱って自分の子に乳を飲ませることができなかったのである。ヨハネ伝の第4章に珍しくそれと似たような出来事が述べられている。修道者が身分の低い女性に水を求めた話である。その女性が驚いた様子をした時，「私に水を下さい。そうすれば，あなたに真理を教えよう」と修道士は言ったのである。無条件の命令「汝殺すなかれ」。これは全ての人に適用されるが，モンゴル人の態度を優しくするのに大きな影響を与えている。この命令は霊魂輪廻の教義とつながっている。この霊魂輪廻はバラモン教のみならず仏教の本質的な教義の一つである。

　しかし仏教は人身御供，それにまた流血をともなう捧げものを廃している。清浄な仏壇は花や葉で飾られているのみである。仏教はまた良い行為から成る実践的な慈愛をじゅんじゅんと説き聞かせる。全ての僧侶は毎日の（托鉢による）施し物によって支えられている。見知らぬ人に対して温かく迎えるのが仏教徒の務めである。病人，貧しい人，病気の動物にいたるまで，病院（及び慈善施設）を設けたり，緑陰となる木を植えたり，旅行者のための家を建てたりするのが仏教徒の務めである。

　バプテスト宣教師のマルコム氏が語ったところによると，ビルマのある小さな村の旅行者のための家，ザヤートで，ほとんど座らないで休んでいた

ら，或る女性が横になるための素晴らしいマットを持ってきてくれた。もう一人のビルマ人はほどよく冷たい水を運んできてくれた。一人の男性は6個ほどの良いオレンジを摘んできてくれた。誰一人として少しの報酬も要求もせず，期待もしていなかった。彼らは姿をくらまして，彼が休息できるように配慮した。さらに彼はこう述べている。「ビルマの船頭たちの勇気，技術，活力，気前の良さに触れなければ誰も川をさかのぼることはできない。落ち着きと品行の点で，ビルマの船頭たちははるかに西洋の船頭たちより優れている。ビルマでの種々の旅行において，喧嘩やとげとげしい言葉を聞いたことがない」[14]。

マルコム氏はまた次のように述べている。「ビルマの人たちの多くは以前には白人に出会ったことが無い。しかし彼らの礼儀正しさに強い印象を受ける。彼らは決してどんなほのめかしもしないし，迷惑なことをせきたてもしない。もし私が彼らに私の時計やペンシルケース，或いは特に彼らを引き付ける何かを見せても，周囲の人たちは超然として，自分の順番が来るのを待っている，といった光景が多々見られる」。

「ビルマでは酔いをもたらす酒がヤシの汁から容易に造られるけれど，人々の不節制を見たことが無い」。

「人はビルマ王国の端から端まで人々（にかかる費用）だけでなく，食事も宿泊もお金なしで旅をすることができる」。

「私が見る限りでは，数千人の人々が協力して，広く知られた式典を熱心にお祝いし，暴力や酔狂もなかった」。

「この国に住んでいた間，男性或いは女性の下品な行為，或いは不謹慎なしぐさを見ることはなかった。私は何百人もの男性及び女性の水浴びを見たが，不謹慎な行為，或いは軽率な行為は見なかった」。

「子供たちは母親のみならず，父親からも大変な思いやりをもって遇される。父親は仕事が無い時は子供を腕に抱いて，喜んで子供の世話をする。その間母親はお米を脱穀したりする。また夫のそばで何することもなく座っていることもある。父親が男の子と同じように女の子をかわいがるのをしばしば見た。男の子や女の子を持っている未亡人は子供が無い人に比べてより多く結婚を求められるように思われる」。

第6章　ジェームズ・F・クラーク著「仏教；言い換えれば東洋のプロテスタンティズム」(抄訳)

「子供たちは中国人たちとほぼ同じように両親に対して敬虔である。年配者は非常な配慮と優しさで扱われ，全ての集会において最上の場所を占める」。

聖ヒレールの意見では，仏教の徳行は行動，活力，事業よりも長期の我慢，短期の辛抱，服従，禁欲のひとつである。全ての存在への愛は仏教の核心である。すべての動物は私たちの出来得る限りの身内である。敵を愛すること，動物のために私たちの命を差し出すこと，防御戦でさえも避けること，自制すること，犯罪を避けること，年上の人に従順になること，老人を敬うこと，人や動物のために食べ物や宿を提供すること，井戸を掘り，植物を植えること，どんな宗教も軽蔑しないこと，不寛容を表に出さないこと，いじめないことは仏教徒の徳である。複婚制は許容される。一夫一婦婚制はセイロン，タイ，ビルマで一般的である。チベットやモンゴルでは幾分少ない。女性は他の東洋の宗教よりより良く扱われる。

しかし仏教の宗教的生活とは何か。神無しで宗教が成り立つのか。もし仏教が神を持たなければ，仏教はどのように崇拝，祈り，信仰を持つのか。仏教がそれら全てを有することは疑いない。仏教文化はローマ・カトリックの文化と似たところが多い。しかし在俗司祭はいないということに関してカトリックとは異なる。正規の僧のみである。全ての聖職者が僧侶である。彼らは貧困，貞節，遵守の三つを誓う。しかしながら彼らの制約は変更できないことはない。もし彼らが天職を間違えていると思ったら，黄衣を手放して，還俗できる。

仏教の神は仏陀自身であり，あがめられる人である。仏陀は涅槃に入ることによって無限の存在になる。祈りが仏陀に呼びかけられる。人が祈ることはごく道理にかなったことなので，どんな意見もその人が祈りをすることを止めることはできない。チベットでは祈りの集会は通りでさえも行われる。ハック氏は「ラサには感動的な慣習がある。日没少し前の夕暮れ，人々は仕事を止めて，通りや広場に集まる。すべての人々がひざまずき，低く音楽的な口調でお祈りを唱える。たくさんの集会からわきあがる歌のような協和音は広大なそして，厳粛な調和をもたらす。それは深く心に染み入る。私たちは人々が共に祈る仏教徒と，十字を切っているのを見られて赤面するヨー

ロッパの国々と比較して，悲しまざるを得ないのである」と述べている。

　チベットでは懺悔は昔から課されていた。そこでの一般のお祈りは集まった僧侶たちの前での厳粛な懺悔である。それは全ての罪を許していく。それは罪の率直な懺悔であり，再び罪を犯さないという約束でもある。聖水は仏塔の供養に使用される。

　釈迦牟尼に先行する35人の仏陀がおり，罪を除去する重要な存在である。これらの仏陀は「35人の懺悔の仏陀」と呼ばれる。しかしながら，釈迦牟尼もこれらの仏陀に含まれている。何人かのラマ僧も35人の仏陀が描かれている聖画に入っている。例えばツォンカパ。このラマ僧は紀元1555年に生まれている。托鉢僧は1カ月に2回，新月と満月に懺悔することが義務づけられている。

　仏教徒はまた女性のための尼僧院がある。釈迦牟尼は彼の叔母及び信頼している弟子のアナンダの熱心な要請を受けて尼僧院を設立することに同意したと伝えられている。尼僧は男性の僧侶と同様の誓願をする。彼らの規則では最も若い僧侶に対しても畏敬の念を示すことが求められる。また僧侶に対して怒りの言葉やとげとげしい言葉を使わないように求められる。尼僧は学ぶことをいとわない。尼僧はこの目的のために有徳な指導者のもとで2週間学ぶ。尼僧は一度に2週間以上にわたって精神的な隠遁生活にふけってはならない。尼僧は単に慰めのために出かけてはならない。2年間の準備の後，尼僧は正式な手続きを経て僧になり，雨安居（梅雨の時，修行すること）の閉会式に出席する。

訳注

1　James Freeman Clarke, "Buddhism; or, The Protestantism of the East", *Atlantic Monthly*, 23 (June 1869), pp. 713–28.
2　*Buddhism in the United States, 1840–1925*, Vol. 1 (Ganesha Publishing / Edition Synapse, 2004).
3　*The Dial: A Magazine for Literature, Philosophy, and Religion*, Volume III 1853 (Published by E. P. Peabody. Hon-no-tomosha, 1999).
4　Howard N. Meyer, ed., *The Magnificent Activist: The Writings of Thomas Wentworth Higginson (1823–1911)* (Da Capo Press, 2000), p. 289.

第6章　ジェームズ・F・クラーク著「仏教；言い換えれば東洋のプロテスタンティズム」(抄訳)

5　尾形敏彦『エマスンとソーロウの研究』(風間書房，1980)，256-57頁．
6　Howard N. Meyer, ed., *The Magnificent Activist: The Writings of Thomas Wentworth Higginson (1823–1911)*, p. 11.
7　中村元氏によればこのお数珠はインドから西洋にもたらされたものである。西洋ではロザリオ（rosary）という。その由来について中村氏は次のように語っている「サンスクリットでお数珠のことをジャパ・マーラー（japa-mālā）といいます。ジャパとは念誦のことでマーラーというのは輪です。もとはバラモンが右手に持って神の名を唱えながら一つずつ爪繰ったのです。それが西洋に入って"数珠つまぐ"（to tell beads）というような言葉が出来ています。ジャパとは念誦ですが、それがジャパーとなるとバラのことになるのです。アラビア人か西洋人かがお数珠を見てこれは何だと聞いたのですね。その時、ジャパーはバラだ、マーラーは輪だといったのです。これからロザリオ（rosary）という言葉ができたのです」（中村元「禅の世界思想史的位置づけ」『禅の世界』其弘堂書店，1976，363-64頁）参照。
8　結集とは釈尊の教えをまとめ集めること。聖典を編集すること。釈尊の入滅後、異論を止め、教団の統一を維持するために代表者を集め、遺教の合誦を行ったことをいう。第1回結集。マハーカーシャパ（摩訶迦葉）が会議を招集し、五百人の有能な比丘がラージャグリハ（王舎城）郊外の七葉窟で、ウパーリ（優婆離）が律の、アーナンダ（阿難）が経の主任となり、読誦する本文を検討し、教団の名において編集決定された。第2回結集。釈尊滅後百年のころ、戒律について異論が生じたので、ヴァイシャーリ（毘舎離）でヤシャス（耶舎）が主任となり、七百人が集まって律蔵が編集されたと伝えられている。第3回結集。仏滅後二百年のころ、アショーカ王のもとで、首都パータリプトラ（華氏城）において、モッガリプッタ・ティッサ（目犍連帝須）が主任となり、千人の比丘が集まって、経・律・論蔵全部を集成したという。第1・2回は北方・南方の両仏教に伝えるが、第3回は南方仏教にのみ伝えている（中村元『佛教語大辞典』上巻，東京書籍，1975，抜粋）。
9　現在のムンバイ。英国のインド統治初期に設けられた三つの行政区画（Bengal, Bombay, Madras）の一つ。
10　インド中央西部。プネー（東のシリコンバレー，インドのオックスフォードと呼ばれる都市）から北西50キロの所にある。このカルレー（Karla）という町は紀元前1世紀に掘られた石窟仏教寺院で有名である。
11　四諦（四つの真理）・八正道・中道の三つのことを指すのか。「後世南方仏教では「四つの真理」と「無我」とがベナレスにおいてなされた主要な説法であると解せられた。ところが北方の仏伝では中道、四諦、五つの集まりに関する無常・苦・空・無我・十二因縁を説いたとし、さらに弥勒などの諸菩薩に一切諸法の本性が寂静不生不滅であることなどを説いたとしているが、これらの諸項は後のものほど年代的にも逐次後世になって付加されたものだと考えられる」（中村元『ゴータマ・ブッダ——釈尊伝』法蔵館，1986，134-37頁）。
12　中村元氏は仏陀の誕生及び入滅について次のように述べている。「学者によって約百年の差異があるわけであるが、しかしインドの古代史の年代について僅かに百年

の差しかないということは，年代の不明な古代インドとしては驚くべきことである」(中村元「ゴータマ・ブッダ——釈尊の生涯」『中村元選集』第11巻 春秋社, 1988, 48-52頁)。

13 水野弘元氏は次のように述べている。釈尊自身も，これ(四つの真理)は常人にはとうてい理解されえないから，むしろこれを説くことを放棄しようとまで決意されたけれども，仏伝によれば，梵天という神が釈尊の前に現れて，現在世人は無明(無知)の闇におおわれて，苦しみ悩み，輪廻に沈淪している。ゆえに世尊は，どうかその教えを説いて，世人を指導救済してもらいたい。この教えはむずかしくて，容易に理解しえられないかもしれないけれども，世の中にはそれを理解しうる人もあるであろうし，またそれを平易に説いてもらえば，多くの人々がその教えを奉じ苦悩を脱することができるでありましょう，と懇願したとせられる。そこでようやく釈尊は，これを世人に説く決意をしたとせられる(水野弘元『釈尊の生涯』春秋社, 1971, 87-88頁)。

14 片山一良氏が釈尊の説かれた仏典の一つ『ダンマパダ』を現代日本語に翻訳・解説しておられる。その幾つかを紹介しよう。「怒りを捨てよ，慢を捨て去れ　あらゆる縛りを脱するがよい　名と色とに執着しない　無一物者に苦は従わず(法句221)」「怒りを離れて怒りに勝つべし　善をそなえて不善に勝つべし　施しにより吝嗇に勝つべし　真実により妄語者に勝つべし(法句223)」「賢者は身がよく制御され　語がよく制御されている　賢者は意もよく制御され　実によく制御されている(法句234)」(片山一良『ダンマパダ全詩解説——仏祖に学ぶひとすじの道』大蔵出版, 2009, 301-13頁)。

第7章

超絶主義季刊誌『ダイアル』に書かれた「仏陀の教え」の大意

❦

訳者前書き

　1844年の1月、『ダイアル』(*The Dial*)（季刊誌，年4回発行）に「仏陀の教え」(The Preaching of Buddha) という題名の仏典の英訳が掲載された。この「仏陀の教え」によって「アメリカ人が仏教について語り始めた」とトマス・トィード氏[1]は述べている。1844年は江戸時代の弘化元年であり，1868年の明治元年まで24年であった。

　1961年にリプリントされた『ダイアル』誌第4巻第3号を見ると，掲載された「仏陀の教え」の編著・訳者の名前はない[2]。現在のところ，この編著・訳者をめぐって二つの意見がある。一つの意見としてジョン・ルーディ (John G. Rudy) はこの「仏陀の教え」はヘンリー・ソロー氏 (Henry David Thoreau) の編集によるものとしている[3]。それに対する異見としてトィードはエリザベス・ピーボディ氏 (Elizabeth Palmer Peabody) によるものとしている[4]。この「仏陀の教え」がソローによるものであれ，あるいはピーボディによるものであれ，いずれにしろこの「仏陀の教え」は匿名で季刊誌『ダイアル』から発信されたことは事実である。だから仏教の側から見ればアメリカ人に仏教への門戸を開くきっかけを作った季刊誌『ダイアル』の功績は大きい。

　エマソン氏 (Ralph Waldo Emerson) も「仏教関係の書物を読み出したのは1846年頃からのこと」[5]という。超絶主義運動のみならず，『ダイアル』誌

の中心的存在であったエマソンも1844年に世に出たこの「仏陀の教え」の影響を受けたことが充分考えられる。しかし残念ながらこの『ダイアル』誌は次に出版された第4号（April, 1844）をもって閉刊になっている。この『ダイアル』誌は1840年7月に第1巻第1号を出版，10月に第2号，翌年1841年1月に第3号，4月に第4号というように年4回出版している。『ダイアル』誌は「出版直後に四方八方から非難の嵐がまきおこり，編集者は狂人呼ばわりされた」[6]。いかに編集者及び投稿者たちがこの『ダイアル』誌発行に際して苦労していたかが察せられる。そのような中で「仏陀の教え」が世の人々の非難を覚悟で発行されたということは編集者の強い決断があったからであろう。

　季刊誌『ダイアル』はアメリカの「文学正史に確たる地位を占めているが，発行部数はせいぜい300部」[7]であったという。当時エマソンを中心とする超絶主義運動の占める位置は大きかった。だから『ダイアル』誌の発行部数は多くなくても，ラルフ・エマソン，ヘンリー・ソロー，リディア・チャイルド（Lydia Maria Child），マーガレット・フラー（Margaret Fuller）たちによって書かれたものは理解ある人々には愛読されたであろう。

　この「仏陀の教え」は2004年に出版された *Buddhism in the United States, 1840–1925* と題する6巻からなる書物の第1巻の冒頭を飾っている[8]。160年ぶりに日の目を見たことになる。この「仏陀の教え」の内容は仏教経典の一つ，『法華経』の中の「薬草喩品」が取り上げられている。

　ところで，アメリカ，マサチューセッツ州ボストンの20キロ西にコンコードという町がある。ボストン北駅から2両編成の列車がゆっくりと走る。およそ30分で右手にウォルデン湖が見える。車掌が肉声で「コンコード」と告げると無人のコンコード駅である。イバラ，ガマ，背丈のあるアキノキリンソウなどの植物を見ながら歩く。私たちのほかに歩いていたのはナップサックを背負った一人の年配の女性だけであった。彼女は足早だったので気がつくと歩いているのは私たちだけであった。コンコード・カールシー・ハイスクール（Concord Carlsie High School）に差し掛かった時小さな掲示板を見た。「1772年以前に自由の身になったスキピオ・ブリスター・奴隷（Scipio Brister Slave）はこの近くに住んだ」と書いてあった。駅から歩いて35分ほ

第7章　超絶主義季刊誌『ダイアル』に書かれた「仏陀の教え」の大意

どでソローが1845年から1847年まで2年間住んでいた庵の跡に着いた。林の中にあった礎石の真中に「汝，私の芳香が炉辺から立ち上らんことを」[9]とソローの詩の一節が刻んであった。2000年9月10日，この日は日曜日であった。ウォルデン湖では人々が水泳，釣り，ジョギングを楽しんでいたので，私たちはウォルデン湖のまわりを歩いて一周した。掲示板には「この水域は危険」と書いてあった。

19世紀においてはこの町でエマソン，ソロー，ナサニエル・ホーソーン（Nathaniel Hawthorne），オルコット（Amos Bronson Alcott & Louisa May Alcott）親子たちが活躍した。この町のエマソンの家で開かれた超絶主義者の会合に「エリザベス・パーマー・ピーボディ（1804–94, Elizabeth Palmer Peabody）も出席している」[10]。

エリザベス・ピーボディは三人姉妹の長姉で，次女のメアリ（Mary）はアメリカ大衆教育の巨人，ホレース・マン氏（Horace Mann）の妻である。一番下の妹，ソファイア（Sophia）は19世紀のアメリカを代表する作家，ホーソーンの妻である。「エリザベス・ピーボディは13歳の時に，聖書の翻訳をしたいと述べている」[11]。マティソン氏によると「彼女は語学の才能に優れ，ラテン語，サンスクリット語，ヘブライ語，中国語などに堪能であった」[12]。もしピーボディが上記の「仏陀の教え」を翻訳したとすれば，10代の時の聖書の翻訳の願望とラテン語，サンスクリット語などが良くできたということがあいまって実現されたのではないだろうか。

オルコット氏と共同で運営した学校では「正しく思い，正しく感じ，正しく行動する」[13]ことを教えた。仏教で八正道（正見，正思惟，正語，正業，正命，正精進，正念，正定）という八つの正しい生活態度の実践徳目がある。オルコットと共同運営した学校の理念と仏教の教えと共通するものが見える。尾形敏彦氏によると，ソローもまた「仏教の八正道を賞賛した」[14]という。

エリザベス・ピーボディが生まれた頃は，「アメリカ人は孤立して，伝統に縛られた閉鎖社会から相互に連関した社会にむけて新しい国作りを始めていた。刷新と創意工夫が求められる時代であった」[15]。彼女の助言者，チャニング（William Ellery Channing）は「正しく理解されたその人自身の経験

は神の真実,宇宙の法則への道しるべである」と教えた[16]。

　エリザベス・ピーボディは16歳で教師となり,途中21歳から24歳まで,「当時ボストンの知的な指導者であったウィリアム・エラリー・チャニング(1780–1842) の無給秘書をしている。また,30歳から32歳まで,作家ルイーザ・メイ・オルコット (1832–88) の父で,教育家として知られるエイモス・ブロンソン・オルコット (1799–1888) の実験的学校,テンプル・スクールでの教育にも携わっている」[17]。

　以下に「仏教の教え」の序文および『法華経』薬草喩品第五の大意を示す。

＊　＊　＊

仏陀の教え
序文

　次の断片は『良い法の白蓮』と題するネパールの仏教徒の信仰書の一つからの抜粋である。サンスクリット語で書かれた原著はホディソン (M. Hodgson) によって発見された膨大な仏典収集物の一部であり,彼によってパリのアジア協会に送られた。彼は英国のネパール駐在公使であった。

　ビュルヌフ (Par M. E. Burnouf)[18] はその後数年間この仏典収集物を調べた。この収集物は仏教徒の正典と認められた経典のかなりの部分を含んでおり,その翻訳はチベット,中国,モンゴルの仏教徒に見られる。次の抜粋が取られた書物は仏陀を敬う全ての国々の人々によって最も大切にされている一つである。この書物はまたこの名前を持つ聖者が見守り,支えていく方法をわかりやすく示している。この仏典は散文と韻文から出来ている。韻文の部分は散文で書かれた部分の詩的形式よりは韻律形式の再構成である。仏教の起源についてビュルヌフの論文から抜粋を紹介する。

　バラモンの特権的な階級は科学と宗教の排他的な独占権を保持していた。彼らの道徳心は弛緩して,それによって無知,強欲及び犯罪が引き起こされた。そういったことによって社会がすでにひどく変化していったことがマヌ法典に記述されている。そういった乱れの中で,紀元前6世紀頃,ベンガル

第7章 超絶主義季刊誌『ダイアル』に書かれた「仏陀の教え」の大意

の北に武士階級に生まれた若き王子がその王位を捨て，修行僧になり，仏陀になった。彼の教義は少なくとも大筋として形而上（抽象的，難解な）的より倫理的（精神的）である。そして事実として認められた意見と確実なこととして示された希望に基づいている。この考えは目に見える世界は絶え間のない変化の中にあり，死は生に移り，生は死に移る。彼（彼女）を取り巻いている全ての生き物と同様に人も輪廻という永遠に運動する輪の中でぐるぐる回っていく。人は最も単純なものから最も完璧なものまであらゆる生の形を通じて連続的に変化していく。

　この世界の大規模な生き物に人が占める場所は人が行う行為の功徳による。かくて徳のある人は，生の後，神聖な身体を持って再び生まれる。極楽の報い，地獄の苦しみはこの世界が含むあらゆるものと同様に限定された継続期間でしかない。時と共に徳のある行為の功徳は尽き，悪い行為の不運も消えていく。運命的な変化の法則は地上に神と悪魔を引き戻し，再び裁判にかけ，輪廻の新しい方向に進ませる。仏陀が人にもたらした希望は解放と彼が呼んだものに入ることによって輪廻の法則から脱出する可能性であった。その解放とは最も古い仏教学派の一つによると感覚的な原理のみならず思考原理の涅槃（消滅）である。その涅槃とは死んで初めて完全になる。涅槃を得る予定の人は生の間，無限の科学的知識を備え，それによって純粋なあるがままの世界観が与えられる。即ち身体的及び知的法則の知識，そして六つの優れた完全の行，即ち施し物（善行），徳行，科学的知識の実践，努力，忍耐及び慈悲の行為である。仏陀の教えは二つの要素，一つは現実，もう一つは理想からなっていた。一つは行為の規則正しさと神聖さである。そのつつましやかさと辛抱強さが主要な特色を形作っている。二つ目は彼が仏陀になろうとする願望であった。即ち超人的な力と科学的知識を持つことを啓発された。その力でもって彼は悪行の攻撃を追い払った。彼の科学的知識により明白で完全な形をとって過去と未来を述べた。従って彼は以前の生活の中で行った全てを話した。数え切れない多くの人が彼と同じように徳の行いによって仏陀の位に達したことを断言したのである。つまり，彼は救済者として人々にみずからを差し出したのである。彼の死によって彼の教義が無効にはならず，教えは彼の死後も長い時代にわたって存続し，そしてそのために

なる行いが終わる時，新しい仏陀が現れ，仏陀であることを表明するであろうと述べた。

　言い伝えによると地上に降りる前に彼は天上で未来仏として崇められているという。哲学的な見解によって彼の伝道活動は正しいとされ，全ての階級，ブラフマン，武士，農夫，商人によって共有された。全ての人が等しく輪廻の不可避性，功徳と苦しみの報い，単なる相対的な存在の絶え間なく変化していく状態を断固とした態度で脱出する必要性を信じていた。彼はブラフマンによって認められた真理を信じていた。彼の弟子たちはブラフマンのように生き，彼らのように厳格な罪のあがないを課した。東洋の苦行による肉体を激しく痛めつける古い格言に従った。仏陀は奇跡的な力があるとは言わなかった。事実，彼の対話の一つに次のような注目に値する言葉がある。ある王が仏陀に超人的な力を示すことによって彼の敵を破るよう促した。それは不信を沈黙に変えていった。「王様，弟子たちにはブラフマンやあなたが出会う家の世帯主の前で奇跡を行うようには教えていません。弟子たちには善行はひそかに行い，自らの罪を告白しなさい。それこそが神聖なる奇跡なのです，と教えています」と仏陀は答えた。この透徹した謙虚さ，完全な自制は原始仏教の特徴を示している。それは人々のこころを捉える最も力強い方法であった。

仏陀の教え
『法華経』「薬草喩品第五」

　人々が如来（仏陀）に帰依する時，如来は全ての帰依者に平等であって，不平等ではない[19]。「ああ，カーシャパ（摩訶迦葉）よ，如来は太陽や月の光のように等しく徳のある人にも，よこしまな人にも，陽気な人にも，元気のない人にも，良い香りを持つ人にも，悪い臭いのする人にも，全ての人に等しく，同時に光を降り注ぐ。だからカーシャパよ，全能の知識が備わった智慧の光によって全ての如来が尊敬される。良き法への完全な導きは五悪趣に入っている人，また人々の傾向によって大きな乗り物，或いは独覚の乗り物，或いは声聞の乗り物をそれぞれ選ぶ全ての人に等しく必要である。如来

第7章　超絶主義季刊誌『ダイアル』に書かれた「仏陀の教え」の大意

には完全な智慧の過不足はない。それどころか全ての人は等しく存在し，科学と徳を兼ね備えて生まれる。カーシャパよ，三つの乗り物はない。他の人とは異なった行為をしている人々がいるのみである。そのために三つの乗り物を識別する」。

　如来がこのように述べた後，尊敬すべきカーシャパは世尊に次のように問いかけた。「世尊よ，もし三つの異なった乗り物がないとするなら，現世において一体どうして声聞とか，独覚とか，菩薩といった呼称があるでしょうか」。カーシャパがこのように問いかけると，世尊は尊敬すべきカーシャパに次のように答えた。「ああ，カーシャパよ，陶工が同じ粘土で異なった壺を作るようなものである。ある粘土は糖蜜が入る壺になり，あるものは澄ましバターの壺になり，あるものはミルクの壺になり，あるものは凝乳の壺になり，あるものは劣悪で不浄な壺になる。このような多様性は粘土によるのではない。粘土を異なった物に表現する時，様々な壺が現れてくる。一つの乗り物しかない。それは仏陀の乗り物である。第二の乗り物も，第三の乗り物もない」。世尊がこのように答えると尊敬すべきカーシャパは世尊に次のように問いかけた。「三界の結合から出た人が異なった傾向を持っているなら，彼らにはただ一つの涅槃があるでしょうか。二つ或いは三つの涅槃があるでしょうか」。世尊は答えた。「ああ，カーシャパよ，涅槃は全ての法の平等性を理解することに起因する。ただ一つの涅槃があるのみで，二つ或いは三つの涅槃はない。従って，ああ，カーシャパよ，あなたに一つのたとえ話を提示しましょう。洞察力のある人はたとえ話で言わんとすることの趣旨をわかるから」。

　「ああ，カーシャパよ，心を閉ざして心の目の見えない人は「あるものは美しい色を持ち，あるものは醜い色を持っているそういうものはない。これらの異なったものを見る人もいない。太陽も月もない。星座も星もない。星を見る人もいない」と言うかもしれない。別の人は心の目の見えない人に「様々な色があり，様々な色を見る人がおり，太陽，月，星座，星があり，星を見る人がいる」と答える時，心の目の見えない人はそのことを信じないし，それらとの関係も欲しない。あらゆる病気を知っている医師が現れ，この心の目の見えない人を見て，次のような考えが浮かんだ。心の目が見えな

195

いのは先の生活でのやましい行為によるものである。この世で現れる全ての病気には4種類ある。風による人，胆汁による人，粘液による人，この三つが合わさった病気の状態による人がいる。この医師はこの病気を治療する手段を熟考して次のような考えが浮かんだ。ここで使用されている薬ではこの邪悪を絶つことはできない。山の王，ヒマラヤ山には4種類の薬草がある。それらは何であるのか。一つは全ての臭いと色を所有しているもの。二つ目は全ての病気から救い出すもの。三つ目は全ての毒の効力をなくすもの。四つ目はどんな状態であれ，健康をもたらすもの。これらが4種類の薬草である。

　次にその医師はこの心の目の見えない人に哀れみを覚えて山の王，ヒマラヤ山に行く方法を考えた。ヒマラヤ山の頂上に登ったり，谷に下りたり，山を横切ったりして，これら4種類の薬草を発見する。薬草を歯で噛み砕いてから服用させたり，またすりつぶして与えたり，他の薬草と一緒に料理（煮る，焼く，揚げるなど）して与えたり，他の原料のままの薬草と混ぜて与えたり，針である一定の箇所に注入したり，火の中で焼いて与えたり，他の薬草と混ぜて食品或いは飲み物として与える。

　こういった方法を用いた結果，心の目の見えない人は心の目を開き，上下，遠近，太陽や月の光，星座，星，あらゆる形あるものを観て次のように言う。「確かに私は愚かであった。これらを見て，伝えてくれた人を信じなかったのは。今，私はあらゆる物を見て心の闇から開放されて光をとりもどした。私以上の人はこの世界にいない」。

　しかしこの時，超自然の智慧を備えた賢人が姿を現す。この賢人たちは神聖な視力，神聖な聴力，他人の考えを知る力，先の生活と超自然力を思い出す力を持っている。彼らはその人に次のように言う。「君は心の視力を回復したに過ぎず，何も知らないのだ。このような思い上がりはどこから来たのか。君は知恵もなく，教育もない」。それから彼らはその人に次のように言う。「君が家の室内に座っている時，君は外の形あるものを見ないし，知ることもない。君は他人の思いが君に対して慈悲深いのか敵意があるか識別できない。君は5ヨージャナ（約6〜16キロ）離れたほら貝，太鼓，人間の声に気づかず，わからない。君は1クローシャ（約1.5〜4キロ）の距離で

第7章　超絶主義季刊誌『ダイアル』に書かれた「仏陀の教え」の大意

も足を使わないで移動することはできない。君はお母さんのお腹に生じて，大きくなったことを覚えてはいない。ならば君はどうして博識であろうか。君はどうして全てを知っているだろうか。君はどうして全てを見ることができるだろうか。鮮明なものが実は不鮮明で，不鮮明なものが実は鮮明であることを知りなさい」。

　それからこの人は賢人たちに次のように言う。「どのような方法で，どのような善行で私は匹敵する智慧を獲得できるでしょうか。お願いですからその徳を得るようにしてください」。賢人たちはその人に次のように言う。「君が智慧を求めるなら，法を思い巡らし，荒れ野或いは森に或いは山の洞窟で坐禅して，悪の腐敗から自由になることである。そうすれば純化された特質を備え，超自然の智慧を得るであろう」。そこでその人は賢人たちの忠告に従って，宗教的な生活に入り，荒れ野に住み，一つの対象に固定された思いはその世界から解放され，5種の超自然の智慧を獲得した。それらの超自然の智慧を獲得して次のように熟考した。私は以前に追求した行動によって法及び本質を持つことはできなかった。今はそれどころか私の思いが進むところはどこにでも進むことができる。以前はほとんど智慧も判断力もなく，心の目は見えなかった。

　ああ，カーシャパよ，私の対話の真の意味をあなたにわかってもらうために提示したたとえ話を注視しなさい。その中に何があるか見なさい。ああ，カーシャパよ，生まれてから心の目が見えない人とは5種類の道の入り口に閉じ込められてその世界を回転している人々を指す。その人々は優れた法を知らず，不鮮明と悪の腐敗の深い闇を積み重ねていく。彼らは無知によって心が闇となり，心の闇の状態で彼らは概念を集め，概念の結果である名前と形のもとで大きな苦悩が生じてくるのである。

　しかし如来は三界のしがらみを超えた立場にある。しかし父が最愛の息子に対すると同じように，苦悩している人々に哀れみの心を生じて，三界の世界に降りていった。そこで輪廻の流れに終始している人々，その苦しみの世界から逃れる本当の方法を知らない人々に思いをめぐらす。世尊は智慧の眼で彼らを見て次のことを知るのである。「そもそも徳行という基本的な考えを果たした後，かすかであるが憎しみと生々しい愛着を持ったり，或

いはかすかではあるが愛着と生々しい憎しみ，過失を持ったりする人々がいる。ある人々はほとんど理解力がなく，ある人々は賢く，ある人々は円熟に達し，すがすがしい。誤った主義に従う人々もいる」。世尊は意のままに方法を使って三つの乗り物があることを人々に教える。菩薩たちは5種の超自然の智慧を備えた賢人たちのように，完全に明晰な眼を持ち，仏陀の状態の思いをいだき，法におけるすばらしい辛抱強さを獲得し，最高の仏陀の状態に達し，完全に力を発揮していく。これを譬えると如来は偉大なる医師とみなされ，全ての存在は思い違いによって心が闇になっていると見なされる。愛着，憎しみ，思い違いと六十二の誤った教義は風，怒り，不活発である。四つの薬草は次の四つの真実である。即ち空の状態，原因もなく，対象もなく，涅槃への入り口である。私たちが使用する薬に従って異なった病気を治療する。空の状態，原因がないこと，対象がないこと，涅槃への入り口に従って，それらは無知の行為を捉える。無知の涅槃から観念の涅槃が到来し，大きな悪の涅槃が到来する。その時，人の思いは徳でもなく，罪でもない。

　声聞と独覚の乗り物を利用する人は視力を回復する人としてみなされるに違いない。その人は輪廻の不幸の鎖を断ち切り，これらの不幸の鎖から解放され，五つの癖によって入ってしまう三界の結合から救い出される。だから声聞の乗り物を利用する人はこれに従い，仏陀から知るべき法は今後何もなく，もう涅槃を得たのだ，と断言してしまう。しかし世尊はその人に法を示す。全ての法を得ていない人がどうして涅槃を得るだろうか。世尊はその人に仏陀の状態を提示する。この仏陀の状態の思いを抱いた声聞はこの世界の回転の中にはいないが，まだ涅槃を得ていない。三界の再結合の正確な考えを練り上げて，三界は十方において虚空であり，この世界は不思議な亡霊やまぼろしのようであり，夢や蜃気楼やこだまのようであると観る。全ての法は涅槃の逆であるのみならず誕生の休止でもあり，解除の逆であるのみならず救済でもあり，明白の逆であるのみならず暗さ及び不鮮明に属してもいない。このように深遠な法を観る人は三界の再結合を形作る全ての存在の異なる意見と癖を見る。

　法の王に生まれ，存在を律する私は人々の気持ちを認識して彼らに法を説

第7章　超絶主義季刊誌『ダイアル』に書かれた「仏陀の教え」の大意

く[20]。偉大な勇者たち，彼らの智慧は堅固で，私の言葉を長い間よく保ち続けている。彼らはまた私の奥義を守り，生き物にはそれを示さない。まことに無知なる人はそのような科学知を聞いても理解することが非常に困難である。彼らはむくむくと疑いを抱き，気が動転して，科学知に背き，誤りに陥る。私は私の言葉をそれぞれの問題と能力に応じて適合させていく。また反対の説明によって教義を正していく。ああ，カーシャパよ，あたかも雲が全世界に生じ，それを覆いつくし，全ての大地を包み隠すようなものである。水をいっぱい含み，稲妻の花輪で囲まれた大きな雲は雷を鳴り響かせ，全ての生き物に喜びを広める。太陽の光を止め，世界圏をさわやかにして，雲は手で触れることができるほど大地に近づき，あらゆる所に雨を降らす。大量の水を一様に散布し，その縁からもれる稲妻で光り輝き，大地を喜ばせる。大地の表面から勢いよく現れる薬草，ハーブ，灌木，森の王たち（喬木），小さい木，大きい木が生えてくる。種々の種子，あらゆるものが瑞々しくなる。あらゆる野菜が山に，洞窟に，木立に見られる。薬草，灌木，木々は雲によって喜びいっぱいになる。雲は乾いた大地にも喜びを与え，薬草を潤す。雲の同質の水は薬草や灌木の勢い，対象に応じて吸い上げられる。大中小の種々の木々はその年齢，強さに応じてその水を吸収する。木々はその必要度に応じて水を吸収する。偉大な薬草はその幹，小枝，樹皮，枝，大枝，葉っぱから雲からの水を吸収し，花や実を出す。雲から落ちる水は同じであるが，それぞれの強さに応じて，その目的に応じて，生えてくる胚種の性質にしたがって，異なった実を生み出す。ああ，カーシャパよ，宇宙を覆う雲のように仏陀は世界に現れる。仏陀ほど生き物に本当の教義を話し，教える師はいない。

　この世界で尊敬され，神々と和合した偉大なる聖者は次のように述べる。「私は如来であり，勝利者であり，最上者である。私は雲のようにこの世に現れた。手足が硬くなり，存在の三重の状態に執着している全ての人々を喜びでいっぱいにしよう。苦悩によって元気を失った人々に幸福を打ちたて，喜びと平安を与えよう。大勢の神々と人々よ，私の言うことを聞きなさい。私に近づき，私を見よ。私は如来であり，聖者であり，最も勝れたものである。世界を救うためにこの世に生まれてきた。無数の生ける存在者に純

粋で美しい法を説くのである。その本質は一であり，同質である。それは解放と平安である。一つの同じ声で法を説く。仏陀の状態を常に主題にする。というのは法は不変であり，不平等の余地はない。そこには愛情も憎しみもない。あなたは改宗するかもしれない。私は誰に対してもひいきも嫌悪もない。全ての人に説明するのは同じ法であり，ある人に対すると同じように他の人に法を説く。

　もっぱらこの勤めに専念して，法を説く。私は休んでいても，立っていても，寝床に横たわっていても，椅子に座っていても疲れを感じることはない。雲が同じ水をあらゆる所に注ぐように私は全宇宙を歓喜で満たす。私はいつも尊敬すべき人々にも，そうでない人々にも，徳のある人々にも，悪いことをした人々にも，勝手気ままな人々にも，きちんと行動する人々にも，異説教理に従う人々にも，筋が通って完全な教義に従う人々にも法の歓喜を与える。劣った心の人々にも，偉大な心の人々にも，超自然的な力を持つ人々にも法を説く。私は疲れを寄せつけず，どこにでも足を伸ばし，適切な態度で法の雨を降らす。私の声を聞いた後，強さ（体力，精神力，財力，知力）に応じて，それぞれが異なった状況に，例えば神々の間に，人間の間に，美しい体の中に，聖王の間に，ブラフマンの間に，転輪王の間に落ち着く。

　耳を傾けてください。この世界で目にするつつましく，小さな植物，中くらいの植物，そして高い木について説明しよう。欠点のない法の知識を持って生きる人々，涅槃を得た人々，6種の超自然智と3種の学識を持っている人々は小さな植物と名づけられる。山の洞窟に独覚の状態を切望する人々，半ば浄化された人々は中ぐらいの植物である。私は仏陀になり，神々と人間の指導者になろうと言って，勇者の位を求める人々，エネルギーと観想を修める人々は最も高い植物である。自制して静かに慈悲心を養い，人々の間で勇者の位を心に抱く人々は木々と呼ばれる。車輪を回転させ，振り返らず，超自然能力を持ち，無数の人々を自由にする人々は偉大なる木々と呼ばれる。

　同じ水が雲から注がれるように勝利者（仏陀）によって説かれるのは一つの同じ法である。述べたように異なった能力を持っている人々は大地の表面

第7章　超絶主義季刊誌『ダイアル』に書かれた「仏陀の教え」の大意

から現れる異なった植物のようなものである。

　この例とこの説明によって如来が活用する方法がわかるでしょう。如来はただ一つの法を説くけれど，法の異なった展開は雨粒に似ている。私は法の雨を状況に応じて注ぎ，全世界は満足で満たされるでしょう。人々は私が説く一つの法を力量に応じて観想し，受け止めていく。雨が降り注ぐ時，薬草も灌木も中ぐらいの植物も，あらゆる大きさの植物もあらゆる所で輝くでしょう。

　この教えは世界の人々の幸せのために存在し，全ての宇宙の世界に異なった方便によって喜びを与える。全ての世界の人々が，植物が花で覆われるように喜びで溢れる。大地に生長する中くらいの植物は断固として欠点を失くし，広い森を駆け巡り，菩薩たちによく教えられた法を示す尊敬に値する聖者のようなものである。多くの菩薩たちは記憶と忍耐を備え，三界の正確な思想を持ち，仏陀の最高の状態を求め，木のように大きく成長する。超自然の能力を持ち，4種の瞑想を行い，空を聞いて喜びを体験し，無数の光を体から発する人々は大樹と呼ばれる。

　この法の教えは，ああ，カーシャパよ，あらゆる所に雲がもたらす水のようなものである。それによって偉大なる植物がいっぱい花を咲かせる。それ自身の原因である法を私は説く。盛りの時に偉大なる聖者に属している仏陀の状態を試みた。私は巧みに方便を使う。それによって世界の人々を導いていく。

　私が述べたことは最高の真理である。聴衆のみなさんは完全な涅槃に到達するであろう。皆さんは仏陀の状態に通じる優れた方法に従うであろう。聴衆の皆さん，私の述べることを聞いて仏陀になるであろう。

訳注

1　Thomas A. Tweed, *The American Encounter with Buddhism 1844–1912* (University of North Carolina Press, 2000), p. xxxi.
2　"The Preaching of Buddha" *The Dial: A Magazine for Literature, Philosophy, and Religion*, Vol. IV, January, 1844 (Russell & Russell, 1961), pp. 391–401参照。
3　John G. Rudy, *Emerson and Zen Buddhism* (Edwin Mellen Press, 2001), p. 222.
4　Thomas A. Tweed, "Introduction" *Buddhism in the United States, 1840–1925*, Vol. 1

(Edition Synapse, 2004), p. xi.
5 スティーヴン・ウィッチャー（Stephen E. Whicher）『エマソンの精神遍歴――自由と運命』（*Freedom and Fate: An Inner Life of Ralph Waldo Emerson*）高梨良夫訳（南雲堂，2001），235頁．
6 Harmon Smith, *My Friend, My Friend The Story of Thoreau's Relationship with Emerson* (University of Massachusetts Press, 1999), p. 33.
7 パトリシア・オッカー（Patricia Okker）『女性編集者の時代』（*Our Sister Editors*）鈴木淑美訳（青土社，2003），29–30頁．
8 *Buddhism in the United States, 1840–1925*, Vol. 1 (Edition Synapse, 2004).
9 下線部がソローの庵跡に刻まれている．

> Light-winged Smoke, Icarian bird,
> Melting thy pinions in thy upward flight,
> Lark without song, and messenger of dawn,
> Circling above the hamlets as thy nest;
> Or else, departing dream, and shadowy from
> Of midnight vision, gathering up thy skirts;
> By night star-veiling, and by day
> Darkening the light and blotting out the sun;
> Go thou my incense upward from this hearth,
> And ask the gods to pardon this clear flame.
>
> (*The Writings of Henry David Thoreau* II, Walden 279)

10 安藤正瑛『ニュー・イングランド文学精神の諸相』（朝日出版社，1979），17頁．
11 John Matteson, *The Story of Louisa May Alcott and Her Father* (Norton, 2007), p. 55.
12 同上，pp. 55–56.
13 同上，p. 58.
14 尾形敏彦『エマスンとソーロウの研究』（風間書房，1980），66頁．
15 Bruce A. Ronda, *Elizabeth Palmer Peabody: A Reformer on her own Terms* (Harvard University Press, 1999), p. 5.
16 同上，p. 6.
17 進藤鈴子『アメリカ大衆小説の誕生』（彩流社，2001），189–90頁．ちなみに藤原保利氏はエリザベス・ピーボディについて次のように述べている。「1860年にボストンに最初の英語による幼稚園を開設して以来，フレーベル主義幼稚園の普及に大きな役割を果たしたエリザベス・パーマー・ピーボディの活動も看過することはできないであろう」（藤原保利「アメリカにおけるフレーベル主義幼児教育思想の普及と展開に関する一考察」『教育学雑誌』第28号（1994），p. 63)。
18 フランスのビュルヌフ（1801–52）はイギリスの駐ネパール公使であったホジソン（Hodgson）から贈られたネパール本を翻訳した。それは2巻本でその表題を*Le Lotus De La Bonne Loi*といい，ビュルヌフの死後，パリで出版せられ，翻訳とノートから成っている（坂本幸男編『法華経の思想と文化』pp. 243–44)。

第 7 章　超絶主義季刊誌『ダイアル』に書かれた「仏陀の教え」の大意

19　この「仏陀の教え」の始まりの下線部は坂本・岩本訳註『法華経』上「薬草喩品」（岩波書店），287 頁 5 行に対応する。つまりこの「仏陀の教え」と岩波本では始まりが異なる。
20　下線部は坂本・岩本訳註『法華経』上「薬草喩品」（岩波書店），273 頁 6 行に対応する。

参考文献

大谷大学尋源会『梵漢対照新訳法華経』南条文雄・泉芳璟共訳（平楽寺書店，1973）．
坂本幸男・岩本裕訳註『法華経』上（岩波書店，1977）．
坂本幸男編『法華経の思想と文化』（平楽寺書店，1981）．
勝呂信静編『法華経の思想と展開』（平楽寺書店，2001）．
The Dial: A Magazine for Literature, Philosophy, and Religion, Vol. IV, January, 1844 (Russell & Russell, 1961), pp. 391–401.
Thoreau, Henry David. *The Writings of Henry David Thoreau*, Vol. 2 (AMS Press, 1968).

第 8 章

エミリ・ディキンスンの師，トマス・W・ヒギンスン著「仏陀の特性」の大意
―― 故安藤正瑛先生に捧げる ――

※

　2004年の初頭に 6 巻よりなる『アメリカの仏教, 1840年-1925年』(*Buddhism in the United States, 1840-1925*) が Edition Synapse／日本シノップス社から出版された。この書物の中に収録されているいくつかの論考はアメリカ文学においても重要な文献であるように思われる。このような優れた文献出版の企画に関係された方々に感謝したい。この書物の第 1 巻にアメリカ最大の詩人とも言われているエミリ・ディキンスン氏 (1830-86) が一生の間，彼女の師として尊敬し，文通を続けたトマス・ウェントワース・ヒギンスン氏 (Thomas Wentworth Higginson, 1823-1911) の論考「仏陀の特性」(The Character of Buddha, *The Index*, 3, 16 March, 1872) が収められている[1]。この書物に収められている論考の著者，ヒギンスンがあのエミリ・ディキンスンと文通していたヒギンスンと同一人物かどうかをエミリ・ディキンスンの研究者である岩田典子氏に問い合わせたところ間違いないとのご教示をいただいた。社会改革者でもあったヒギンスンの講演 (1872年 3 月 3 日) が刊行物，『インデックス』誌 (*The Index*) (1872年 3 月16日) に掲載されたのが上記の「仏陀の特性」である。彼はエミリの死後，トッド夫人 (M. L. Todd) と共に編集者として彼女の詩集 *Poems* (1890-91) を出版したことはよく知られている。

　エミリ・ディキンスンの父親の事務所で法律書生として働いていたニュートン氏は「ディキンスン家の娘たちに，ブロンテ姉妹やフェミニストのリディア・マリア・チャイルド氏の作品を紹介した。彼がエミリにエマソンの

205

『詩集』(1847年版) を与えたのは，エマソンがコンコードの賢人となるずっと以前であった」²。上記の『アメリカの仏教』の第1巻に収められている論考「仏教徒とローマ・カソリック宗教との類似点」(Resemblances between the Buddhist and the Roman Catholic Religions, Atlantic Monthly, 26, Dec. 1870) の著者とエミリ・ディキンスンが読んでいた作品の著者，リディア・マリア・チャイルド (Lydia Maria Child, 1802-80) が同一人物であるかどうかをチャイルドの研究者，大串尚代氏に問い合わせたところ間違いないとのご教示をいただいた。

　エミリ・ディキンスンはラルフ・ワルドー・エマソン (Ralph Waldo Emerson, 1803-82) の「詩集やエッセーを読み，詩を書くことに目覚め，生きる勇気が湧いた」³という。エマソンは超絶主義 (The Transcendentalism) に基づく新しい文化運動を行った。「超絶主義的傾向を持つ文化人の第2回目の会合はコンコードのエマソンの家でもたれた。出席者の中には，その後のこの新文化運動に参加し，その推進力ともなったオールコット (Amos Bronson Alcott, 1799-1888)，エリザベス・ピーボディ (Elizabeth Peabody, 1804-94)，マーガレット・フラー (Margaret Fuller, 1810-50)，ジェイムズ・フリーマン・クラーク (James Freeman Clarke, 1810-88) などの一流の文化人，宗教家の顔もみえていた。その後，こうした会合はしばしば持たれ，ジョーンズ・ヴェリー (Jones Very, 1813-80) や，ヘンリー・ソロー (Henry David Thoreau, 1817-62) なども時々出席していた」⁴。

　この会合に出席していた人々は当時の文化人であったので地域社会における影響力を持っていたことがうかがえる。ピーボディの妹，ソファイアはナサニエル・ホーソーン氏 (Nathaniel Hawthorne, 1804-64) の妻であった。ピーボディがボストンに開いた本屋では，超絶主義者の機関誌『ダイヤル』を発行していた⁵。ピーボディの「仏陀の教え」(The Preaching of Buddha, Dial, 4, Jan. 1844) は上記『アメリカの仏教』第1巻に収められている。クラークの「仏教，東洋のプロテスタンティズム」(Buddhism: or, The Protestantism of the East, Atlantic Monthly, 23, June 1869) も『アメリカの仏教』第1巻に収められている。「エマソン，ホイットマン，ソローたちの生きていた時代をマシーセン氏 (F. O. Matthiessen) はアメリカン・ルネッサンス

第8章 エミリ・ディキンスンの師,トマス・W・ヒギンスン著「仏陀の特性」の大意

(American Renaissance)と呼んでいる」[6]。前川玲子氏によると,マシーセンは『アメリカン・ルネッサンス』の中で1850年代の作家たちにアメリカ文学の開花と成熟の萌芽を見ている[7]。この時代にさきほど上で述べた文化人が仏教に関する論考を書いていることは見過ごすことのできないことであろう。エミリ・ディキンスンもこのアメリカン・ルネッサンスの時代に生きていた詩人であり,上記文化人の書いた仏教に関する論考から直接あるいは間接に影響を受けていたことが考えられる。

この論考の副題に「安藤正瑛先生に捧げる」と題した。私は安藤正瑛先生(岡山大学名誉教授)から直接教えを受けてはいない。お手紙で指導をいただいただけであるが,アメリカ文学と仏教という研究のありかたを教えていただいたので私にとっては安藤先生もまた師であると思っている。安藤正瑛氏はエマソンをはじめとする超絶主義の時代,いわゆるアメリカン・ルネッサンスの時代から現代のアメリカ文学の研究まで多数の著書,論文があることはよく知られている。例えば主要な著書だけでも『アメリカ文学と禅——サリンジャーの世界』(英宝社,1970),*Zen and American Transcendentalism* (Hokuseido Press, 1971) 及び『ニュー・イングランド文学精神の諸相』(朝日出版社,1977) など9冊があげられる。その『ニュー・イングランド文学精神の諸相』の第6章では「ディキンソン「会者定離」と不滅の霊性」と題して,エミリ・ディキンスンについて詳しく述べられている。また私の手元にあるエミリ・ディキンスンに関する安藤正瑛氏の論文には次のものがあげられる。

- 「Thomas H. Johnson: Emily Dickinson, An Interpretive Biography, Harvard Univ. Press, 1955」『英文学研究』(日本英文学会) Vol. XXXVI, Nos. 1 (1959), 147–54頁.
- 「エミリ・ディキンソン真髄——「会者定離」と不滅の霊性」『Albion』21 (京大英文学会,1975),69–99頁.
- 「Emily Dickinson の世界 1——Transcendentalism in Emily Dickinson」『ノートルダム清心女子大学紀要』外国語・外国文学編,第9巻第1号 (1985),25–42頁.

・「エミリー・ディキンソンの世界(2)――エミリー・ディキンソンの宗教的体験の内容」『ノートルダム清心女子大学紀要』外国語・外国文学編，第10巻第1号（1986），41-63頁．
・「Emily Dickinson における美の世界」『ノートルダム清心女子大学紀要』外国語・外国文学編，第11巻第1号（1987），1-21頁．
・「Emily Dickinson の宗教的世界」『Persica』第13号（岡山英文学会，1986），75-89頁．
・「Emily Dickinson における愛の世界(その一)――Emily Dickinson と Samuel Bowles」『Persica』第15号（1988），85-102頁．

　エミリ・ディキンスンについても深く研究しておられた安藤先生が上記文献『アメリカの仏教，1840年-1925年』のなかのエミリ・ディキンスンと関係する文献を知ればどんなに喜ばれたことであろうか。安藤先生なら上記文献を駆使してさらにエミリ・ディキンスン研究を深めることができたであろう。トマス・ウェントワース・ヒギンスンの論考「仏陀の特性」(The Character of Buddha)の日本語による大意を試みた。しかしいくつか省略している。例えば仏陀の生没年に関するところは論考から130年以上も経った今日では時間的にあわなくなっているので省略した。また原文に引用されている『四十二章経』の章番号と私が引用した服部育郎氏訳の『四十二章経』の章番号があわないので番号は全部省略した。このように原文のいくつかを省略等しているように大意であることをお断りしておく。この原文は *Buddhism in the United States, 1840–1925*（全6巻）の第1巻に掲載されている。発行所の Edition Synapse/ 日本シノップス社から紀要に掲載する了解をいただいた。ここに感謝申し上げる。

＊　＊　＊

第8章　エミリ・ディキンスンの師，トマス・W・ヒギンスン著「仏陀の特性」の大意

仏陀の特性
（大意）

　どちらのタイプの特性が改良者においてより優れているのかという問いがしばしばなされる。上がるのか或いは降りるのか。取るに足らないこの世の地位の不利益に打ち勝つのか或いはより高い地位への誘惑を捨て去るのか。大工の子が王たちより勝り，威光を放って崇められるのか或いは王の子が王位を捨て，一文無しの身なりと生活を選び，ついに全ての階級を越えて，あの蔑まれた黄衣が彼の信奉者たちにとって宗教上の象徴の中で最高のものになることか。この二つのタイプの地位はあらゆる改良者たちの一団の中に見られる。二つのタイプが世界の二大宗教の二人の開祖に象徴されているのは注目に値する。それぞれの宗教が人類の3分の1から4分の1までの人々からなっている。それぞれの宗教はより初期の，より偏狭な教義の束縛を断ち切っている。それぞれが伝道の情熱を育成している。それぞれが殉教者を出している。それぞれが愛と寛容を教えている。それぞれが永遠の法に照らして全ての階層と身分の平等を教えている。一方の開祖は蔑まれた町の大工店の出身である。もう一方の開祖は王位を降りて一文無しの生活を送った。

　以前はマガダであったが，今日ではバハールと呼ばれるヒンドスタンの国（商業都市パトナが首都）にアショーカ王によって石に刻みつけられた布告を示す一連の記念建造物が残っている。アショーカ王の統治は確かに紀元前225年ごろに始まったという事実によって知られている。これらは「損なうことのできない最古の仏教の記録」である。従ってどんな思想が最初の偉大なる王——コンスタンティヌス王の仏教版——にとって最も重要であるかを私たちはほぼ正確に知るのである。

　仏教の教えは素晴らしく簡潔である。一つの記録の中で王は「不殺生」を国民に指示している。別の記録には「人々や動物の安楽のために道端に木々を植え，井戸を掘る」ように命じている。また別の記録では王は「道徳をつかさどり，徳に夢中になる慈悲深い人々を励ます教師の任命」を望んでいる。また別の記録では王は「両親，友人，子供，親族，バラモン，仏教僧侶に対する道徳上の恩義を実施する5年に1度の集会を開く」よう国民に命じ

209

ている。「寛容さは正しい。生き物を傷つけないのは正しい。無駄使いや悪口を慎むことは正しい」と記録にある。また他の記録には「神々に愛されている人は賞賛や名声を大きな価値あるものとしてみなさない。というのはそれはずるくて，信用できない人によって手に入れられたかも知れないから」「私には俗事の追求において満足させるものはない。最も尊い追求は全世界の繁栄である。私の全ての努力は全ての生き物に対してやましくないようにすることであり，彼らがこの世で幸せであり，彼らが天に入ることができるようにすることである」と宣言している。

　今日の私の講話のテーマは仏教の開祖についてである。仏陀の簡潔な信仰告白はこれらの石に変わることなく記録されている。仏陀の生涯と教えを記録する書物はたくさんある。幾つかの仏教僧院には七万巻の仏教経典がある。中国語の仏教経典は五千五百八十六巻を数える。タイ語によるものは三千六百八十三巻である。仏教に関する現代ヨーロッパの書物の目録でさえざっと一千の文献が入っている。しかしこれらの書物は石のように長持ちしない。書物の神話や伝説はそれが何であれ，解読を困難にさせるほどに元来の事実とからみ合っている。私たちが間接に仏教書を勉強する時，しなければならないことは仏教の簡潔な土台とからみあった物語とを分けることである。

　もちろんこのためには私たちは全ての宗教上の伝統に適用される二つの基本的な決まりを受け入れなければならない。異なった話を比較し，事実はおそらく一致点で見つけられると考える。さらに最も格調高く，最も崇高なものは創作されたものではなくて，おそらく本物であると推定する。

　英語で書かれた仏教文学は非常な勢いで増えており，最近の三つの翻訳は今までの人たちの行ったことよりも仏陀の実際の教えにより多くの光を与えているように見える。第一はマックス・ミュラーの翻訳『ダンマパダ』(徳の道) である。ニューヨークで増刷されたばかりである。第二はアラバスターの『法輪』(ロンドン，1871年)。第三はビールの『中国語からの仏教経典の抜粋集』(ロンドン，1871年)。ビガンデー司教の『ビルマ語出典からの仏陀の生涯』――私が大いに活用することになる本――は1866年にラングーンで印刷された。これら４冊の本はいずれもクラーク博士の『十の偉

第8章　エミリ・ディキンスンの師，トマス・W・ヒギンスン著「仏陀の特性」の大意

大な宗教』中で参考にされたものとして名前があげられていない。

　アショーカ王の治世以前には仏陀の生没年は定かではないようであった。しかし私たちは事実に近づきつつある。この仏陀の本当の名前はゴータマ或いは釈迦牟尼である。ゴータマとは彼の属していた姓である。釈迦とは彼の生まれた種族名である。牟尼とは聖者または賢者という意味である。彼はまたシッダルタとも呼ばれた。シッダルタとは「目標が成就された」という意味である。だから彼は仏陀或いは覚者と呼ばれた，ちょうどイエスがキリストと呼ばれたように。

　若き王子は神話では人間の父親なしで生まれたように描かれている。本当は父であったスッドーダナ王とマーヤー妃との間の息子であった。16歳の年まで彼は宮殿の贅沢な生活のなかで育てられた。その年に灌頂を受けて王子として任命された。彼はゴーパという名前の乙女と結婚したといわれている。ゴーパというのは牛飼いという意味である。しかしまた他の記述によると彼のいとこ，ヤソーダラー妃と結婚したという。この贅沢な生活の中で彼はあまりのわがままを親族から咎められている。例えば科学の試験では勉強した通りの試験問題を要求して試験に合格したが親族の人々を困惑させたのである。スッドーダナ王は彼を喜びで取り囲み，あらゆる痛ましい光景を見せないようにして安心した。

　しかしある日のこと，その日の娯楽として王子は幾つかの美しい庭園に向けて御者に馬車を走らせていた時，生まれて初めて道端に年老いた人を見た。「あれは何だ」と王子は御者に尋ねた。「王子様，あれは老人です。全て生まれて来るものはあのようになるのです。その人の容貌はひどく変っていくのです。年を重ねるにつれてしわが寄り，髪は白くなり，静脈と動脈は柔軟性と弾力性を失って硬直していきます。肉体は次第に衰えて，かさかさの肌になり，ぼろぼろの骨が残されていくのです」と御者は答えた。「何だって」と王子は驚いて言葉を発した。王子は「誕生は実に大いなる苦である。それは全ての存在をみじめな状態にもっていき，いやな老衰を必然的にともなっていく」と独り言を言った。王子は御者に宮殿に戻るように命じた。何事が起きたのかと王が尋ねると，王子が老人を見たのだと廷臣から聞かされた。

別の日，王子は病気の人を見た。病気の人はいとわしい病気で衰えていた。王子は再び宮殿に戻り，物思いにふけった。彼の父，王は王子のまわりの娯楽を増やして，王子への警備兵を倍にした。
　またある時，王子は死体を見て，再び宮殿に戻った。王は今までにないほど心配して，宮殿の周りに厳重な防御体制をしいた。あらゆる不快なものを閉めだすように命じた。しかしながら警備兵たちは僧侶（苦行者）を立ち入り禁止にはしなかった。若き王子は宮殿内を歩いている僧侶を見た。「あれは誰か」と王子は尋ねた。その僧侶が宗教に専念していることを聞かされると，王子はその修行者と同じことをしたいと決意するのである。最初に王衣で身をつつみ，市内を馬車で進み，それを最後にして去って行こうと考えた。だから彼は郊外の御苑で気晴らしをして過ごした。華麗な市中行列のためにきらびやかな服装をした。多くの音楽家や踊り子が王子に仕えるために集まった。王子が馬車に乗りこむとすぐに宮殿から伝言がとどいた。王子の妃に子供が生まれたという。王子は「その新しく生まれる子供とのきずなを断たなければならない」と言った。王子の馬車は市中に向かった。すべての市民が王子を見ようと集まってきた。王子の姿が窓から見えると，「おめでとうございます。あなたのお妃様。すばらしい王子様」と人々はほめたたえた。王子は人々の声が聞こえると「どのようにしたら心は平安を見出せるのか。自制によってのみだ」と一人つぶやいた。王子はまさにその夜に宮殿から離れ，修道者の生活を始めようと決心した。
　その夜，王は王子の様子に気をもみながらじっと見守った。王はなんとか王子を歓喜の生活につなぎとめたいと願って，多くの美しい歌い手や踊り子を王子の邸宅に送りこんで王子の気をそらそうとした。王子はうんざりして歌い手や踊り子を見つめたが，徹夜のため眠ってしまった。それを見てがっかりした女性たちもすぐに寝てしまった。真夜中に王子が目をさますと，さまざまな姿態で眠りこけている女性たちが目に入った。ある者はいびきをかき，ある者は口をだらしなく開けて横になっていたし，ある者は左右に寝返りを打ってあられもない姿勢になっていた。「ああ，これが喜びと呼んでいるものの実態なのだ。この世は卑しい。まさに今晩去っていこう」と言った。

第8章　エミリ・ディキンスンの師，トマス・W・ヒギンスン著「仏陀の特性」の大意

　王子は従者に馬の鞍をそっとつけるように命じた。それが完了すると彼の妃の部屋の戸口の所へ行った。若き母親は眠っており，赤ちゃんの顔を手でかばうようにして，添い寝をしていた。王子は入り口の所にたちどまった。「子供を見るためには母親の手を動かさなければならない。そうすれば二人とも起きてしまい，私の決意はだめになってしまう」と王子は思った。王子はドアをそっと閉めて，宮殿をあとにした。その邸宅の所有者として再びそこに入ることはなかった。王子は市街を離れる時，もう一度市街をふりかえる衝動を抑えて，未知の世界へと進んでいった。

　彼は自分の衣服を従者に持たせ，馬とともに宮殿に引き返させてから修行者の服を着た。彼は革の帯，手斧，針，水こし器を携えた。これらは修行僧を特徴づけるものであった。手斧で木を切り，針で衣服を繕い，水こし器は生き物を殺さないように飲み水を浄化するためのものであった。食べ物を乞うために父である王と同盟を結んでいる遠い国まで歩いていった。王子が誰であるかを見抜いていたその国の王は彼に注目した。王子はただ通りを歩いて乞食が生活の糧とするような粗末な米を受け取っていた。これを町の外へ持っていき，最初の食事作りを試みた。優雅な食べ物に慣れていたのでこの粗末な食べ物はひどいものであることがわかった。それを見ただけでうんざりした。「私は修行者の服を選んだ時，それは私の食べ物であることに気がつかなかっただろうか」と彼は言った。腹がへってきたので自分の食べ物を食べた。

　しかしながら彼が育った偉大なるバラモン教のくびきから彼はまだ自由ではなかった。彼はバラモン教の教師のところに行って学んだが失望して立ち去った。彼は別の教師のところに行ったが結果は同じであった。同行する5人とともに厳しい苦行の禁欲生活を試みた。6年後，彼は完全にこのような生活を捨てたので，同行者たちは指導者としての彼に対する信を失ってしまった。これは彼の転機であった。この時，仏教の中心となる「四つの重要な真理（四聖諦）」或いは「法輪」と呼ぶものが彼によって明らかにされた。第1番目の真理は苦悩の存在である。2番目は苦悩の源，勝手気ままな欲望である。3番目はこれらの苦悩を滅すること，或いは欲望の自制である。4番目は苦悩を滅するための手段，つまり徳である。仏陀の教え，或いは仏陀

の法は永遠の輪の中で常に回っていき，いつもこれらの四つの基本的なことがらを信者たちの瞑想にもたらし続けることだと言われている。
　仏陀と無数の悪魔との激しい戦いから仏陀が四つの真理の智慧に至ったことが仏教の書物に著されている。仏陀が林の菩提樹の葉陰で結跏趺坐の姿勢で坐禅をしていた時，悪魔が仏陀を襲った。仏陀は悪魔がやって来るのに気づいた。しかし仏陀の生活はこれまで非難するところがなく，親切と慈悲の行いを常に実践していた。悪魔の軍団が強烈な嵐のように北から仏陀にしきりに襲いかかった。「私一人に対して数え切れないほどの戦士が集まっている。私を助ける人は誰もいない。父も，兄弟も，姉妹も，友も，親族も助けてはくれない。しかし私には修行してきた徳がそなわっている。これらの徳が私を守ってくれる」と描かれている。
　戦いの描写は次の通りである。嵐が山を揺さぶったが仏陀を揺さぶることはできなかった。雨が大地をいっぱいにしたが，仏陀を濡らすことはできなかった。煙火をあげながら岩がなだれのごとく襲ってきたが，仏陀の足元でたくさんの花になった。悪魔の王は仏陀に近づいて精神力の座を明け渡すよう要求した。しかし仏陀は静かに答えた。「君は徳を修行していないし，自制の行いをしていない。君は人々を助けることにうちこんでいない。だからこの玉座は君のものではない」。悪魔はかっとなって仏陀に恐ろしい武器を投げつけた。しかしそれらは全て美しい花輪になって仏陀を飾った。戦いはたちまち終わった。その夜四つの真理が明らかにされた。申しぶんのない真理が彼に現れて仏陀となった。あらゆる世界の木々は実や花でいっぱいの枝を出した。すばらしい種類の百合の花が咲いた。世界全体が大きな庭園のようになり，花でおおわれた。鮮明な輝きは七つの太陽の光によっても追い散らすことのできなかった闇を照らした。川は一時その流れが止まった。目の見えない人は視力が回復し，耳の聞こえない人は聞こえるようになり，歩くことのできない人は自由に歩けるようになった。それは仏陀の心が不動の安定，完全な清らかさ，言い換えれば激しい感情からの離脱，変わらない忍耐強さ，あらゆる存在への優しい哀れみの気持ちを身に付けたことによる。
　真理の法を体得した仏陀はこの「慈悲」から法を説くことに人生を捧げたのであろうか。伝説によると仏陀は迷い苦しんだと云われている。「この法

第8章　エミリ・ディキンスンの師，トマス・W・ヒギンスン著「仏陀の特性」の大意

は理解されがたい。私がこの法を説いてもわかってもらえるだろうか。徒労に終わってしまうのではないだろうか」と仏陀は自問した。しかし伝説によると「全世界を見回して」その法を説く必要性に気づいた。法を説く責任に思い至った。仏陀は全ての存在にこの法を説くという重要な約束を最高位のバラモンにしたのである。

　このようにして仏陀は法を説き始めていった。仏陀はこのように法を説く行為は宗教的な営みだけにとどまらず，力強い社会改革でもあることに気づいた。この東洋の厳格な階級制度に仏陀は反対であった。この階級制度は既成宗教に根付いており，それがあらゆる日常生活に及んでいた。例えば一番低い階級のチャンダーラの人々は他の人々の住居から遠く離れて住むように強いられていた。彼らは他の階級から避けられるような烙印をおされ，死刑執行人や墓掘人にならざるをえなかった。彼らは非難されるべき犯罪者の服を着て，こわれた容器で飲み食いをしなければならなかった。その差別は延々と続き，輪廻なしではチャンダーラの人々の魂はより高い階級に生まれ変わることはできなかった。

　アメリカの最も低い地域における白人と黒人や中国人との間の最もひどい隔離には仏陀が宮殿から去り，黄色い衣で身をつつみ，修行者たちの仲間になって旅をした社会的なつながりといった概念はない。仏陀が育った社会のバラモンの宗教が正しいとするなら，このことは恥ずべきことであった。その制度は途方もなく大きいゆえに，それに従うことによって彼は次の輪廻ではただ虫だけになるであろうし，何百年もの間積み重ねた善行の利得も失うかもしれない。だが階級制度を無視することによってこうむる俗世の精神的危険に比べれば，公の死刑執行人による死，恥さらし，拷問は取るに足らないことである。

　例えば仏陀の弟子の一人，アーナンダが地方を長く歩いていた時，一番階級の低いチャンダーラの一人の女性と出会った。近くに井戸があり，彼女に水を下さいと頼んだ。彼女は自分がどういう人間であるかを語り，アーナンダに近づこうとしなかった。しかしアーナンダは「同胞よ，私はあなたの階級やあなたの家族を求めているのではありません。私は1杯の水がほしいだけなのです」と返答した。彼女は後に仏陀の弟子になる。

私たちにとってこの話は人間の哀れみを示す感動的な一例である。しかし彼らにとってはもっと共感するきわめて重要な出会いであった。アメリカの奴隷制度支持の時代，プルーデンス・クランドールがコネティカット州で有色人種の子供たちを教えていた時，彼女は襲われて，州から追い払われてしまった。しかしそれは社会に造反した制裁にすぎなかった。彼女が罪を犯したため，ぞっとするほど天地を揺さぶったのは彼女の家族が最もひどい不名誉を永遠に着せられ，彼女も永遠に最もいやな形で苦しまねばならないことであった。これは見せ掛けだけではなかった。この危険は少なくともアーナンダが彼の指導者，仏陀の教えのもとで人々から受けた非難と同じであった。仏陀が階級制度に取り組んだのはかくの如くであった。仏陀は階級制度に反対することは記録によると一言も述べていない。しかし仏陀は法を説き始めた日から静かにそれを実行したのである。

　仏陀が法を説き始めるとたちまち多くの人々が彼の言うことを理解するようになった。仏陀はベナレスに行った。そこはインドの人々が学ぶ中心地であった。以前仏陀を見限っていた5人の友人が仏陀に帰依したのはここであった。仏陀は田野で法を説き，貧しい人々が仏陀に帰依した。仏陀は出会った若き王子たちに旅をするように説いた。王子たちは従者と一緒であった。王子たちが仏陀の修行者たちの一団に加わった時，王子たちはお互いに「私たちの喜びは大きく，揺るぎない。私たちの気持ちをぐらつかせることはとてもできないし，暴虐的な要求から自由である。私たちの従者にも帰依してもらいましょう。それから私たちも仏陀に帰依しましょう」と言った。王子たちの要望はかなえられた。

　同じような願いは女性たちもかなえられたであろうか。東洋の女性たちの悪化した生活の中で，女性たちはあえて要求することはほとんどなかったが，要望した女性はいた。一人の若者が帰依すると，彼の母親と妻も「仏陀の弟子にしてもらい，仏陀に帰依すること」を願い出た。彼女たちは僧としてではなく，弟子として認められた。仏陀が故国の宮殿に帰った時，仏陀の妻は修行の進んだ仏陀に少しずつ共感して理解していった。妻は仏陀と同じ黄衣を身につけ，食べ物も節制した。遂に仏陀の父，シュッドーダナ王の妃であった叔母，パツァパティは王の亡き後，仏陀に帰依することを願い出た

第8章　エミリ・ディキンスンの師，トマス・W・ヒギンスン著「仏陀の特性」の大意

が最初は断られた。彼女は断られても申し出た。彼女は500人の高貴な生まれの女性たちを加えて，彼女等は長い髪を切り，黄衣を着て，仏陀が修行をしていた遠く離れた僧院へ歩いていった。彼女等の要求を静かに聞いて「女性たちを宗教的地位に帰依することを許さないのは適切ではない。さもなければ私たちの僧団は長続きしないでしょう」と仏陀は述べた。女性たちは要望を出し続けたので遂に尼僧になることが認められた。このようにして仏教の僧団は2200年も続いている。尼僧たちの出かける所はどこでも女性たちの地位を向上させた。このようにビガンデー司教は証言して，ミャンマーやタイにおける女性の地位は「ほとんど完璧に男性と平等であり，男性の話し相手であっても，奴隷ではない」と付け加えている。このことはタイの王宮に6年，他の東洋の国々に12年いた女性作家レオノーエンス夫人から聞いて私は確認したのである。仏教徒の女性たちは東洋の他の女性より優れており，道義をわきまえ，控えめで，献身的であるとレオノーエンス夫人は言明している。

　東洋の宗教を変え，階級制度という冷酷な障害を取り払い，人類の3分の1或いは4分の1の人々に新しい生活を作った仏陀の教えの特性は何であろうか。倫理的な側面を説明するために『四十二章経』から引用してみよう。この経典は紀元後すぐに中国に伝えられた。インドでは大きな影響力を持っていたに違いない。

　「次のように仏陀は説かれた。ある人が愚かにも，私に対して善くないことをしたとしても，私は尽きることのない慈しみの心をもって，その人を護り，救済しようとする。それでも，さらに悪いことをして来るようなことがあっても，私はさらに善い行いをもって対応する。幸福とよい結果は私のほうに現れる。悪い行いを繰り返していると，悪い結果はその人のほうに降りかかる」

　「私が仏陀の道を守って，人々に慈悲の心で接しているのを聞き，それに嫉妬して危害を加えようとする人がいても，私は慈悲の心で彼を迎える。例えばわざわざやって来て，私を罵るようなことがあっても，私は黙って何も答えず相手にしない。かえってその人を哀れみの心でみる。悪

口を言う愚かな者に対して，そのように対応して，暫らくして相手が落ち着いて罵ることをやめたのを見て，私は次のように問いかける。「あなたが贈り物を持ってある家を訪ねたところ，その相手が贈り物を受け取らなかったら，あなたはその贈り物をどうしますか」「持って帰るより仕方がないでしょう」「今，あなたは私を罵りましたが，私はそれを受け取りません。それをあなた自身が持ち帰って，あなた自身に浴びせなければならないのです。それはあたかも，人の声にこだまが応じるように，また影が物の形に従うようなもので，自分が作った過ちを逃れることはありません。ですから決して悪いことをしてはいけないのです」

「損得やえこひいきの気持ちで慈善行為をしてもあまり恵みは無い」

「次のように仏陀は説かれた。100人の普通の人に食事を布施するよりは，一人の善人に食事を布施するほうが良い」

「天地，霊，悪魔について尋ねるよりも善人に食事を布施するほうがその功徳は大きい」

「次のように仏陀は説かれた。世の中には20の難しいことがある。貧乏でありながら布施することの難しさ。金持ちで，高い地位にありながら仏陀の教えを学ぶことの難しさ。運命を逃れることの難しさ。仏陀の教えにめぐりあうことの難しさ。仏陀のいる世界に人として生まれることの難しさ。色欲を抑制し，欲望を追い払うことの難しさ。好ましい物を見て，それを手に入れまいとする難しさ。あせらずに道徳的にしっかりすることの難しさ。怒らずに侮辱に耐えることの難しさ。欲望を抱かずに世の中で行動することの難しさ。物事の真相を調べることの難しさ。無知な人を責めないことの難しさ。うぬぼれを除去することの難しさ。学識があり，賢くあることの難しさ。宗教の明言に隠れている本質を見抜くことの難しさ。勝ち誇ることなく目的を達成することの難しさ。道徳的な生活によって仏陀の教義を示すことの難しさ。人が仏教に帰依することの難しさ。思いと生活が一致することの難しさ。論争をさけることの難しさ」

「次のように仏陀は説かれた。自分の身体は，地水火風の四つの要素から出来ていることをよくよく忘れないようにしなければならない。自分に名前をつけているが，もともとは無かったものである。私という存在はい

第8章 エミリ・ディキンスンの師,トマス・W・ヒギンスン著「仏陀の特性」の大意

ろいろな要素が集まって生じたもので,それは遅かれ早かれ死んでいくのである。あたかもそれは幻のようなものである」

「次のように仏陀は説かれた。毎日の行いにおいて仏陀の教えを忘れることなく,つねに教えを実践していれば,遂には信を得ることになる。その功徳はこの上もなく大きいものである」

「ある時,仏陀は修行者たちに次のように説かれた。日ごろの生活の中でよく注意して女性を見つめないようにしなくてはならない。もしも見つめるようなことがあったとしても,いっしょに語り合わないようにしなくてはならない。もし語り合うようになったら,心を正しくひきしめて,行いを正しくして,次のように思うべきである。「自分は僧侶である。俗世の間にあっても,あたかも蓮華が泥沼に生えて,泥に汚されることがないようにしよう」と。老いた女性に会ったら,母と思い,年上の女性と会ったら,姉と思い,年下の女性に会ったら,妹と思い,幼い女性と会ったら,子供と思い,それぞれを敬い,礼儀をもって接するべきである」

「次のように仏陀は説かれた。王や王子の位を日光の塵ほこりのようにみる。金銀宝石を,私は砂利のようにみる。白絹の立派な衣を,私は破れた絹のようにみる。宗教的行為における種々の功利主義は宝を運ぶいかだ舟のようにみえる」

今度は仏陀の教えの知的な側面を見るために法話の中からいくつか取り出して読んでいきたい。ヘンリー・アラバスターによるタイ語からの翻訳である。書名は『法輪』である。

「ある時,仏陀が多くの弟子とともにカラマチョンという村を訪ねた。その村で仏陀の智慧と徳と尊さが知られた。カラマチョン村の人々が集まり,仏陀に敬意を表して語った。多くの宗教の僧やバラモンたちがそれぞれの時に私たちを招いては彼らの宗教の信条を説明し,その優位性を主張します。しかしそれぞれがお互いの信条を罵ります。いったいどの宗教が正しくて,どの宗教が間違っているのかわかりません。仏陀は優れた教えを説いていると聞いております。疑いを晴らすために真理を学びたいと思

います」

「仏陀は答えた。あなたがたが疑問に思うのはもっともである,それは疑わしいことがらですから。皆さんに言いますが,これは特に善いとか或いはこれは非常に悪いといったようなことを聞いても信じてはなりません。もしそれが本当でなければ,強く主張されないはずだ。(それは強く主張されるから)本当であるはずだと自分に言い聞かせてはならない。うかつに言い伝えを信じてはならない,なぜなら言い伝えは何世代もの間,さまざまな場所でゆがんで伝わっているから」

「根拠のない憶測を信じてはならない,最初からでたらめに決めてかかった結論を出してしまい,二番目,三番目となるようなものを一番大切だと思い込まないように」

「それぞれの国の人が自分の国の服装や飾り物や言葉を他国より優れていると思い込むように,いつもの癖で愛着を抱いたものを真実だと思ってはならない」

「ただ耳にしたというだけで信じ込まないように。自分自身で悪いことがらに気づけば慎みなさい」

「仏陀は何が善であるかを説いた。賢者によって悪ではなく,善であると推奨されたものが幸福のために有益で実り多いと自分で納得すればあなたの信念にそって思う存分行動しなさい」

「仏陀は続けた。敬虔な人は欲張りであったり,良識に欠けていたり,執念深かったりしてはならない。四つの徳を持ちたいという願望に達していなければならない。一つは全ての存在が同じように幸せであることを願う慈しみの心である。二つめはあらゆる存在への哀れみの心を鍛え,病気の友が回復をひたすら望んでいるのを理解すると同じように地獄などでの悲しみから人が逃れることを願う心。三つめはあらゆる生活の中に喜びを見出す心。同じ喜びをともにする人がお互いに出会うとき,嬉しく思うような心。四つめは安定して,えこひいきのない心」

マックス・ミュラーによる『法句経』の翻訳の中の格調高い言葉に気づくであろう。この経典から一つか二つの言葉を引用しよう。「愛によって怒り

第8章　エミリ・ディキンスンの師，トマス・W・ヒギンスン著「仏陀の特性」の大意

を，善によって悪を，寛大さによって強欲を，真実によって嘘を克服しよう」「彼は私を打った，彼は私をだめにした，彼は私から奪ったというように思いを抱く人々の憎しみはやむことがない」

「憎しみはどんな時にも憎しみによってやむことはない。憎しみは愛によってやむ。これは昔からの定めである」

これはタイ国の学校で子供たちに教えられる伝統的な倫理の指導書のひとつであることを思い起こす時，教えることのありがたみを理解することができる。私はこの本からさらに引用することは控えよう。というのはさきほど述べた他の本よりも容易に入手できるからである。こういった理由でマックス・ミュラーが紹介している仏陀が子供を失った若き女性に説き示す美しい物語は省略しよう。

仏陀は35歳の時，法を説き始めた。それから45年間，法を説き続けて80歳の時亡くなったことは一般的な伝承である。東洋の伝承におけるもので本当に確かなものがあるとすれば，記録されているこの時代のほんの断片がそうである。この時代に仏陀は善を行い，争いを和解させ，罪を叱り，教義を説き続けた。仏陀に関する逸話の本はたくさんある。私たちは今，仏陀が畑で農夫たちと会話をかわし，農夫たちの牛や作物から実例をあげていることがわかる。再び私たちは仏陀が王子たちの邸宅に迎えられ，音楽，パレード，豪華な衣装でもてなされたのを見る。このような招待から一転して，後に仏陀に帰依して，行いを改めた女性の招待をうける。仏陀は一人で泥棒がひんぱんに出る森に入っていった。仏陀に帰依した泥棒の親分と一緒に帰ってきた。仏陀の弟子たちは人々から罵られて逃げようとした時，仏陀は静かに言った。「ちょっとした忍耐によって私たちは旅を続けることができる」。この言葉によって弟子たちはとどまり，困難に打ち勝った。

仏陀のお金持ちの弟子たちは貧しい人々に施しをしている。身分が低く，気の弱い人々に親切な行為をした美しい描写がある。仏陀の命をねらう者，中傷する者，抑圧しようとする者がいたが，仏陀はいつもそれを乗り越えて，最後は安らかに弟子たちの手の中で亡くなったのである。仏陀は死が近

づいた時，弟子たちに来てもらい，別れの挨拶をした。これについてビガンデー司教は「仏陀は最も偉大な道徳の実践者であり，この上ない人間性についての知識を備えている。仏陀は安定して，永続きする基礎を固めて巨大な団体とその維持のための規則をもうけるといったようなことはしなかった」と語っている。仏陀の別れにあたっての助言は記録され，今日も伝わっている。弟子の一人，アーナンダが仏陀の葬式について尋ねると仏陀はソクラテスのように答えた。「私が涅槃に入ったら，私の何が残っているかについてあまり思い煩ってはいけない。あなたの成就につながる規律に則って修行を熱心にしなさい」。

　私はこの講話の主題に仏陀の特性を選んだ。しかし仏陀の名前を示すこの宗教のより大きなテーマに入っていこうとは思わない。仏教は世界の三分の一或いは四分の一の人々が信じる宗教であるが，ヨーロッパ人が研究をはじめてから40年余りにしかならない。まさに今，私たちのほとんどは仏教を学ばなければならない。仏教を信じている人々を通してではなく，あるローマ・カトリックの司教，或いはあるメソジストの宣教師，或いはある頭脳明晰なフランス人を通して仏教を学ばねばならない。この人たちは裁き手としてではなく，弁護する者として自認しており，率直に書いているから。仏教の将来にわたって存続していく中心的理論は比喩的な言葉，涅槃を中心に展開する。この涅槃についてはより霊的な解釈に傾いているのだが，学者の間でかなりまちまちである。この仏教の書物において人間の行為こそが最も崇高な金言として主張されている。仏教の考え方が階級制度をこわし，人類愛の認識を確立した。またある程度女性の尊厳に対する認識も確立した。仏教は偉大なる自制を説いている。これらのことは全ての学者によって認められている。どんな宗教も仏教が行ったほどにはアジアの人々の為に尽くしていない。仏教は実際に役に立つという試練を経ているので心配がない。仏教徒は他の人々と同じように創造者や不滅を信じていることに全ての旅行者は同意している。たとい仏教徒の形而上学者が彼らの理論において何を宣言しようとも，また仏陀が人間として何を説こうとも。レオノーエンス夫人は仏教から受けた最も強い印象は仏教僧の臨終に立ち会ったことであると語っている。私たちが仏教の書物を読む時，仏教が異議を唱えたバラモン教には理想

第8章　エミリ・ディキンスンの師，トマス・W・ヒギンスン著「仏陀の特性」の大意

的で詩的な要素があることを見逃してしまうのは本当である。ヴェーダから仏教に至るのは山から谷に至るようなものであり，嵐の神々と亡霊でいっぱいの広大なヒマラヤ山脈から大草原のチベットに至るようなものである。そのチベットでは羊飼いたちが平和な生活を送り，「私たちは皆，兄弟ではありませんか」といつも言っている。しかし結局テニソンが言うように「愛は谷から」である。観念的な側面においても宗教の霊的な深さを否定することはむずかしい。仏教を信奉する人たちが神性に対するあらゆる決まり文句の中で最も威厳にあふれたサンスクリット語を使用していることに気づくのである。この言葉は永遠の父，永遠の母を意味している。それは男性でもなく，女性でもなく，どちらよりも偉大で両者を結びつけるので人間の知性では理解されない。

　仏陀は開祖として人間に最高の模範を示す崇高な徳を備えている。その最良の証拠は仏教徒を改宗するために東洋に行った宣教師たちが仏陀の特性に非常なる敬意を持ったことである。ビガンデー司教は仏陀とキリストを率直に比較している。猛烈に敵対する聖ヒレールも仏陀の生活は申しぶんのないことを次のように認めている。「仏陀の人生は汚点が無い。仏陀は自分が説いたあらゆる徳を実行した模範である。仏陀の無私，思いやり，優しさはいっときも変わることが無い」。

　このような評価は着実に増えていった。私たちの中で一流の思想家の一人はどの先駆者もキーワード（中心となる言葉）を持っていると言う。「仏陀の言葉は〈自制〉であり，キリストの言葉は〈愛〉である」。しかしこのような考え方は事実を少しばかり曲げてしまうように思う。「もしあなたの一方の目があなたをつまずかせるなら，それをえぐりだして捨てなさい」と言ったのはイエスであった。仏陀も似たような表現を使ったのであるが。「ある人が愚かにも私に対して善くないことをしたとしても私は尽きることのない慈しみの心を持ってその人を護り，救済しようとする」と言ったのは仏陀であった，イエスも兄弟精神を認識したのであるが。オクタビウス・フロミンガムの主張を修正したいと思う。イエスは愛と自制を説き，仏陀は自制と愛を説いたのである。

　人類の最も偉大な宗教上の教師，仏陀とイエス・キリストへの批評をとり

まとめる時，仏陀もイエス・キリストも他の宗教と比較してみるとそれぞれの言葉の中には幾分の修正が必要である。また仏陀もイエス・キリストも自制に照らして愛そのものをよく見ているのだが，ギリシア的美や喜びの観念を見落としていることがわかると思う。

　この優れた指導者，仏陀とイエス・キリストにおける限界はどこから来たかというと，それは明らかである。ゴータマが仏陀であるというほかならぬ信奉によってゴータマが制限されているようにみえる。イエスもメシアというユダヤの伝統によって制限されている。それぞれの場合において意見と指導者を切り離すこと，及び後の弟子が誤りを除外することはなかなかむずかしい。両者の場合その指導者の最初の教えに入っていかなければならないことがわかる。指導者たちの法話には確かに骨子が備わっている。指導者たちの最も美しく，永続的な金言はその骨子に付随し，二次的なものである。私たちが慰めとしてしがみ付いている言葉は付帯的な教えに過ぎない。仏陀もイエスも家庭のつながりを否定し，人間の徳よりも禁欲の生活を説いた。だから仏陀とイエスの教えは圧倒的に地味である。仏陀とイエスの教えは人間の喜びの事実からではなく，人間の痛みの事実から始まっている。時々はこの両者の荘厳な寺院からソクラテスの陽気な生き方と死に方に目を向けることは安らぎとなる。

　人類は宗教生活という唯一の人間の道程が満足できる進歩の段階をまだ超えていない，たといそれがどんなに高くても。現代生活のより大きな関係の中では私たちは仏陀もイエス・キリストも必要である。人間の生涯は広範囲にわたり，自意識が強く，洗練され，変化に富んでいる。現代人はインドもユダヤもギリシアもローマも必要である。人間はあらゆるタイプの人，あらゆる指導者が必要である。私がお話ししてきた仏陀もその指導者の一人である。私たちは仏陀をありのままの仏陀として理解しなければいけない。私たちはミルトンがシェイクスピアであることを求めてはいけない，ミルトンはミルトンであることで充分であるから。

　しかし仏陀を信仰する国では仏陀は唯一の存在であるかのごとく仏陀の誕生日を祝う。レオノーエンス夫人がタイ国の上流階級の女性から仏陀の誕生日に招待を受けた。美しい庭があり，お祭りなのでその貴婦人や多くの女性

第 8 章　エミリ・ディキンスンの師，トマス・W・ヒギンスン著「仏陀の特性」の大意

たちが着飾っていた。女性たちは白い服装をして，花で飾っていた。美しい花束がお客を待ち受けていた。やがて外の門が開けられ，他の白い装束をした出席者たちが入ってきた。この人たちは100名にも達するほどの街路にいる貧しい女性たちを連れてきていた。貴婦人たちと手を握っていた貧しい女性たちは汚れた衣服を脱ぎ，庭にある水浴び用の池で体をあらい，女主人の用意した白い衣装を身に付けたのである。お客はテーブルにつき，王の儀式に従って接待を受けていく。降誕祭の終わりにお金の入った小さな籠を受け取って去っていく。

　私が皆さんに読み始めておりますアショーカ王の布告が仏陀の根幹を見出すのに大いに寄与しています。100歳以上の一人の僧侶によって秘密の墓が発見されました。「閂に触るとドアが突然開いた。そこに居合わせた全ての人が驚いたことには218年前に使っていたランプを点火すると灯が燈り，油も充分残っていたことである。花は萎れることもなく当時と同じように瑞々しく綺麗に庭に咲いていた。香水も今日のものより絶妙であった」。2000年以上が経って私たちは再びこの墓を開けています。光は燦然として輝き，花は相変わらず新鮮で，この気高い生活の香りは不滅であります。

注

1. *Buddhism in the United States, 1840–1925*, Volume 1 (Ganesha Publishing / Edition Synapse, 2004).
2. T. H. ジョンソン『エミリ・ディキンスン評伝』新倉俊一・鵜野ひろ子訳（国文社，1985），114頁.
3. Paul J. Ferlazzo, *Emily Dickinson* (Twayne Publishers, 1976), p. 26.
4. 安藤正瑛『ニュー・イングランド文学精神の諸相』（朝日出版社，1979），16-17頁.
5. 進藤鈴子『アメリカ大衆小説の誕生——1850年代の女性作家たち』（彩流社，2001），190-216頁.
6. *The Oxford Companion To American Literature* (Oxford University Press, 1983), p. 27.
7. 前川玲子『アメリカ知識人とラディカル・ビジョンの崩壊』（京都大学学術出版社，2003），208頁.

参考文献

Alabaster, Henry. *The Wheel of the Law Buddhism* (Gregg International Publishers, 1971).

服部育郎『ブッダになる道──『四十二章経』を読む』(大蔵出版, 2002).
黒部通善『日本仏伝文学の研究』(和泉書院, 1989).
前田惠學『釈尊』(山喜房佛書林, 1978).
松岡譲『釈尊の生涯──仏伝と仏伝文学』(大東出版社, 1978).
水木大学『仏教童話 シッダルタの旅』(東方出版, 1984).
水野弘元『釈尊の生涯』(春秋社, 1971).
中村元「ゴータマ・ブッダ──釈尊の生涯」『中村元選集』第11巻(春秋社, 1988).
サダーティッサ, H.『ブッダの生涯』桂紹隆・桂宥子訳(立風書房, 1984).
友松圓諦『法句経』(講談社, 1977).
梅原猛『梅原猛の授業 仏教』(朝日新聞社, 2002).
渡辺照宏『新釈尊伝』(大法輪閣, 1978).
『ビガンデー氏緬甸仏伝』赤沼智善訳(無我書房, 1914).
『ブッダ・チャリタ──仏陀への賛歌』杉浦義朗訳(桂書房, 1986).
『ブッダの真理のことば 感興のことば』中村元訳(岩波書店, 1980).
『仏陀の足跡と思想』吉元信行・吉田道興・大野榮人編(文栄堂書店, 1985).
『仏教聖典』(仏教伝道協会, 1985).
『原始仏典』第1巻 ブッダの生涯, 梶山雄一・桜部建・早島鏡正・藤田宏達編(講談社, 1985).

＊今回の拙稿をまとめるに際しまして, 安藤正瑛先生につきましては古川隆夫氏(岡山大学名誉教授)からご教示をいただきました。愛知学院大学の引田弘道教授にはインド仏教の視点から, 岡島秀隆教授には比較宗教の視点から及び堀田敏幸教授にはフランス語につきまして貴重な助言をいただきました。文献『アメリカの仏教, 1840年-1925年』につきましては日本シノップス社の金子貴彦氏, 紀伊國屋書店の中神敦子氏にお世話になりました。県立広島女子大学, 岡山大学, 慶應義塾大学の各図書館で貴重な文献を閲覧させていただきました。また私の質問に答えて下さいました名古屋アメリカン・センター, 及び種々の文献を取り寄せてくださいました愛知学院大学図書館にお世話になりました。感謝します。しかし一切の責任は私, 田中泰賢にあります。

第 9 章

トマス・W・ヒギンスン著
「仏教経典『法句経』」について

❦

　トマス・W・ヒギンスン氏の論考「仏教経典『法句経』」について述べる前に，『法句経』を読んだことのない方，『法華経』と混同している方々のために『法句経』からいくつかの言葉を紹介しよう。中村元氏のパーリ文からの訳によるものである[1]。

第1章　5
　　実にこの世においては，怨みに報いるに怨みを以てしたならば，ついに怨みの息むことがない。怨みをすててこそ息む。これは永遠の真理である。
第2章　21
　　つとめ励むのは不死の境地である。怠りなまけるのは死の境涯である。つとめ励む人々は死ぬことが無い。怠りなまける人々は，死者のごとくである。
第3章　35
　　心は，捉え難く，軽々とざわめき，欲するがままにおもむく。その心をおさめることは善いことである。心をおさめたならば，安楽をもたらす。
第6章　80
　　水道をつくる人は水をみちびき，矢をつくる人は矢を矯め，大工は木材を矯め，賢者は自己をととのえる。

第8章　110
　　素行が悪く，心が乱れていて百年生きるよりは，徳行あり思い静かな人が一日生きるほうがすぐれている。
第12章　158
　　先ず自分を正しくととのえ，次いで他人を教えよ。そうすれば賢明な人は，煩わされて悩むことが無いであろう。
第13章　173
　　以前には悪い行ないをした人でも，のちに善によってつぐなうならば，その人はこの世の中を照らす。――雲を離れた月のように。
第17章　223
　　怒らないことによって怒りにうち勝て。善いことによって悪いことにうち勝て。わかち合うことによって物惜しみにうち勝て。真実によって虚言の人にうち勝て。

第8章には「エミリ・ディキンスンの師，トマス・W・ヒギンスン著「仏陀の特性」の大意――故安藤正瑛先生に捧げる――」と題する論考を収めた。本章で紹介するヒギンスンの論考「仏教経典『法句経』」の原題は"The Buddhist 'Path of Virtue'"となっており，1871年6月に『ラジカル』誌 (*The Radical*) に発表されている[2]。この論考「仏教経典『法句経』」は『アメリカの仏教，1840年–1925年』(*Buddhism in the United States, 1840–1925. With an introduction by Thomas A. Tweed*) には収められていない。またヒギンスンの著作集 *The Magnificent Activist: The Writings of Thomas Wentworth Higginson (1823–1911)* にも収められていない。ちなみに前章で紹介したヒギンスン著「仏陀の特性」(The Character of Buddha, 1872) もヒギンスンの著作集に収められていない。従ってヒギンスンの二つの論考「仏陀の特性」(The Character of Buddha) と「仏教経典『法句経』」(The Buddhist "Path of Virtue") はほとんど幻の存在になりかけている。かろうじてトマス・ティード (Thomas A. Tweed) 著『アメリカ人と仏教との出会い 1844年–1912年』(*The American Encounter with Buddhism, 1844–1912*) とアンナ・ウェルズ (Anna Mary Wells) 著『親愛なる教師――トマス・ウェントワース・ヒギン

第9章　トマス・W・ヒギンスン著「仏教経典『法句経』」について

スンの生涯と時代』（*Dear Preceptor: The Life and Times of Thomas Wentworth Higginson*）の中で上記二つの論考「仏陀の特性」と「仏教経典『法句経』」が紹介されている。しかし注目されるのはアンナ・ウェルズがこの二つの論考を紹介している同頁の中で次のように述べていることである。

　　エミリ・ディキンスンは1869年5月『ラジカル』誌に発表されたヒギンスンの論考「不死」（Immortality）を多分読んでいるように思える。[3]

その推測の根拠としてエミリが1869年6月ヒギンスンに出した手紙の一節をウェルズは引用している。それは次の通りである。

　To T. W. Higginson
　Dear friend
　　A Letter always feels to me like immortality because it is the mind alone without corporeal friend.[4]
　（親愛なるヒギンスン様　お手紙はいつもわたくしにとりまして不死に感じられます。と申しますのは肉体の友人を欠く精神だけですから。）
　　　　　　　　　　　　　　　　　　　　　　　　　　（下線筆者）

そうであればエミリは1869年5月『ラジカル』誌に発表されたヒギンスンの論考「不死」[5]だけではなく同じ『ラジカル』誌に2年後に発表された「仏教経典『法句経』」（1871年6月）及び『ラジカル』誌と同じ自由宗教協会（Free Religious Associations）から出版されていた『インデックス』誌（*The Index*）に発表された「仏陀の特性」（1872年3月）のことも知っていた可能性は高い。

　この論考の原題は"The Buddhist 'Path of Virtue'"となっている。しかし水野弘元氏は次のように述べている。

　　法 dhamma は徳，信仰，真理，教え，などと訳され，それはいずれも誤ってはいないと思われる。次に句 pada に対しては，小路（path,

Pfad），道（way），語（Wort），賛歌（Hymne），歌（Lied）などの訳がなされているが，小路や道はpadaをそのまま訳したものであり，語は語句の意味であろうし，賛歌と歌は実質内容面からの意訳であろう。法句の句を小路や道の意味に取ることは適切でないであろう。[6]

ヒギンスンは「徳の道」（path of virtue）と表しているが，水野氏によれば「徳」は誤ってはいないが，「道」は適切ではないという。従って原題'The Buddhist "Path of Virtue"'を日本語訳では「仏教経典『法句経』」とした。宮坂宥勝氏によれば，今日，『法句経』はインドの哲学詩『バガヴァッド・ギーター』とともに，ヨーロッパでは知識人の間で必読の書になっているという[7]。マックス・ミュラーの英語への翻訳『ダンマパダ』（法句経）は1870年になされているので，ヒギンスンが翌年の1871年にこの『法句経』の紹介を行っているのはアメリカにおいては画期的なことであったと思う。

ヒギンスンは『アトランティック』や『スクリブナーズ』の刊行物に関わっていただけでなく，1870年に創刊された『女性のジャーナル』（The Woman's Journal）の補助編集者になっている。この刊行物はアメリカ女性参政権協会の声を反映したものである。また『ラジカル』誌にも関わっている。この刊行物は宗教や哲学の進歩的な思想を取り扱っている。また『インデックス』誌（Francis E. Abbott 編集），Independent 誌，New York Tribune 誌，Our Young Folks 誌，Christian Union 誌などにも関わっている。

ヒギンスンは奴隷廃止運動，女性の参政権をはじめとする女性の運動に関わっていた。キリスト教の国で仏教等に関する論考を書くことはかなり当時の社会においては過激で反社会的な行為ではなかったろうか。刊行物『ラジカル』という名前にはまさに「過激論者」という意味もあるように，改革論者のヒギンスンが投稿するのにふさわしい雑誌であった。友松圓諦氏は「法句経全体に流れている思想はきびしく，かつ，ラジカルである。はげしい主張がいたるところに出ている」[8]と述べている（下線筆者）。上村勝彦氏は『法句経』について述べている。副題は「初期仏教の「反社会主義」」となっている。ここでいう反社会主義とは決して殺人をしたり，盗みをしたりといったことではない。上村氏の意図するところは仏道修行に励み，世間的

第9章 トマス・W・ヒギンスン著「仏教経典『法句経』」について

な価値観にのみ縛られず，くよくよせずに今を一生懸命生きるということでしょう。仏教の教え，「縁」は多くの原因が集まって結果が生じることをいう。私という存在は人と人とのつながり——国内外の無数の人々のおかげによって生かされている縁，地水火風の大自然によって生かされている縁，多くの生き物——目に見えない細菌から動物，植物によって生かされている縁によってある。今日科学的に見てこの縁の考え方は評価されつつある。例えばエコロジーの思想はつながり合って生きているとする仏教とは重なり合う部分が大きい。だから必ずしも仏教の教えを反社会主義と言わなくてもいいのではないかと思う。

上村氏は次の様に述べる。「我々は何らかの因縁によって奇跡的に生命を得た。生命の存続する間，我々は懸命に自己の役割を果たして，そして再び自然に帰る。死に対する恐怖は，逆に永遠に生き続けることの恐怖について思いをめぐらせば，幾分かは軽減されると思います。ただ，生きている間は，自他の利益のために，自分の義務を遂行するよう努力する。してみると，人間にとって大事なことは，自分の役割が何であるかを知ることでありましょう」[9]。ヒギンスンがそのように理解していたかどうかわからないが，彼がこの『法句経』に関心を示したことは興味深いことである。ヒギンスンのこの『法句経』についての態度はエミリにも少なからず影響を与えたのではなかろうか。

さてヒギンスンはこの論考の冒頭においてヘンリー・デイヴィッド・ソロー（Henry David Thoreau, 1817-62）の言葉を引用している。「東洋の教えを伝えている経典の一つを私に貸してください。そうすればしばらくの間静かにします」。この経典とは『法句経』のことであろう。ヒギンスンとソローはお互いに尊敬しあう関係にあった。ヒギンスンは「世俗的な物質主義に異議を唱えるソローを評価していた」[10]。ヒギンスンは「1864年にソローの書いた『メインの森』の書評をしている」[11]。またヒギンスンは「ソローの書いた『ウォルデン』を年間の熟読に耐えうるアメリカで書かれた唯一の書物であると思っていた」[12]。

ヒギンスンが取り上げている『法句経』はマックス・ミュラーによる英訳に基づいている。「この英訳の基になっているのは Fausböll 博士によって出

版されたパーリー文テクスト版であり，1870年に英訳出版を行った」[13]とミュラーは述べている。友松氏によると法句経は釈尊が平素，口癖に言われた小句をもとにして多くの原始経典から，釈尊滅後あまり遠からぬ時代に，弟子たちによって編集されたものらしい[14]。そしてヒギンスンが紹介しているアショーカ王の時代，仏陀の正しい教えを再確認するための編集会議が開かれた。これは一般的には結集（けつじゅう）といわれる。早島鏡正氏によると「結集というのは，仏弟子がこれまで記憶してきた教説を編集会議の席上，誦出（じゅしゅつ）して全員の確認を求め，それによって仏説と決定することを内容とした，いわゆる仏典編集会議ともいうべきものであった」[15]。

孤峯智璨（こほうちさん）禅師はアショーカ王について次のように述べている。

> 阿育王（アショカおう）の前半生はすこぶる暴虐で恐るべき阿育（アショカ）として知られておる。しかるに帰仏後の後半生は法の阿育（アショカ）と称せられ，すこぶる明君であった。王の先に父王の病床に強いて自己の即位を迫り，ついに憤死せしめ，長兄及びヴィダショカを除く他の諸弟を殺害し，自ら五百の朝臣を斬り，実に暴虐（ぼうぎゃく）至らざるなき有様（ありさま）であった。王の帰仏については南北その説を異にしておるが『善見律（ぜんげんりつ）』や『島史（とうし）』や『大史（たいし）』によると，長兄スシーマの死亡後，当時わずかに7歳なるその子ニャグロダは遁（のが）れて出家したのである。王これを見るに及（およ）びおおいに感ずるところあって仏門に帰したとある。帰仏後の王は自ら仏蹟（ぶっせき）を巡礼（じゅんれい）して八万四千の宝塔を立って，仏舎利（ぶっしゃり）を分祠（ぶんし），伝道師を諸国に派遣して宣教に努めしめ，国中にはしばしば詔勅（しょうちょく）を発して仏教のために外護（げご）の力を致されたのである。王即位の27年には，庶民の間（あいだ），正法を弘通（ぐずう）するゆえんの法二あり，正則と禅定（ぜんじょう）とこれなり。なかんずく正則はこれ瑣事にして，禅定はこれ大久徳（だいくどく）の事たり，しかも我また正則を発し，殺生（せっしょう）を禁ずる等二三にして足らず，禅定の効果は正法の広布と有情を害し，生を殺すの絶無（ぜつむ）なるとに至って始めてこれを見るべきのみ（石柱勅文第7サーンチ）という詔勅（しょうちょく）を発して禅定を尊重する意を明らかにせられたのである。[16]

この『法句経』について前田惠學氏は「全編423の詩集で，主題によって

第9章　トマス・W・ヒギンスン著「仏教経典『法句経』」について

26章に分類している。仏教の倫理的教義を詩によって宣明している。厖大な仏教聖典の中でも最古のもので，ブッダの真意を伝えたものとして珍重される」[17]と述べている。第1章は「対をなす詩」(The twin-verses)，第2章は「まじめさ」(On Earnestness) となっている。ちなみに S. Radhakrishnan による英訳では「用心」(Vigilance) と表現されている[18]。第3章は「心」(Thought)，第4章は「花」(Flowers)，第5章は「愚か者」(The Fool)，第6章は「賢い人」(The Wiseman, Pandita)，第7章は「敬うべき人」(The venerable, Arhat) である。S. R. では「阿羅漢，聖者」(The Arhat, The Saint) となっている。第8章は「数千」(The Thousands)，第9章は「悪行」(Evil) となっている。S. R. では「悪い行い」(Evil Conduct) となって，「行い」(Conduct) が付け加わっている。第10章は「刑罰」(Punishment)，第11章は「老年期」(Old Age)，第12章は「自己」(Self)，第13章は「世間の人々」(The World)，第14章は「仏陀，覚者」(The Buddha, The Awakened)，第15章は「幸せ」(Happiness)，第16章は「快楽」(Pleasure)，第17章は「怒り」(Anger)，第18章は「みだらな行為」(Impurity)，第19章は「公正な人々」(The Just)，第20章は「道」(The Way) である。S. R. では "The Path" と表現している。第21章は「種々さまざま」(Miscellaneous)，第22章は「地獄」(The Downward Course)，S. R. では「地獄」(Hell) が付け加わっている。第23章は「象」(The Elephant)，第24章は「強い欲求」(Thirst) である。S. R. では「渇望」(Craving) も表記されている。第25章は「修行僧，托鉢僧」(The Bhikshu, The Mendicant)，S. R. では「托鉢僧」のみである。第26章は「バラモン，阿羅漢」(The Brâh-mana, The Arhat) となっている。

　ヒギンスンは第1章「対をなす詩」の番号1と番号2を取り上げている。

1. All that we are is the result of what we have thought; it is founded on our thoughts, it is made up of our thoughts. If a man speaks or acts with an evil thought, pain follows him, as the wheel follows the foot of him who draws the carriage.

2. All that we are is the result of what we have thought; it is founded on our thoughts, it is made up of our thoughts. If a man speaks or acts with a pure

thought, happiness follows him, like a shadow that never leaves him.

　番号1の終わりの部分の"him who"という表現が1965年のリプリント版のマックス・ミュラー訳では"the ox that"となっている。三枝充悳氏はこの第1章について「二つずつの詩がたがいに対をなして集められている。インド人は往時の仏教徒をふくめて，一般にいわゆる否定的表現を愛好するために，対のはじめの詩は否定的ないし消極的，あとの詩はむしろ積極的という配列が多い」と述べている[19]。

　試訳（以下，ヒギンスンの英訳に，拙訳による日本語を付す）
　1. 私たちが存在する全ては私たちが心にいだくことの結果である。即ちそれは私たちの心に基づいており，私たちの心から出来ている。もし人が邪悪な心で話したり，行動したりすれば，苦しみが生じてくる。車を引っぱる人の足跡に車輪が続くように。
　2. 私たちが存在する全ては私たちが心にいだくことの結果である。即ちそれは私たちの心に基づいており，私たちの心から出来ている。もし人が澄みきった心で話したり，行動したりすれば，幸せが生じてくる。影がその人から離れないように。

　伊吹敦氏は次のように述べている。

　　中国で撰述された経典，いわゆる「偽経」は，異文化である仏教を受け入れた中国人が，それを咀嚼した後に，なお満たされないものを感じて，それを補償せんとして出現したものと言える。それゆえ，その存在意義は大きく，その研究は中国人と仏教の関係を窺うための極めて有効な視座を提供するものと言える。なかでも『法句経』は，7世紀から10世紀にかけて成立した多くの仏教文献に引用されており，この時期に広く流布したことが知られるが，これはちょうど，言うところの「中国仏教」の諸宗が成立した時期に当たっており，『法句経』の引用は，それらの成立を考える上で極めて重要な示唆を与えると期待されるのであ

第 9 章　トマス・W・ヒギンスン著「仏教経典『法句経』」について

る。特に禅宗文献における夥しい引用は注目すべきであり，『法句経』の考察は，禅思想の本質や，それが形成されたことの意義を理解するための不可欠の前提であるとも言えるのである。[20]

　『法句経』と禅思想とは深い関係があるという。伊吹氏の趣旨とは異なるかもしれないが，思いつくままに『法句経』と類似した言葉を道元禅師の著書『正法眼蔵』からいくつか拾ってみよう[21]。まず道元禅師の著書『正法眼蔵』をもとに編集された『修証義』の中から幾つか思い当たる言葉を書き出し，小倉玄照著『修証義のことば』にその箇所の『正法眼蔵』の出典が明記されているので，小倉氏の著書の助けを借りて『正法眼蔵』の原文にあたるというふうにした。道元禅師が直接に『法句経』から引用したのか，あるいは禅関係等の書物から間接に引用したのかはわからない。しかしいずれにしろ『法句経』と禅思想との関係を見ることができる。
　先ほどの『法句経』第 1 章の番号 1 と番号 2 の前半部分をもう一度取り上げてみる。

　　私たちが存在する全ては私たちが心にいだくことの結果である。即ちそれは私たちの心に基づいており，私たちの心から出来ている。

次に道元禅師の言葉を引用してみる。

　　一切世界は自己の心であり，一切世界は花の心である。一切世界が花の心であるから，一切世界は梅花である。一切世界が梅花であるから，一切世界は釈尊の眼である。　　　　　　　　（梅花の巻，28，第三）
　　一切世界のすべてが自己のうちにあり，一切の世界の事々物々が，みな時であることを学ぶべきである。　　　　　　　（有時の巻，386，巻一）

次に先ほどの『法句経』第 1 章番号 2 の後半部分をもう一度取り上げてみる。

　　もし人が澄みきった心で話したり，行動したりすれば，幸せが生じてく

る。影がその人から離れないように。

次に道元禅師は次のように述べている。

　　愛語ということは，人々に接した時に，先ず自愛の心を起こし，相手の心になって，慈悲の言葉をかけることである。一切の暴言・悪言を吐いてはならない。　　　　　　　　　　　（菩提薩埵四摂法の巻，365，巻四）

ヒギンスンが取り上げている『法句経』第14章，番号183は次の通りである。

　　183. Not to commit any sin, to do good, and to purify one's mind, that is the teaching of the Awakened....
　　183. どんな罪も犯さず，善行をほどこし，自己の精神を浄化することが覚者の教えである。

道元禅師は次のように述べている。

　　釈迦牟尼仏がいわれた「諸々の悪をしてはならない。諸々の善を行うべきである。それには，自らのその心を清浄にする。これが諸仏の教えである」と。　　　　　　　　　　　　　　　　　（諸悪莫作の巻，95，巻二）

ヒギンスンは183番の紹介をした後，188番，189番を引用している。

　　188. Men, driven by fear, go to many a refuge, to mountains and forests, to groves and sacred trees.
　　188. 恐怖に駆られた人々は山や森を，また小さい林や聖なる木々など，幾多の場所を拠り所にしようとする。

　　189. But that is not a safe refuge, that is not the best refuge; a man is not

第9章 トマス・W・ヒギンスン著「仏教経典『法句経』」について

delivered from all pains after having gone to that refuge.
189. しかしそこは安心できる拠り所ではなく，最上の拠り所でもない。そのような所を拠り所にしても人は全ての苦悩から解放されない。

道元禅師は次のように述べている。

釈尊がいわれた。衆人は苦悩に迫られ，おかされると，即ち無根の罰とか祟りを怖れて多くの者は山の神，森の神，円林の神，樹の神に帰依する。この帰依は勝れた帰依でもなければ尊い帰依でもない。甚だしく低劣な恥ずべき帰依である。この帰依によっては，諸の苦を解脱することはできない。　　　　　　　　　　（帰依仏法僧宝の巻，151，巻四）

ヒギンスンはその後，すぐ番号190, 191, 192をあげている。

190. He who takes refuge with Buddha, the Law and the Church; he who, with clear understanding, sees the four holy truth, —
190. 仏陀，法，教会に帰依する人は確かな理解をしており，四つの聖なる真理を見る。

191. Viz.: Pain, the origin of pain, the destruction of pain, and the eightfold holy way that leads to the quieting of pain, —
191. 即ち苦，苦の原因，苦の撲滅，苦を静めるための八つの道である。

192. That is the safe refuge, that is the best refuge; having gone to that refuge, a man is delivered from all pain.
192. これが安心できる拠り所であり，最上の拠り所である。これを拠り所とすることによって人は全ての苦悩から解放される。

ヒギンスンの190番の最後 truth の後はコンマ（,）そしてダッシュ（—）になっているが，マックス・ミュラー訳ではコロン（:）そしてダッシュ

(一)になっている。ヒギンスンの191番の最初 Viz. の後にはコロン（：）があるが，マックス・ミュラーにない。ヒギンスンの191番の最後 pain の後はコンマ（,）そしてダッシュ（—）であるが，マックス・ミュラーはセミコロン（；）そしてダッシュ（—）である。

道元禅師は次のように述べている。

　解脱の道は仏と法・僧に帰依することによってのみ得られる。苦集滅道の四聖諦の中に於いて常に慧（正智，仏智，悟りの知恵，真理の体験の智）を以って観察し，苦の生ずる原因を知り，それにより永遠に苦を解脱するには八正道のみが安穏に，涅槃に至る道であることを知らねばならない。この帰依が最も勝れ最も尊いのである。必ず，この帰依に因ってのみ能く，もろもろの苦を解脱することができるのであると。
（帰依仏法僧宝の巻，150，巻四）

ヒギンスンは永遠の法をしっかりと掴み，罪の結果を別の方法による細やかな回避の仕方を考察して，明らかにしている書物は見たことがないと法句経を高く評価している。その例としてヒギンスンは第9章「悪行」(Evil) を取り上げ，この章は法とはっきりとした報いを述べていると紹介している。

117. If a man commits a sin, let him not do it again; let him not delight in sin: pain is the outcome of sin.
117. もし人が罪を犯したなら，どうかその人が再び罪を犯すことがないように。どうか罪を犯すことを楽しまないように。苦しみは罪の結果である。

ヒギンスンは最後の所を the outcome of sin と表現しているが，ミュラーは the outcome of evil としている。

118. If a man does what is good, let him do it again; let him delight in it:

第9章 トマス・W・ヒギンスン著「仏教経典『法句経』」について

happiness is the outcome of good.
118. もし人が善いことをすれば，どうかその人が再び善いことをしますように。どうか善いことを楽しみますように。幸福は善の結果である。

119. Even an evil-doer sees happiness, as long as his evil deed has not ripened: but when his evil deed has ripened, then does the evil-doer see evil.
119. 悪人でも悪行の報いが熟さない限り，幸福に会うこともある。しかし悪行の報いが熟した時には悪人は不運に会う。

ヒギンスンは but の前にコロン（：）をつけているが，ミュラーはセミコロン（；）にしている。

120. Even a good man sees evil days, as long as his good deed has not ripened: but when his good deed has ripened, then does the good man see happy days.
120. 善人でも善行の報いが熟さない限り，不運な時期もある。しかし善行の報いが熟した時には善人は幸福な時期が生じる。

ヒギンスンは but の前にコロン（：）をつけているが，ミュラーはセミコロン（；）にしている。

121. Let no man think lightly of evil, saying in his heart, It will not come near me. Even by the falling of water-drops a water-pot is filled; the fool becomes full of evil, even if he gathers it little by little.
121. どの人も不運は来ないだろうと心の底でつぶやいて不運を軽視しないように。一滴の水が落ち続けることによって容器はいっぱいになる。愚か者はたとい不運を集めるのが少しずつであっても，不運でいっぱいになる。

ヒギンスンは It will not come near me としているが，ミュラーの英訳は It will not come nigh unto me となっている。

239

122. Let no man think lightly of good, saying in his heart, It will not benefit me. Even by the falling of water-drops a water-pot is filled; the wise man becomes full of good, even if he gather it little by little …

122. どの人も幸福は来ないだろうと心の底でつぶやいて善行を軽視しないように。一滴の水が落ち続けることによって容器はいっぱいになる。賢い人はたとい善行を集めるのが少しずつであっても，善行でいっぱいになる。

ヒギンスンは It will not benefit me としているが，ミュラーは It will not come nigh unto me としている。また文の最後をヒギンスンは三点リーダ（…）としているが，ミュラーはピリオド（.）にしている。

125. If a man offend a harmless, pure, and innocent person, the evil falls back upon that fool, like light dust thrown up against the wind.

125. もし人が罪のない，汚れのない，純真な人の感情を害するならば，不運はその愚かな人に降りかかってくる。軽い埃が風に向けて投げられたように。

126. Some people are born again; evil-doers go to hell; righteous people go to heaven; those who are free from all worldly desires enter Nirvana.

126. ある人々は再び生まれる。悪人は地獄に落ちていく。法に従う人は天に行く。あらゆる世俗的な欲望から自由な人は涅槃に入る。

127. Not in the sky, not in the midst of the sea, not if we enter into the clefts of the mountains, is there known a spot in the whole world where a man might be free from an evil deed.

127. 空にいても，海の中にいても，山のくぼみの中に入っても悪行から自由になる場所はない。

ヒギンスンはこれによってその人自身の魂も善行によって不運が克服され

第9章 トマス・W・ヒギンスン著「仏教経典『法句経』」について

ないということを意味するのではないと述べている。そして第13章「世間の人々」(The World) を紹介している。

> 173. He whose evil deeds are covered by good deeds brightens up this world, like the moon when freed from clouds.
> 173. 悪行が善行によって覆いつくされる人は世間の人々を明るくする。月が雲から自由になった時のように。

道元禅師は次のように述べている。

> 願わくば，たとい私の過去の悪い行いが多く重なって求道を妨げるための原因となっているとしても，仏道によって悟りを開かれた諸仏所祖，私をあわれんで，積み重ねて来た過去の悪行を，解脱させてください。仏道を学ぶための障害を，消滅させてください。
> 　　　　　　　　　　　　　　　（谿声山色の巻，453，巻一）

ヒギンスンは次にこの章の最後の178番を紹介し，その精神的高さは威厳にあふれていると述べている。

> 178. Better than sovereignty, better than going to heaven, better than lordship over all worlds, is the reward of the first step in holiness.
> 178. 君主であることよりも，天に行くことよりも，全世界に君臨することよりも，聖なるものへの第一歩の功徳がより良い。

第16章「快楽」(Pleasure) の章では次のように人の行為がその人についてまわることを示して，この高潔な心象によって締めくくっているとヒギンスンは言う。

> 219. Kinsfolk, friends, and lovers salute a man who has been long away, and returns safe from afar.

219. 親類の人々，友人，恋人は長らく留守にして，無事に遠くから帰ってくる人を迎える。

220. In like manner his good works receive him who has done good, and has gone from this world to the other: as kinsmen receive a friend on his return.
220. このように善い行いをして，この世からあの世へ行く人を善業が受け入れてくれる。親類の人々が帰ってくる友人を受け入れるように。

道元禅師は次のように述べている。

ただ己れが連れてゆけるものは，生前の善悪邪正の行いのみである。
（出家功徳の巻，35，巻四）

ヒギンスンは言う。第20章「道」（The Way）は万事が実践的である。実践に代わるやり方や信仰はない。各自が自身の救済を成し遂げねばならないと。

276. You yourself must make an effort. The Tathagatas (Buddhas) are only preachers. The thoughtful who enter the way are freed from the bondage of Mara ...
276. あなた自身努力しなければならない。如来（仏陀）は伝道師にすぎない。仏道に入る綿密な人は悪の力から自由になる。

ヒギンスンは最後を三点リーダ（...）としているが，ミュラーの英訳はピリオド（.）になっている。

281. Watching his speech, well restrained in mind, let a man never commit any wrong with his body! Let a man but keep these three roads of action clear, and he will achieve the way which is taught by the wise.
281. 言葉に注意し，よく自制した心で，自ら悪事を働いてはいけない。

第9章　トマス・W・ヒギンスン著「仏教経典『法句経』」について

この三つの振る舞いの道を全うしなさい。そうすれば賢者によって教えられた道を達成するでしょう。

282. Through zeal knowledge is gotten, through lack of zeal knowledge is lost; let a man who knows this double path of gain and loss thus place himself that knowledge may grow.
282. 熱意を通して智慧が得られ，熱意の不足によって智慧が失われる。得ることと失うことの二つの道を知り，智慧が増大する自分自身を見出しなさい。

ヒギンスンは言う。時間とスペースの不足でこの優れた『法句経』から更なる引用句を抜き出すことをやめざるをえない。偉大で，宇宙的な目標を全ての人がかなえるように奮い立たせるほんのわずかの言葉だけを加えよう。ヒギンスンは死の準備として第18章「みだらな行為」（Impurity）から6句，そして第20章「道」（The Way）から5句引用している。

235. Thou art now like a sere leaf, the messengers of death (Yama) have come near to thee; thou standest at the door of thy departure, and thou hast no provision for thy journey.
235. 現在あなたは干からびた葉のようである。死の使者はあなたに近づいている。あなたは世を去る扉に立っているが，死の旅路への準備もできていない。

236. Make thyself an island, work hard, be wise! When thy infirmities are blown away, and thou art free from guilt, thou wilt enter into the heavenly world of the elect (Ariya).
236. あなた自身の安全地帯を作り，努め，賢くしなさい。あなたの欠点が無くなり，あなたが罪から自由になる時，選ばれた人の世界に入るでしょう。

237. Thy life has come to an end, thou art come near to death (Yama), there is no resting-place for thee on the road, and thou hast no provision for thy journey.
237. あなたの人生も終わりが来る。あなたは死に近づいている。死の旅路で休む場所も無く，旅の準備も整ってない。

238. Make thyself an island, work hard, be wise! When thy infirmities are blown away, and thou art free from guilt, thou wilt not enter again into birth and decay.
238. あなた自身の安全地帯を作り，努め，賢くしなさい。あなたの欠点が無くなり，あなたが罪から自由になる時，再び生死の世界に入らないでしょう。

239. Let a wise man blow off the infirmities of his soul, as a smith blows off the impurities of silver, one by one, little by little, and from time to time.
239. 賢い人は心の欠点を無くしなさい。金属細工人が順番に，少しずつ，時ある毎に銀の不純物をふき取るように。

240. Impurity arises from the iron, and having arisen from it, it destroys it: thus do a transgressor's own works lead him to the evil path …
240. 不純物が鉄から生じて鉄をだめにしてしまう。このように罪人自身の悪い行いによって自らが不運に至ってしまう。

235番でヒギンスンはa sere leafという表現をしているが，ミュラーはa sear leafとしている。どちらも同じ意味「干からびた葉」である。236番でヒギンスンはthy infirmitiesとしているが，ミュラーはthy impuritiesとしている。238番でもヒギンスンはthy infirmitiesとしているが，ミュラーはthy impuritiesとしている。239番でヒギンスンはthe infirmities of his soulとしているが，ミュラーはthe impurities of his selfとしている。240番のヒギンスンは上記の通りであるが，ミュラーはAs the impurity which springs from the

第 9 章　トマス・W・ヒギンスン著「仏教経典『法句経』」について

iron, when it springs from it, destroys it; thus do a transgressor's own works lead him to the evil path. としている。

285. Cut out the love of self, like an autumn lotus, with thy hand! Cherish the road of peace. Nirvana has been shown by Sugata (Buddha).
285. 自我の愛着を取り除きなさい。収穫期の蓮を手で刈り取るように。平和の道を心に抱きなさい。涅槃は安住する人（仏陀）によって示される。

286. 'Here shall I dwell in the rain, here in winter and summer,' thus meditates the fool, and does not think of death.
286. 「雨の時はここに住もうか，冬や夏にはここに住もうか」とこのように愚かな人は計画して，死のことを予想しない。

287. Death comes and carries off that man, surrounded by children and flocks, his mind distracted, as a flood carries off a sleeping village.
287. 身近にいる子供や家畜に気を取られた人に死が近づいて，その人は命を落としてしまう。洪水が眠っている村びとたちの命を奪い取るように。

288. Sons are no help, nor a father, nor relations; there is no help from kinsfolk for one whom death has seized.
288. 子供も助けにならない。父も親戚も助けにならない。死が奪い取る人を親類の人々は助けることはできない。

289. A wise and good man who knows the meaning of this should quickly clear the way that leads to Nirvana.
289. この意味を知る賢き，善なる人は涅槃に至る道を速やかにわからなければならない。

286番でヒギンスンは Here shall I dwell としているが，ミュラーは Here I shall dwell としている。ヒギンスンは thus meditates the fool としているが，ミュラーは thus the fool meditates としている。287番でヒギンスンは surrounded by children としているが，ミュラーは praised for his children としている。

道元禅師は次のように述べている。

> 全て無常の風が吹く時は，国王でも大臣でも，いかに親しい者でも，天下の珍宝であっても，死の道連れにするわけにはいかぬ。ただ己れ一人死の国に赴くのみである。ただ己れが連れてゆけるものは，生前の善悪邪正の行いのみである。　　　　　　　（出家功徳の巻, 35, 巻四）

道元禅師の言葉をいくつか引き合いに引用してきたように，『法句経』と禅との関わりを見ることができる。

前章で紹介したヒギンスンの論考「仏陀の特性」では特に『四十二章経』『法句経』『ビガンデー氏緬甸仏伝(ビルマ)』等が引用されていた。『四十二章経』について服部育郎氏は「禅宗で，初心者の仏教入門用のテキストとして広く愛用される」と述べている[22]。また『ビガンデー氏緬甸仏伝(ビルマ)』の中に次のような箇所がある。

> 世尊は娘を呼びかけて近くへと仰せられ娘は喜んでその仰せに従った。世尊は御声にも何となく弾みがついて，「御前はどこから来てどこへ行くのか」と尋ねた。娘は優しく控えめに，「私はどこからきたか，どこへ行くのか知っております。またそれと一緒に，どこからきたか，どこへ行くのか知りません」と答えた。この一見矛盾した答弁を聞いて，多くの聴衆は皆なんとなく憤りの情を覚えた。しかし仏陀は娘の智慧を知っていたので，この若い談論者に向かって答弁の意味を委しく解釈するように言った。「私は私の父の家から来たこと，父の機織小屋へ行くことを知っております。しかし私はいかなる過去の生からこの世へ生

第9章　トマス・W・ヒギンスン著「仏教経典『法句経』」について

まれ出たか，またこの生から如何なる生へ移っていくのか少しも解りません。私の心は何れもこれを知ってはおりません。」仏陀は娘の智慧を賞讃して話を始めた。[23]

　仏陀と娘との会話には禅問答の原型のようなものが見える。ヒギンスンの論考「仏陀の特性」の中で紹介された『法句経』と『四十二章経』には禅との強いつながりが見え，『ビガンデー氏緬甸仏伝(ビルマ)』には禅問答の原型のようなものが見られる。このようにヒギンスンの仏教紹介には特に禅的要素の強いものが取り上げられていることがわかる。このことはヒギンスンを尊敬していたエミリになんらかの影響があったかもしれない。
　ヒギンスンは次のように述べている。
　「もし私たちが『法句経』という説得力のある言葉を両親が家族の祈りで読むのを聞き，日曜学校の授業で暗記し，礼拝式で朗読するのを聞き，聖歌の形で詠唱すれば，法句経の言葉がわからない言語を持ち遠い国からもたらされて新鮮に映った時よりももっと感動を私たちに与えてくれるでしょう。法句経の受けとめかたはその人の気質による。ある人は法句経の熟成した所に印象を受け，ある人はその新鮮な所に印象を受ける。しかしいずれであっても美は美であり，崇高なものは崇高である」。そしてヒギンスンはコウルリジの言葉を引用して締めくくっている。「通常より深いレベルで私の心を打つもの，それが私に霊感を与えてくれるのだ」と。

結　語

　ヒギンスンはこの論考「仏教経典『法句経』」(The Buddhist "Path of Virtue") では第1章「対をなす詩」から1番，2番，そして「愛によって怨みはやむ (Hatred Ceases by Love)」として3番，4番，5番を取り上げている。「手綱を取る (Hold The Reins)」として第17章「怒り」から222番，223番，第8章「数千」から103番，104番を取り上げている。仏教の鍵は四聖諦（四つの真理）と八正道である。四聖諦とは (1) 人生は苦に満ちている。(2) 苦の源は渇望である。(3) 苦の原因である渇望をなくすことがで

きる。(4)渇望をなくすためには正しい八つの方法がある。自由な状態は涅槃（Nirvana）と言われる。ミュラーはこれを第25章「修行僧」374番で「不死」(the immortal) と訳している。ミュラーの言う仏教はニヒリズム（虚無主義）ではないことをヒギンスンは強調している。ヒギンスンは四つの真理を四語でまとめている。「苦」(pain)，「原因」(origin)，「滅」(destruction)，「道」(road) の四つである。第14章「仏陀」から「避難所，安全地帯」(The refuge) として183番，188番，189番，190番，191番，192番を取り上げている。

「害悪，不運，悪行」(The Evil) として第9章「悪行」から117番，118番，119番，120番，121番，122番，125番，126番，127番を取り上げている。「世間の人々」(The World) に関して第13章「世間の人々」から173番，178番を取り上げている。「快楽」(Pleasure) に関して第16章「快楽」から219番，220番を取り上げている。実践的な（practical）ことが述べられている第20章「道」から276番，281番，282番を取り上げている。「死の準備」として第18章「みだらな行為」から235番，236番，237番，238番，239番，240番，第20章「道」から285番，286番，287番，288番，289番を取り上げている。

第25章「修行僧」の中の374番にある「不死」(the immortal) という言葉に注目したい。ここでこの拙稿の始めに紹介したように，エミリはヒギンスンの論考「不死」(Immortality) を読んでいた可能性がある。ヒギンスンはその論考「不死」の中で不死「Immortality」に至る四つの道を説いている。一つは直観の道 (the path of instinct)，二つ目は愛の道 (the path of love)，三つ目は意思の道 (the path of will)，四つ目は知の道 (the path of the intellect) である。『法句経』にある「不死」は仏教の究極の悟りの境地である涅槃（Nirvana）のことであり，英訳では the immortal と表現されている。そこに至る道は八つある。一つは正しい見解，二つ目は正しい意思，三つ目は正しい言葉，四つ目は正しい行為，五つ目は正しい生活，六つ目は正しい努力，七つ目は正しい思念，八つ目は正しい禅定である。ヒギンスンの説く不死に至る一つ目の直観の道は仏教の不死に至る八つ目の禅定の道に近い。ヒギンスンの説く二つ目の愛の道は仏教の三つ目の正しい言葉，四つ目の正

第9章　トマス・W・ヒギンスン著「仏教経典『法句経』」について

しい行為、五つ目の正しい生活に相応するであろう。ヒギンスンの説く三つ目の意思の道は仏教の二つ目の正しい意思、六つ目の正しい努力に相応するであろう。ヒギンスンの説く四つ目の知の道は仏教の一つ目の正しい見解、七つ目の正しい思念に相応するであろう。ヒギンスンの論考「仏教経典『法句経』」はエミリ・ディキンスンにも影響があったかもしれない。

訳注

1　『ブッダの真理のことば　感興のことば』中村元訳（岩波書店、1980）．
2　Thomas W. Higginson. "The Buddhist 'Path of Virtue'" (*The Radical*, June, 1871).
3　Anna Mary Wells. *Dear Preceptor: The Life and Times of Thomas Wentworth Higginson* (Houghton Mifflin Company, 1963), p. 245.
4　Thomas H. Johnson, ed. *The Letters of Emily Dickinson*, vol. II (The Belknap Press of Harvard University Press, 1979), p. 330.
5　Thomas W. Higginson. "Immortality" (*The Radical*, May, 1869).
6　水野弘元『法句経の研究』（春秋社、1981）、32頁．
7　宮坂宥勝『現代人の仏教』2　真理の花束・法句経（筑摩書房、1965）、4頁．
8　友松圓諦『法句経』（講談社、1977）、20頁．
9　上村勝彦『ダンマパダの教え——初期仏教の「反社会」主義』（筑摩書房、1987）、134頁．
10　Tilden G. Edelstein. *Strange Enthusiasm: A Life of Thomas Wentworth Higginson* (Yale University, 1968), p. 357.
11　Anna Mary Wells. *Dear Preceptor: The Life and Times of Thomas Wentworth Higginson*, p. 194.
12　同上、p. 258.
13　Max Muller. "Introduction to the Dhammapada" *The Dhammapada*. Trans. Max Muller. 1881 (Motilal Banarsidass, 1965), p. xlix.
14　友松圓諦『法句経』2頁．
15　早島鏡正「解説」『原始仏典』第1巻　ブッダの生涯（講談社、1985）、343頁．
16　孤峯智璨『禅宗史』（光融館、1919）、47–48頁．
17　前田惠學「真理の言葉（ダンマパダ）」『筑摩世界文学大系』9「インド　アラビア　ペルシア集」（筑摩書房、1974）、80頁．
18　*The Dhammapada*. Translated by S. Radhakrishnan (Oxford University, 1958).
19　三枝充悳『ダンマパダ・法句経』（青土社、1989）、12頁．
20　伊吹敦「『法句経』の諸本について」『田中良昭博士古稀記念論集　禅学研究の諸相』（大東出版社、2003）、85頁．
21　以下、道元禅師の言葉は以下による。

道元『全訳 正法眼蔵』巻一，中村宗一他訳（誠信書房，1971）．
〃　『全訳 正法眼蔵』巻二，中村宗一他訳（誠信書房，1972）．
〃　『全訳 正法眼蔵』巻三，中村宗一他訳（誠信書房，1972）．
〃　『全訳 正法眼蔵』巻四，中村宗一他訳（誠信書房，1972）．
22　服部育郎『ブッダになる道――『四十二章経』を読む』（大蔵出版，2002），8頁．
23　『ビガンデー氏緬甸仏伝』赤沼智善訳（無我山房，1914），315-16頁．

参考文献

①法句経
荻原雲来『法句経』（岩波書店，1978）．
橋本芳契『法句経に聞く』（教育新潮社，1970）．
引田弘道校注『新国訳大蔵経』本縁部4 法句経（大蔵出版，2000）．
藤吉慈海『法句経』（大蔵出版，1996）．
渡辺照宏「法句経」『渡辺照宏著作集』第5巻（筑摩書房，1982）．

②禅
上田祖峯『修証義入門 道元禅師の教え』（駒沢学園出版局，1980）．
鏡島元隆『道元禅師と引用経典語・録の研究』（木耳社，1974）．
加藤宗厚『正法眼蔵用語索引』下巻（理想社，1963）．
『修証義 布教のためのガイドブック』（曹洞宗宗務庁，1990）．

③アショーカ王
定方晟『アショーカ王伝』（法蔵館，1982）．
塚本啓祥『アショーカ王碑文』（第三文明社，1976）．
塚本啓祥『アショーカ王』（平楽寺書店，1978）．
山崎元一『アショーカ王伝説の研究』（春秋社，1979）．
山崎元一『アショーカ王とその時代――インド古代史の展開とアショーカ王』（春秋社，1982）．

④仏教一般
アンベードカル，B.R.『ブッダとそのダンマ』山際素男訳（光文社，2004）．
梅原猛『梅原猛の授業 仏教』（朝日新聞社，2002）．
ホーキンズ，ブラッドリー・K『仏教』瀧川郁久訳（春秋社，2004）．
北川八郎『ブッダのことば「百言百話」』（致知出版社，2004）．
竹村牧男『大乗仏教入門』（佼成出版社，2003）．
白取春彦『仏教「超」入門』（すばる舎，2004）．
立川武蔵・神戸和磨・生田晃純・宇佐美将『仏教と現代思想』（信道会館，1975）．
Tweed, Thomas A. *The American Encounter with Buddhism, 1844–1912: Victorian Culture &*

第9章　トマス・W・ヒギンスン著「仏教経典『法句経』」について

the Limits of Dissent (The University of North Carolina Press, 1992).
山折哲雄『仏教信仰の原点』(講談社，2001).
山折哲雄『仏教とは何か――ブッダ誕生から現代宗教まで』(中央公論社，2002).
吉津宜英『修証義による仏教入門』(大蔵出版，1999).

＊このトマス・W・ヒギンスンの論考「仏教経典『法句経』」が収められています貴重な定期刊行物 The Radical 誌の閲覧を快く許可して下さいました同志社大学アメリカ研究所に厚くお礼申し上げます。同志社大学の創立者，新島襄は1867年，24歳の時アーモスト大学に入学しています。エミリ・ディキンスンが37歳のころとなります。エミリの祖父，サミュエル・F・ディキンスンはアーモスト大学を創立して，アーモストの町を学問の府に育て上げた人です。兒玉實英先生（前同志社女子大学学長）は，「同志社の人は新島襄の書簡に従ってアーモストと，かな表記しますが，東京の人は内村鑑三の表記に従ってアマーストと書いています。もとは Lord Jeffery Amherst という人名からとったものですがこの人はイギリスの軍人で French & Indian War のおり本国から来て大活躍した人です。土地の人は ［æ:məst］ といっています」(2004年12月4日付書簡）と述べておられます。

第10章

故ダイズイ・マックフィラミー師著
「カルマ（業）とは何か」
（翻訳）

※

訳者前書き

　この論文はダイズイ・マックフィラミー師（Daizui MacPhillamy, 1945–2003）が1995年に書き，2011年に出版されたものである。師は1963年，アメリカのアマースト大学（Amherst College）で心理学及び人間学の学士号を取得している。その後スタンフォード大学（Stanford University）で教育学の修士号，さらにオレゴン大学（the University of Oregon）で臨床心理学の修士号と博士号を授与されている。1973年，ジユー（慈友）・ケネット師（Rev. Master Jiyu-Kennett, 1924–96，女性）のもとでアメリカのシャスタ僧院（Shasta Abbey）において得度式を受けている。1978年，英国（UK），禅仏教会（The Order of Buddhist Contemplatives）のマスター（Master）に選ばれている。ジユー・ケネット師の第一の補佐役として務めた。ジユー・ケネット師が1996年11月に亡くなるまで主要な介護人の一人として尽力した。ジユー・ケネット師の死後，禅仏教会の二番目の指導者に選ばれている。マックフィラミー師は2003年4月，リンパ腺癌で亡くなるまで精いっぱい貢献した。享年57歳であった。
　ジユー・ケネット師について少し述べてみたい。彼女は英国，サセックス（Sussex, England）で生まれている。洗礼名は Peggy Teresa Nancy であった。仏教との出会いは彼女の父親の書斎にあったエドウィン・アーノルドの詩作品『アジアの光』（*The Light of Asia*）であった。その後上座部仏

教を学んでいる。1954年，彼女はロンドン仏教協会（the London Buddhist Society）の会員になった。1960年，曹洞宗大本山総持寺貫首であった孤峰智璨禅師（1879-1967，号は瑩堂）が欧米を巡錫中，ロンドンで彼女は孤峰禅師と巡り合った。1961年秋，彼女（Peggy Kennett）は船でマレーシアに行きそこで仏教を学んだ後，日本に来ている。1962年4月14日孤峰禅師の弟子になった。彼女は沢木興道老師の指導も受けている。彼女はPeggy Kennettから Jiyu-Kennettになった。1967年，孤峰禅師の遷化の後，彼女はアメリカにシャスタ仏教僧院（Shasta Abbey），英国にスロッセル・ホール・プライオリ（Throssel Hole Priory）そして禅仏教会（the Order of Buddhist Contemplatives）を創設していき，今日ヨーロッパ，カナダへと広がりつつある。

　マックフィラミー師は曹洞禅の立場から書いている。師はこの論文の中で『修証義』からも引用している。『修証義』は明治23年（1890），道元禅師（1200-53）の『正法眼蔵』の中の語句をつづって編集された，曹洞宗の安心の標準と在家教化のための新纂聖典である。大内青巒氏が草案し，滝谷琢宗・畔上楳仙氏が編集したものである。その『修証義』から師が引用している一節は次の通りである。「一日の生命は尊い命であり，大切な体である。このように修行ができる身心を自分自身でも大事にすべきであり，自分自身でも敬うべきである」（池田魯山訳）。ここの修行とは学生にとっては貴重な学生生活をさすことにもなるであろう。つまり今の学生生活を大切に過ごすことを意味する。『修証義』の元になっている『正法眼蔵』で道元禅師は「いま」（今，而今）という言葉を本当にたくさん使っている（加藤宗厚編『正法眼蔵要語索引』参照）。例えば「礼拝得髄」の巻で道元禅師は次のように述べておられる。

現今の極端な愚者たちの思っていることは「女性は貪欲と婬欲の対象物にすぎない」というような，歪曲された邪見による考え方を改めないで女性を見ている。かりそめにも仏弟子たる者は，このようであってはならない。女性を婬欲の対象物として嫌うならば，一切の男性についても同様である。相手の執愛の因となって相手を汚すことでは男性も同様に

第10章　故ダイズイ・マックフィラミー師著「カルマ（業）とは何か」（翻訳）

執愛の対象となる。女性も対象となる。非男非女(ふたなり)も対象物となる。「夢幻空華」と観ずることも対象物となる。あるいは、水影が因縁となって汚れた性欲行為が行われることがある。或いは太陽が因縁となって、汚れた行為が行われることもあった。神も執愛の対象となる。鬼も執愛の対象物となる。その因縁は数え尽くすことができない程である八万四千の執愛があるといわれているが、これを、すべて捨てるべきであるのか、見てはならないのであるか。律（仏法の戒律）に言ってある。男には二箇所、女には三箇所の性欲の対象物がある。この個所に於いて戒を犯すものは、不共住罪に問われて、僧団中に共住を許されないとする。このようであるから、人間男女が婬欲の対象物となるからと言って相嫌い対立するならば、一切の男性と、一切の女性と、互いに嫌い対立しあっておれば更に法の前で平等であるべき男女に、得度（出家して戒を受ける）の時期はない。この道理を詳しく究明すべきである。［略］女性にどういう罪があるのか。男性にどういう徳があるのか。悪人は、男性の中にもいる。善人は、女性の中にもいる。仏道の参学、出家を求めることは、必ず男性によるとか、女性はいけないということはない。もし迷いを断たないときには、男子も女子も共に同じく迷いを断つことができないのである。迷いを断ち切って、悟りを得るときには、男子・女子の区別などは更にあるわけはない。

（中村宗一訳）

＊　＊　＊

スロッセル・ホール仏教僧院，ヒュー・ゴウルド氏による序文

　数カ月前一つの原稿が私の所に届いた。それは1995年にダイズイ師が書いたものであった。当時彼は「HIV, AIDS 及び仏教徒の仕事」について書かれるべく一冊の書物における一章を担当するように依頼を受けていた。私には理由はわからないが、ダイズイ師の書いたものがその書物には使用されなかった。その書物の題名やそれが出版されたかどうかさえわからない。2000年頃ダイズイ師はオズウィン氏（ユージーン仏教僧院長）にその原稿を渡し

てから今日まで未出版のままであった。私はダイズイ師の弟子としてこの原稿「カルマとは何か」を多くの読者に読んでもらえることを嬉しく思う。

　この論文は彼が本領を発揮したものである。多くの見解や特質を例示している。このことから彼は私たち僧院の本当に誇りとするメンバーであることがわかる。彼は注目に値する分析的な技能を使い，この論文「カルマとは何か」においてカルマと HIV, AIDS との関係を広く，詳しく論じている。

　カルマの法則の働きはとても複雑であるが，ダイズイ師は私たちが多くの重要な側面を考え，幾つかの誤解を明確にするのを助けてくれる。それによって私たちは幾つかの短絡的で誤った結論を避けることができる。

　この論文はカルマへのさらなる明確な理解を打ちたて，HIV の予防，AIDS に耐えて生きること，死の可能性に直面すること，介護をすることに関することを考察している。この論文が書かれた時は HIV と AIDS の議論が時機を得ていた。今なおこのテーマは極めて重要であり，この論文の範囲はこれらの特定な問題を越えている。この論文で示されている結論と提案は私たち自身の中で見出すかもしれないどんな病気に対しても，どんな困難に対しても，どんな挑戦的な状況に対しても適用できる。

　例えば「これは公平ではない」とか，または絶望的な驚きを伴った「何故わたしが」といった状況において適用が可能である。

　カルマの法則の彼の慎重な分析に加えて，ダイズイ師は同様に重要である（と私は思う）二つの意見を与えている。この論文の最後の部分は介護をする人に多くの提言を与えている。結局のところ私たちは皆介護人である。私たちが与えている介護は私たち自身の毎日の行動の瞬間，それは他者を伴うかもしれないことの中に生じることである。この介護をすること，それはまさにカルマの直接の探究である。それは私たちに生じてくるものに対する「愛と最高の敬意」を教えてくれる。

　この論文の序文の終わりの所でダイズイ師はカルマの問題の理解が十分ではないことを認めている。彼自身が彼自身の考えに十分に納得できないが，彼以上に仏教の教えをより多く体得する仏教徒が出ることを彼は期待している。この論文が書かれた時，ダイズイ師は本当に最盛期であった。しかしこれは最終的な研究として書かれたものではなかった。これは異なる意見を十

第10章　故ダイズイ・マックフィラミー師著「カルマ（業）とは何か」（翻訳）

分に認識し，尊重する一つの提案である。これは「私たちのだれもが一人ぼっちになるよりもそれらの相互作用からより大きな真実の理解が生じる信頼」の中にあるのである。

カルマ（業）とは何か

　HIV 及び AIDS に耐えて生きている人々，その人々を愛する人々，彼らを介護する人々，彼らから助言を求められるかもしれない僧侶，教師にとって，HIV 及び AIDS が提起する諸問題に仏教の方法を受け入れる時，遅かれ早かれカルマについての配慮が生じる。カルマと HIV と AIDS との関係について思いめぐらすのは当然である。本当に不快なことが起きた（或いはいつか起きるかもしれない）時，仏教では私たちが行ったなにか悪い行為のカルマの結果によるものであるという，ある漠然とした観念を少なくとも持っている。HIV 感染及び AIDS につながる悪い行為とは何であるかについて問うことは筋が通ったことである。HIV 感染は普通はどういうわけか性交或いは麻薬を連想すると誰もが知っている。またこれら二つの行動の領域は多くの方面の人々から道徳的疑念を持ってみられているから，人々は HIV と AIDS をひょっとすると「不道徳」のカルマの結果かもしれないと考えてしまうかもしれない。カルマに関する仏教の教えは私たちをどこに導くのか。幾つかの他の宗教が「AIDS は同性愛と麻薬常用者に対する神の刑罰である」というあからさまな表明をひそかに疑ったまま，哀れみと容認の語らいのもとで，終わってしまうのか。

　私はそうは思わない。上記の考え方はもっともらしいが，思いつきの知識によるカルマの法則であって，正しいとは認められない。何故ならここで私が提案しようと願っている法則への一層詳細な探究に対して，それは耐えられないと思うからである。この探究は私自身の理解と経験のみならず仏教の思想及び教えに基づいている。仏教の思想及び教えに関しては，読者が自分でそれらを調べることができるように巻末に参考文献を書きとめている。私自身の理解と経験に関しては，私が持っているかもしれない先入観によって捻じ曲げて伝えているかもしれないことを読者に述べなければならない。倫

理的規範的な行動は大切であると私は強い確信を持っている。路上で行われる麻薬の使用及び無責任で虐待的な性衝動に対して助言できるような指針を説明する［27: 129, 137 & 138］（27は巻末のReferencesの文献番号を示している。：の後の129，137，138はその文献内の頁数を示している）。私は公式にはっきりと述べているように［22］，同性の性行動はそれ自身，本来的に非倫理的ではない。全ての人々に開かれている仏教において，同性愛的志向の人々もあらゆる方法と形式で修行をすることが歓迎されているし，そのはずである。

　AIDSとの私の個人的な諸経験については，それらはさほど重大ではない。私にとって大切な何人かの人々は陽性のHIVで，AIDSに耐えて生きていたり，或いはAIDSで亡くなったりしているが，私自身は陽性のHIVではない。重病の人に対して私は主要な介護者であり続けているが，その病気はAIDSではない。農村の仏教僧院に住んでいるので，AIDSに耐えて生きている人々に助言をし，親密に一緒に仕事をする機会はほとんどない。私の仏教の思想及び教えについての研究は25年以上にわたってかなり広範囲にわたって続いている。このうち23年間は本格的な僧侶として過ごしてきた。即ちジュー・ケネット師の弟子として修行をしている。私がここで述べることについては，ただ自ら進んで話をしており，私のカルマの諸問題についての理解が不十分であることはわかっている。正直なところ私が私自身と意見が一致しない。そんな私以上にダルマ（仏法）において多くの体験をする仏教徒たちが現れるのを期待している。最終的には異なったいろいろな見解も尊重する。一人になるよりも異なった意見を持つ人々との言葉のやりとり，ふれあいから真理への一層大きな理解が生じてくると信じている。

　第1節ではカルマの幾つかの重要な側面を考察しよう。もしそれが誤解されておればHIVとAIDSについて誤った結論をもたらしてしまうかもしれない。この主題についてさまざまな仏教の教えに関しての幾つかの専門的な議論が求められるであろう。これらの議論はある読者にとっては少しばかり退屈で，学術的かもしれない。しかし次の節では否定的，独善的な判断の意見の不正確さを明示するだけでなく，幾つかの肯定的な提案への道を開きたいと望んでいる。

第10章　故ダイズイ・マックフィラミー師著「カルマ（業）とは何か」（翻訳）

1．全てがカルマの原因によるというわけではない ［19: 9; 24: 84］。良いことであれ，悪いことであれ，良くも悪くもないことであれ，世界で起きるあらゆることはカルマの原因によるという観念はおおよそ1800年間アンダカ（Andhaka）派の時代 ［25: xxviii & 314］から仏教を悩ませてきている。私たちときわめて関係があるものの中で病気と死はいつもカルマの原因によるとはかぎらない。全ての生き物の精神的な状態がどうであれ，病気と死は全ての生き物につきものである ［13: 45–47; 25: 207］。病気と死が本当でなければ，世界はかつて生きた全ての阿羅漢と仏教聖者でいっぱいになるであろう。しかしそうではない。あなたも私もそうであるように，すべての人は死ぬのである。だから誰かが重病になったり，死にそうになったりという事実は必ずしも原因がカルマであるということを意味しない。つまり，そうかもしれないし，そうでないかもしれない。

　それは何によって生じるのか。仏教ではカルマの法則は5種類の普遍的な自然法則（niyamas）の一つであるとする ［16: 24–27; 19: 9 & 10; 24: 84 & 85］。これらの一つ（utu niyama）はおおよそ無機の自然の諸法則に相応する。それらは西洋では物理学，天文学，化学といったような分野に分類される。他方，もう一つ（bija niyama）は多かれ少なかれ私たちが生物学的諸法則と呼んでいるもの，とりわけ遺伝学，進化論，ウイルスの疫学にあてはまる。これら他の普遍的な諸法則はカルマにかかわりなく機能している。そしてそれらは倫理，道徳，精神的価値，或いはいかなる人間の問題とも関連しない。これらの機能は「公平」でもなく，「不公平」でもない。それらはただ存在する。つまり時たまのHIVは正確に言うとウイルスである。

2．一つのタイプの行動と一つのカルマの結果の間には単一のつながり，一定不変のつながりはない ［12: 227–30; 25: 356, 384–86］。他の普遍的諸法則から独自の機能を与えられて，一体カルマはウイルスの行動と関係があるだろうか。それはあるかもしれない。カルマ自身は物理的な対象物を生み出すことはできないし（また以前に何も存在しなかった所に魔法のようにウイルスを現すこともできない）［25: 309］。しかしそれは普遍的な他の法則の機能と互いに影響しあい，それらの法則を利用することができるし，その結果とし

て起こる感情，知覚作用，欲望，思索，行動にも影響を与える。それは同様にウイルスの伝染のような他の結果につながっていくかもしれない。しかしながら他方においてたとえ HIV 或いは AIDS（或いは何か他のもの）が出現する時，それが時々カルマ的要素を持っているとしても，それによって個々のカルマ的結果を持っている全ての人がある個別の行動をしたとは限らないし，また或る個別の行動をする全ての人がカルマ的結果を持っているとは限らない［21: 246 & 247; 25: 254–62］。私は仏教の「日曜学校」の子供向けの一冊の古い本を思い出す。そこにはカルマの結果がそれぞれのいたずらな行為に対して挙げられていた。「もしあなたが嘘をつけば，息が臭くなるでしょう」。私はそれを子供たちへの教訓として重んじなかった。大人の仏教徒にとっても普遍的な真理の表現として，それは全く間違っている。

　その理由はカルマの法則の働きはとても複雑だからである。例えば一つの意志的な行為とその後に来るカルマの結果との相互作用（全てのカルマは意志的な行為によって動かされ始めている。ただし十分に悟りを開いた（啓発された）意志的な行為を除く全てはカルマを動かし始めている）は行為の重大さの四つの側面のうちの一つの多変数の機能である（重大であろうと，習慣的であろうとなかろうと，それは死の境界点で生じ，そして頻繁に起きている）。カルマの機能に四つのタイプがある（カルマは直接に一つの結果をもたらすかもしれないし，他のカルマを増大させるかもしれないし，他のカルマを抑制するかもしれないし，或いは完全に他のカルマに取って代わるかもしれない）。結果について四つの時間の側面がある（この世に起きるかもしれないし，次の世に起きるかもしれないし，その次に起きるかもしれないし，或いはまったく起きないかもしれない）［6: 696–99; 16: 116; 24: 82 & 83］。ところでこれらの時間の側面は次のことを意味する。この世で起きる一つのカルマの結果はこの世でなされた行為と関係があると想定することはできない［9: 102］。その上カルマの行為の実際の仕組みといったような他の側面は諸仏以外の誰にも知られない［6: 699–701; 24: 81; 19: 9］。

　さらにもう一つの複雑性を加えると，カルマはただ単一の基盤では作用しない。何人かの仏教徒は次のように信じている。集合的なカルマのような一つのものがあり，それを共有する人々だけでなく，彼らの環境にそれは影響

第10章　故ダイズイ・マックフィラミー師著「カルマ（業）とは何か」（翻訳）

するといわれている［30: 50-52］。この件についてはほとんど書かれていない。おそらくその理由はほとんど知られていないし，また集合的カルマの概念は人が望むどんな解釈をも生み出すことができるからでもある。例えば，HIVの場合，修道上保守的な人々はウイルスの発生と蔓延は現代人の「道徳に関する自由放任」という集合的カルマのためであると仮定し，それは修道上左派によって扇動されていると言うかもしれない。修道上の自由主義者はそれを私たちの過剰人口や雨林環境の破壊の集合的なカルマの結果であると，あっさりと言うかもしれない。彼らは責任の一端を修道上右派に置くかもしれない。無機及び生物学上の諸法則のレベルで両者はそれぞれの側に基づく科学的証拠を持っているかもしれない。しかしこれが集合的カルマの作用に対して重要性を持つとしても誰も知らない。何故ならば集合的カルマの概念は社会問題についての意見のみならず，ほとんど或いは全く無い根拠に基づいて人々のグループについての偏見を正当化するために使われ得るから，それは確かに役に立たないことがわかる。ここでは複雑なカルマの問題を理解するうえでまずまずの貢献をしていることを認めたい。しかしそれはかなり神学的な弊害の源になりうることに注意したい。

　こういったことを考慮すると，カルマについて誰も普遍的な言明をすることができないこと，その人自身及び十分に悟りを開いた仏陀以外は個々人のカルマを判断することはできないことを経典が保持しているのはほとんど驚くに当たらない。「そういうわけで，阿難陀よ，人の評価者になるな。人の評価をするな。阿難陀よ，まことに人の度合いを評価する人は自らを陥れてしまう。阿難陀よ，私だけが或いは私のような人が人の評価ができるのだ」［13: 248］。

3．<u>AIDSは性の不品行或いは麻薬の乱用の一般的なカルマの諸結果のパターンには適合しない。</u>カルマの結果について普遍的な或いは特定の個人の言説はなされないが，広く，全般的なパターンは述べられる。重い慢性病の発生或いは短い寿命を促すと伝承によって信じられている意志的な諸行為とは何か。それらは他者に対して故意の残虐な行為或いは命を奪うこと，重い病気の願望，そして誤った意見に執着することである［25: 249-50; 24:

78-80]。性の不品行或いは麻薬の乱用は特にこの文脈では強調されているようにみえない。

　このことはそのような行為に対してカルマの結果はないと仏教が述べていることを意味しない。性的不品行への報いとしてそれらは一般に次のものを含むものとして述べられる。即ち、多くの敵を持つ。いやな仲間を持つ。機能的な性器官をもたないで再生する。人が以前に虐待した性のメンバーとして再生する。ほこりまみれの場所に再生する。動物の習癖を持って再生する［7: 159; 24: 78-80; 25: 76; 30: 186-88］。慢性病は通例記載されないようにみえる。酩酊はたいてい害のある行為につながるから、酔いをもたらす物質の使用はどんな結果にもつながると言ってよい［7: 160］。

　西洋の国々でのHIVは一般の人々よりも同性愛の男性のほうがより高い頻度で生じている。だから同性どうしの性行為は基本的に本来「性の不品行」であるかどうかに関して、及びその特徴として否定的なカルマの結果の或るパターンを持つ傾向があるかどうかに関して或る人々から質問が起きるかもしれない。この章の最初のところで述べたように、私自身はそれがあるとは思わない。第一に性的志向はただ単に私が所属している団体によって分かち合っている一つの倫理的な問題、一つの見解ではない［18: 2］。従って、私たちの団体の聖職叙任式において、また昇格において性的志向があるという理由で差別はしない。私たちの聖職位に就いたメンバーは禁欲を守っているので、性の関心はさほど大きな影響は与えない。私たちはまた平信徒の聖職者に関しても性の関心に基づいて差別はしない。そこでは結婚した異性のカップルに対し及び同等に結婚した同性のカップルに対しても同様の敬意を表する。性の行為に関して、私は以前、全ての意思に基づく行為はカルマの結果を持つと述べた。しかし志向が倫理的な問題でないとしても、全ての存在は平等であるから、ある与えられた意志的な行為、それが異性のパートナーの間に起きたことであれ、同性のパートナーの間に起きたことであれ、カルマの結果がかなり異なったレベルを持つということにならない。

　この立場はしかしながら全ての仏教徒によって共有されてはいない。古代及び現代のかなり尊敬されている仏教の教師たちの中には同性愛的傾向及び或いは同性の性行為を本来不品行であるとみなす人もいる［28: 76; 31: 25］。

第10章 故ダイズイ・マックフィラミー師著「カルマ（業）とは何か」（翻訳）

またパーリ語の律（Pali Vinaya 古代インドの仏教徒の僧院の規則。多くの僧団によってさまざまな度合いによって用いられた）は中性者（pandakas）の聖職綬任式を禁じた。この言葉（*pandakas*）は去勢された男子（eunuchs），両性具有者（hermaphrodites），性的不能な人（impotent persons），先天的な生殖器が欠けている人（persons congenitally lacking sexual organs），服装倒錯者（transvestites），性倒錯者（transsexuals），同性愛者（homosexuals）或いは既述の幾つか或いは全ての意味としてさまざまに解釈されている [34: 204–09]。これらの規則の文脈と引用された実例から [4: 108 & 109; 5: 375]，真面目な仏教徒がたまたま同性愛者であり，両性愛の傾向を持っていた場合，その仏教徒の聖職綬任式を否定したことが彼らの意図したものであったとは信じがたい。しかしそのような解釈は可能である [34: 207 & 208]。この問題の他の側面において同性の性行為を公然と支持し，及び或いは実行した仏教の伝統がわずかではあるが長い間あった [34: 210; 26]。

「反対」か「賛成」というはっきりした見解より，幾つかの意味で私にとって一層興味深いのはたいていの仏教の書物は（私が親しんでいる）この問題に関して中立であるか或いは単に沈黙しているという事実である。私が見出すことのできるこの問題への言及のほとんどは（特に宗教上の誓いによる）独身者の団体のための律の中にある。サンガの全ての三つの主なる派においてこれらは明白に或いは暗示的に同性の性行為を禁じている。しかし彼らはそれを特別なものとしてではなく，独身者に禁止しているが，多くの性的な可能性の一つとして取り組む [3: 48 & 49; 15: 13; 33: 17]。これ以上にほとんどの正統な書物はこのテーマを扱っていないようにみえる。例えば中性者（pandakas）の聖職綬任式の問題は大乗菩薩律（Mahayana Bodhisattva Vinaya）には全然見いだされない。この律は聖職綬任式に確実に障害となるものの中に性的志向，肉体的性的欠陥，或いは前の性的行動を列挙していない [27: 171–76]。仏教の書物の本質的な中立性の印象は私には珍しいことではない。少なくともこの領域を広範囲に調べた一人の学者は似たような結論に達している。即ち「同性愛的行動はインド仏教の書物には無視されていないけれど，それは異性愛的行動と同じ程度に無効にされている」[34: 209]。同性愛の仏教徒の問題を扱っている或る仏教ジャーナルの最近の特集号にお

いて，全く聖典を根拠にした参考文献が引用されている論文がないのは偶然ではないと思っている［32］。もしかすると私の先入観が顔を出しているかもしれない。しかし性的志向は間違いなく倫理的な問題ではない。それゆえに同性の性的行為はおそらく異性愛の性的行為と等しくカルマ的結果を生み出すであろう。

　少なくともこのことは或る特定の人の HIV 及び AIDS の原因において，その人の生涯から幾つかのカルマ的構成要素はないかもしれないということを意味しない（後で調べよう）。しかし本当に有害な性の不品行及び麻薬の乱用がカルマ的結果を持つのだが，AIDS は「明らかに」不道徳な生活様式のカルマ的結果であるという短絡的な意見は長い時代を通じてカルマ的様式について認識されていることと適合しない。

4．<u>たとえ AIDS が或る個人の人生において或る行為のカルマ的結果であるとしても，神の罰でもなく，神によるものでもない。</u>少しの間でも仏教を学んでいる私たちのほとんどはそれは創造主，神を前提としていないことを知っている。このことから論理上カルマは世界の他の四つの法則のように自然の法則であり，世界がどのように作用するかの記述であり，立法者によってなされる処罰の法ではないことになる［6: 701; 26: 24; 19: 9; 24: 76］。それでカルマの目的は何か。それは宇宙の創造主によって作られていないから，私たちが通常思っている意味での「目的」ではなく，一つの結果であろう。即ちカルマは私たちが仏教を学び，修行する動機となる。そのようにカルマは仏陀の慈悲の表れである。私たちは他人や自分自身を傷つける行為をした結果として痛みを感じるから，そういったことをもう止めようと思う。しかしこのことを洞察しない人はただ痛みを受け，それを不思議に思うだけである。それに対して，カルマの慈悲の性質を理解する人は本当のはかなさ，本当の公平さ，本気になって悪事を差し控え，本物の坐禅に気づいていく［10: 172 & 173］。

　結論として，カルマという観念で「AIDS は同性愛者及び薬物常用者への神の罰である」という考えが仏教にも相当すると誰かに思わせるならば，その考えが罪悪感で自身に向けられていようが，非難を持って他人に向けられ

第10章　故ダイズイ・マックフィラミー師著「カルマ（業）とは何か」（翻訳）

ていようが，それはおおかた間違っている。

　カルマと HIV について伝えられ得る何か役に立つことはあるのだろうか。本当にあると思う。HIV 予防，AIDS に耐えていくこと，死の可能性に直面すること，及び介護することに関連するといわれることはあると思う。

1．「良い人々」が HIV に罹ることがある。カルマの結果について人々にはかなり奇妙な思いがある。そのうちの一つは「悪い」人々だけが HIV 感染として知られている「カルマの結果」を受けるという思いであるが，上記の概念とは逆である。「良い」人々は HIV には罹らないということが正反対である。この思いは表面上馬鹿げているようにはみえないが，それは二つの仕方で起こりうる。その二つはカルマが全ての，特に病気のような不快なことの原因であるという誤った潜在的な憶測を必要条件とする。第一に，良い（kusala）カルマは悪い（akusala）カルマを和らげ，阻止することを知っているならば，鍛練及び修行が熱心な人にとって，良いカルマの蓄積によって HIV に感染するという（或いはすでに HIV 陽性であるならば，他人にウイルスをうつすという）悪いカルマの結果を防ぐと考えるのは全面的に馬鹿げているわけではない。二番目に，悟った人々はカルマ（別の陳腐でずっと通俗的な妄想 [5]）の法則を受けにくいと考え，さらに自身も悟っていると思うならば，どんな結果もない行為も可能であろう。どちらかの一連の推論から引き出す結論は性的関係を持つ時，介護者として HIV 陽性の体液を扱う時，仏教の修行が熱心であれば，人は勧められる予防策をとる必要がないことになる。残念ながらこの考えは誤った憶測によって展開しており，普遍的諸法則の他の四つの独立した部類の存在を無視している。あなたが正しい条件を設定すれば，自分自身は悟っている，或いは良い人間であると考えようと，それに関係なく HIV の伝染は起こるだろうというふうに生物学的諸法則は作用する。人は全世界の根本的な諸法則を修行による特別な「力」によって変えることができるという俗説は西暦200年頃のアンダカ派（私たちと同じ古き友人たち）にさかのぼる [25: 353 & 354]。HIV 予防の影響はあきらかである。即ち，ウイルスはえこひいきしない。

２．カルマを理解することによって AIDS に耐えている人がそれをうまく扱い，仏教をより効果的に修行することが可能となる。「それは公平ではない。何故私に」と尋ねるのはもっともな問いである。しかし明瞭に思考されなければ，かなり助けにならない心の状態に至るもの，即ち自信喪失及び非難の応酬といった絶え間ない繰り返しが生じてくる，それによって積極的な生き方や行いが蝕まれていく。だがカルマの理解によって，それを尋ねる必要性を感じている人々にとってその質問は役に立たないとはいえない。まず，無機及び生物学的諸法則のレベルでそれを見てみよう。ここでの「何故」はまぎれもない答えを持っている。あなたが「w」の時，「z」という境遇で，「y」という原因から「x」というルートを経て HIV ウイルスがあなたの組織に入ったとしよう。そして実にそれは公平ではないし，不公平でもない。何故なら公平さ及び不公平さの概念は全世界のこれら諸法則と無関係であるから。それらは単に存在するだけである。それは誰かの「誤り」でもない。誰かが故意に HIV を伝染させようとし，或いは HIV に罹ろうとすることは非常にまれである。あなたが今知っていることをあなたは「z」という境遇で「w」の時に知っていたであろうか。恐らくそうではないであろう。あなたが今知っていることをその時は知らなかった。それはあなたが「w」の時，愚かであったことを意味するだろうか。いいえそうではありません。その時より今のほうがより賢くなっていることを意味する。その当時において私たちはそれぞれ最も大切に思えることをするものである。別のことがもっとより良いことであることを後でわかるならば，それは私たちに智慧がついてきており，言い換えれば私たち自身或いは他の人が「愚か」でもなく，「知らず知らずに自滅的」でもなく，「悪い」ということではないことを意味する。一時的な後悔或いは怒りを感じる余地があるだろうか。つまり全世界の無機及び生物学的諸法則の観点から人は HIV 陽性にどういうわけでなるのかについて明瞭に考えることは飾らずに存在するものを受け入れることを手助けしてくれる。師匠のジユー・ケネット師が以前述べたように「全て受け入れることは門の無い門への鍵となる」。全て受け入れることによって諸仏及び阿羅漢たちが修行する病気及び死への取り組み方を人は取り入れることができる。

第10章　故ダイズイ・マックフィラミー師著「カルマ（業）とは何か」（翻訳）

　病気の兆候を示している有道の尊宿（Ariyan）の弟子に病気がもたらされる。死にそうになっている有道の尊宿（Ariyan）の弟子に死がもたらされる。衰弱している有道の尊宿（Ariyan）の弟子に滅亡がもたらされる。終わりになりつつある有道の尊宿（Ariyan）の弟子に最後がもたらされる。最後が近い時，その人は次のように反省する。「私にだけ終わりつつあることが終わりをもたらすのではない。生きとし生けるもの全ては去っていき，現れては死んでいく。終わりつつあることが終わりをもたらす」。病気になり，［或いは］終わりが近づいている時，その人は悲しまないし，嘆かないし，泣かないし，泣き叫ばないし，胸をたたいて嘆き悲しまないし，取り乱すこともない。僧たちよ，この人は（仏教について）学識のある有道の尊宿（Ariyan）の弟子と呼ばれる。それに対して学識の無い人は悲しみの毒矢で長く苦しむ。悲しみもなく，毒矢から自由な人，有道の尊宿（Ariyan）の弟子は自身を全く冷静に保っている。　　　　　　　　　　　　　　　　　　　　　　　　［13: 46 & 47］

　人がHIV陽性になるような一連の原因となる出来事の中にカルマ的構成要素がない時，上記のことは「何故」という質問に対する十分な答えではないかと思う。実にこの点以外に質問を押し広げてしまうと無益で非建設的な堂々巡りの考えになりがちである。しかしあなたが次のように思っていると仮定しよう。それはあなたに関わっている或るカルマがあるかもしれないと。一節で検討された誤解が避けられれば，それはまたより深い仏教の修行を指し示すことができる。カルマのレベルで「何故」に対する答えを探す時，他の普遍的諸法則とは違って，カルマの法は公平である。即ち，全くそして完全にそうである［24: 76］。カルマがひょっとしたら或る人自身の立場に関係しているかもしれないことについて明確に考えようとすることにそれは役立つことができる。骨が折れるが，しかし，もしかすると有用な質問が明らかになる。「AIDSがもっともらしいカルマの結果であるほどに他の存在に大きな害を引き起こす何かを私はこの人生で行っただろうか」。この質問に答える過程において，普通見るのに最もありそうな範囲は意図的で，広範囲にわたり，おおいに破壊的な行い，即ち，他の存在に対する残酷な行為，

或いは殺戮，憎しみ或いは恨み，或いはひどい妄想から来る行為を思い出してほしい。

　あなたの人生で AIDS に相応する行いがカルマの結果であることを見出すことは全く考えられない。しかしそうだとしたらどうするか。仏教の別の派はカルマに異なった方法で対処する。即ち，あなたの指導者によって示されたやり方でその重要問題に取り組むことを勧める。あなたが特定のやり方を持たず，興味のある手がかりがないならば，私の属している曹洞禅で行っていることを簡潔に述べたい。特にこのアプローチにおいて『修証義』及び道元禅師によって書かれた『正法眼蔵』の中の「生死」の巻を読むことを勧める。

　私たちが人生においてひどいことをしたことに気づく時，私たちが行う最初のことはそれに真正面に向き合うことである。完全にそして注意深くその行為とそのさまざまな影響を意識する。ところで正念と坐禅の修行をすることによってこのことがかなり安楽になる。このことが常に修行する理由の一つである。私たちがしたことを完全にそして止むことなく自覚し，認めることによって，私たちが危害を加えた生きとし生けるものへの共感が自然に湧き上がってくる。このことから深い懺悔（さんげ，懺はサンスクリット語 kṣama の音写で，許しを請うこと。悔はサンスクリット語 kṣama の意訳で悔やむこと。人に罪の許しを請うこと）の念が生じる。「懺悔」は「やましい気持ち」ではなく，「羞恥心」でもない。これら二つ「やましい気持ち」と「羞恥心」は不完全な受け入れの状態に基づいており，全く助けにならない。懺悔によって人がした害悪を癒すのを助けるための，そして二度とそのような害悪をしないための修行をする決意が出てくる。この懺悔によって本気で修行に打ち込んでいき，決意が実を結んでいく（戒は仏教の重要な部分である。戒のサンスクリット語は śīla)。この決意と修行によって智慧の四つの基礎が自ずと出来あがってくる。即ち，一つは布施（むさぼらないこと），二つは愛語（愛情のこもった言葉を使うこと），三つは利行（全ての存在に利益を与えること），四つは同事（お互いに協力しながら事をなすこと）である。今度はこれらの四つの智慧が全ての存在に対して奉仕しようという気持ちを生み出していく。そこから菩薩の精神が現れてくる。そこから生涯を

第10章　故ダイズイ・マックフィラミー師著「カルマ（業）とは何か」（翻訳）

通して仏教の修行を続けていくようになる。
　このプロセスは長い時間がかかるようにみえる。しかしそうではない。人がただ努力し，まっすぐに，ひるまず，正直にカルマに向き合うならば，それは今起きる。人が非常に体調が良くなく，恐らく残りの人生が短いとすればどうするか。それだけの価値があるだろうか。それは確かに価値がある。道元禅師はこのテーマについて『修証義』後半のところで次のように述べておられる。

　　いたずらに百歳いけらんはうらむべき日月なり，悲しむべき形骸なり。たとい百歳の日月は声色の奴婢と馳走すとも，そのなか一日の行持を行取せば，一生の百歳を行取するのみにあらず，百歳の侘生をも度取すべきなり。この一日の身命はとうとぶべき身命なり，とうとぶべき形骸なり。この行持あらん身心，みずからも愛すべし，みずからもうやもうべし。われらが行持によれて諸仏の行持見成し，諸仏の大道通達するなり。（仏道と関係なく無駄に百歳までも生きているのは実に残念な日月である。悲しむべき肉体である。たとえ百年の日月は，外界の刺激に引きずられて奴隷のように走りまわって過ごしたとしても，その中のたった一日でも，仏としての修行の生活を行ったならば，百歳の全生涯を修行によって取り返すばかりでなく，生まれ変わる次の生の百歳をも悟りの生涯とすることができるのである。たとえ百年の月日の中のたった一日でも，修行の生活を行ったならば，百歳の全生涯を修行によってわがものとできるばかりでなく，生まれ変わる次の生の百歳をも救いとることになるのである。このように一日の命は尊い命であり，大切な体である。このように修行の生活ができる身心を自分自身でも大事にすべきであり，自分自身でも敬うべきである。われわれの修行生活によって，諸仏の修行生活は現実のものとなり，諸仏の大道も現実のものとしてあらゆるところにゆきわたるのである）。[11: 163]（池田魯山訳，321-27頁）

　過去の行いとそのカルマに関連して，人の生涯が好評であるという結果においても多分懺悔すべき幾つかの行いを知るだろう。しかしAIDSのような

激しいカルマの「目覚めコール」に帰するような重大性はほとんどないであろう。それでどうするか。より重要でない諸々のカルマに関して言えば（そのうちの幾つかはことによると影響を及ぼすかもしれない。しかし自身に原因はない），あなた自身の仏教の伝統において上記のこと或いは相当することを簡潔に述べているやり方で，この生涯におけるそれらを一掃することは確かに建設的である。その人の生涯にどんな重大なカルマも認められない事実をどう解釈するか。二つの可能性が示唆される。即ち，一つは HIV 或いは AIDS に罹っているカルマの構成要素が存在しないほどに小さい（諸原因は主として全世界の無機及び生物学的諸法則の分野にある）。もう一つはこの生涯の前からのカルマが発展している。前者は前に論じられた。後者は明らかに少し超自然的である。

　私はたまたま仏教の再生の教えを信じるようになった。それはカルマと同じように複雑であり，ただ不用意に学ぶなら，奇妙な見解を引き起こしやすいことを知るようになる。例えば，輪廻転生する魂はない（anatta）[24: 95–97] という教えがどういうふうにカルマの公正さの考え方と相互に作用するのかを考えてみてほしい。「私」が今収穫するものの種をまいたのは「私」であることを公正さは必要とするから，魂はあるに違いないようにみえる。或いは誰かが種をまいたものを「私」が収穫しているから，前の生からのカルマはひどく不公正にみえる。実際，どちらも本当ではない。あなたとカルマを作った前の存在との間に関係はあるのだが，あなたは彼でもないし，彼女でもない [17: 17–21; 19: 8; 29: 47]。だからあなたが結果を刈り取る一人ではあるが，このカルマが生じることに対してあなたが原因ではない。或る程度あなたがこの重荷を受け入れるのを厭わなければ，それは公正であろう。それがまさしく私が起きると思っていることである。

　ところでこの段落で扱っていることは主に私自身の経験と考え及び他の仏教徒たちとの議論に基づいていることを申し上げたい。だから経典の参照をしていない。（便宜上「あなた」と呼ぶ）新しい精神的な存在を考えてみる。その新しい存在が本来の思いやりと一体化した場合，それによって以前の存在では置き去りにしていた未解決のカルマの集まりを自然に「拾い上げ」，「引き受ける」ようになる。そうすることによってカルマが落ち着くように

第10章　故ダイズイ・マックフィラミー師著「カルマ（業）とは何か」（翻訳）

なる可能性が出てくるかもしれない。このカルマはひょっとしたら他の関係するカルマの集まり及び相殺する「良い」カルマの集まりに加えて，私たちが「あなた」と呼ぶ新しい存在のカルマ的継承になると思う。しかしながら「あなた」は意識的には必ずしもこれに「同意」していない。「あなた」はそれにもかかわらずこの重荷を担いだのである。何故なら「あなた」には，<u>本来の思いやり</u>という<u>本性</u>があるから。「あなた」が担いでいるカルマ的継承はあなたの誕生，あなたの基本的な人格及び気質，そしてこの人生であなたが扱う精神的諸問題の状況と一致するものだろう。これらと協調し，修行していけば，あなたの人生を充実したものにするだけでなく，過去からの一つ或いはそれ以上のカルマを落ち着かせるようになる。この時，本当の意味で私たちは皆菩薩になる。

　それは興味を引く神学［教義］かもしれない。それは一体どんな役に立つだろうか。第一に，それによって過去の人生のカルマが耐えやすくなる。即ち「あなた」がしなかったという過去の不快な何かについて苦しみ，困惑するような罪悪感と不面目の気持ちから開放されるであろう。第二に，それについて何かをする為にあなたの過去のカルマについて全てのことを探り出す必要性がないことが明らかになる。つまりこの人生においてあなたの気質と諸問題を扱うことによって，過去のカルマを落ち着かせるために必要なあらゆることをあなたはしているから。或る人たちは過去のカルマに任意の識見を持っている。それは有用でありうるが，そのような洞察を不自然に誘発する必要はない（それによって誤った洞察とあらゆる種類の的外れの危険に曝してしまう）。第三に，カルマの重荷をこの人生で背負う自己自身及び他に対して最も深い敬意の念が生じる。即ち，彼らは他の存在より「より悪い」ということはない。彼らは全世界に平和を齎そうと一生懸命に努める人たちである。彼らのAIDSが遠い過去からの或る重いカルマによって幾分左右されていると誰かが感じる場合（いいですか，その人自身のみがそのような結論になる），その人は私たちの感謝を受けるに値する。またその人はAIDSに耐え，AIDSを克服しようとすることによって，全ての調和に貢献する素晴らしい機会を有している。

　どのようにAIDSに耐え，AIDSを克服しようとするかは，この書物の幾

つかの他の章においてこの分野では私より遥かに精通している方々によって書かれている。この章において私はカルマを扱っている幾つかの側面のみにふれる。遠い過去の事物のカルマについて考えることは二つ以上の側面を示唆する。人が過去のカルマが何であるかということに任意の識見を持っているというやや稀な状況において，人がこの世のカルマを扱うのと同じ方法でそれらに接近するかもしれない。一つの例外を除いて。人がこの世で行っていることに対して深い後悔の念を感じる代わりに，或る他の存在が過去にしたこと（人はその存在とのつながりを感じている）を人が充分自覚した時，深い悲しみが自然に起こってくるでしょう。この悲しみから人は自身の人生においての全ての性癖を見て，そして対処する決意が生じてくるだろう。その人生がずっと以前の過ちと同じ方向に進むのか，或いは過去の中道を逆の間違い（よく起こる出来事）に変えるのか。ところで，これは過去の人生のデータの任意の識見が正確である可能性があるかどうかを知るための方法の一つである。それはこの世におけるあなた自身について役に立つ何か或るものを教えてくれるだろう。経験にしがみつく執念もなく，過去の出来事を繰り返す執念もないことを。鍛え，修行する決意によって，上で述べたのと同じ仕方でより深く理解するようになるであろう。

　あなたがそのような洞察力を持っていないという場合には，一つの勘というものがある。それによって，遠い過去に対処しなければならない，カルマ的何かが生じていることを知る。そうすることによって，人はこの人生において自由を見出すだけでなく，引きずっているかもしれないカルマ的継承を落ち着かせるという確信を持って修行を推し進めるのに充分である。このことに関して私の言葉だけを受け取る必要はない。中国の禅僧，菩提達磨は次のように語っている。

> 次のことがおわかりになろう。つまり，全てのカルマの苦しみはそれ自身の心から生じる。しかしその人自身の考えが支離滅裂にならないように心を保ち，その上誤ったことや不正なことから身を引くならば，三界六道をぐるぐるとその人を回転させているカルマが自ずと消散するであろう。人の苦しみを取り除くこの力は開放と呼ばれるものである。　［2:

第10章　故ダイズイ・マックフィラミー師著「カルマ（業）とは何か」（翻訳）

361］

　菩提達磨はここで魔法のような解決策を述べているのではないことを強調したい。カルマが落ち着き始め，執着によって齎される苦しみ（カルマと戦っていることを含む）が止むのだが，私たち全てが免れることのできない病気と終局の死の過程，それに伴う肉体の苦痛は魔法のように取り除くことはできない。全世界の他の四つの法則の結果のように，カルマの結果は悟った人たちも避けられない［8: 96-101; 14: 189, 192-95］。必然でないものはそのカルマの継続と執着から生まれた苦しみの継続である。カルマを落ち着かせることによって，人は病気の痛みや不快感に平静さと元気さを入りこませることがより一層可能となる。17世紀の盤珪禅師（師の生涯は痛みを伴う重い病があった）は病と痛みに直面した時，それらに関わりあいにならず，振り回されなかった。不生禅で自意識を保った。痛みがあるなら，痛いままにうめくのだ。このようにして耐え忍ぶことのできないものはない［1: 62 & 63］。

　この節での全ての資料は「何故私に」という質問をする必要性を感じている人々のために用意されている。この質問が有意義で，実際的な方法で取り組まれることを期待する。そのように取り組まれる時，一層深く受容され，理解されていくように願う。第一に質問される必要はあるのか。私たちがそれを問う度ごとに達する所，即ち，存在する物の受容，無執着，或る形の瞑想，倫理的な生活，全ての生きているものに役立つように尽力することを調べることによって，それに対する答えは明白である。もし人が直接にこれらのことに進むならば，この人生の諸問題を解決するために「何故」という質問を持ちかける必要性はない。私たちはこの人生において精いっぱい生き，修行するために必要なことをすることによってそれを飾り気なく見るから，私たちのどんな過去のカルマも自然に一掃される。「何故」という質問もどんな過去の人生の諸問題を解決するためには必要がない。以上のことから次のような結論になる。もしあなたが「何故」という問いをしないで，ビジネス生活と仏教の修行を行っておれば，是非それを行いなさい。他方，「何故」が重要な質問に思えるのであれば，カルマの知識はそれが実りある質問にな

るように役立つであろう。

3．カルマを扱うことは安らかな死に役立つ。
カルマは解決されなければ，死後残っていくものであるから，死ぬ前にそれに注意を払う気持ちを持つことは死の時に心の大きな圧迫を取り除くことになる。弊師，ジユー・ケネットは生命を脅かす病気になった時，上で述べた種々のことをすることにかなりの努力をした[20]。似たような状況の人々に次のような助言を呈している。

> 勇気を出して鍛えなさい。あなたの人生をみがきなさい。生じてくるあらゆることに目を向けることを恐れてはいけない。格別のことを期待してはいけない。心を鎮めなさい。心を平静に，油断なく，師の教えることは何でも受け入れなさい。それがあなたにとって好ましい。あなたは一人ではないことを知りなさい。師はあなたを拒絶しないことを知りなさい。師，機会，教えを拒絶してはならない。あなたの心にあることを知るように努めなさい。たとえ話す人がいなくても，あなたと師は申し分なく修行を行っていくであろう。　　　　　　　　　　[17: 14 & 15]

4．カルマの正しい理解は世話をするにあたっての幾つかの障害を取り除くのに役立つ。第一に，明らかになるように，判断の姿勢が適切であるようなカルマの状況はない。たとえそれが微かであろうとも。愛と最高の敬意こそカルマの一つの探究が教えることである。第二に，或る人のカルマは非常に個人的なことであり，彼ら及び仏陀のみがそれについて確実に知りうるものである。世話をする人にとって善以上に害を及ぼすといけないから，このことは私たちが別のカルマは何であり，それに取り組む仕方を知ることを想定することに慎重であることを示唆する。それはまた或る人が自身のカルマを調べる時期が熟した時，自身で見分けることが最もよくできることも示唆する。即ち，世話をする人はそれをするさまざまな方法に関する情報を提供し，照会し，読むべき資料を与えることができる。しかしこの試みを推し進める気持ちには細心の注意が必要である。第三に，或る人自身がその人（彼

第10章　故ダイズイ・マックフィラミー師著「カルマ(業)とは何か」(翻訳)

或いは彼女)自身のカルマを扱うことができるのは明らかである。他の人はどんなに興味があっても，また理解力があっても，自分以外の彼或いは彼女のためにそれをすることはできない。どうぞ，あなたの友人が望んでいることは何でも話し合い，注意深く耳を傾け，力説し，理解し，共有し，求められる実行可能なことは何でもしよう。しかし干渉してはいけない。友人に干渉しない。カルマについて疑い，恐怖，絶望につながるような流布している非常に安易で，ぼやけた意見から友人を守り，助けることができる。多分ここで書かれていることはこの点であなたとあなたの友人の助けになるかもしれない。第四にこの章は人のカルマの探究がより深い修行への，及び生死の最も根本的な諸問題への入り口であることを示唆していることを願う。それなりに少なくとも私にとって，それは敬意を払って取り組むべきテーマである。

　最後に，過去及び現代の仏教指導者たちによって与えられるアドバイスを介護者が正しく理解する一つの背景としてカルマの理解が役に立つことを願う。例えば，釈迦牟尼仏自身を取り上げてみる。仏陀は病人の世話をする人々に次のようにすることを勧めた。即ち，助けになることと助けにならないことの見分け方を知ること。助けになることと助けにならないことを提供すること。善意で病人の世話をしても，私的な利益を図って行ってはならないこと。身体的機能の処置を嫌ってはいけないこと。ダルマ(仏法)の話をして病人を奮起させ，喜ばせ，満足させること［13: 110 & 111］。カルマについてのはっきりした思考はこういった提案から意図されることを理解するのに役立つ。疑いなく命絶えんとしている人々を助けている方々に私の師の言葉を紹介する。

　　何よりもまず，人々を敬愛しなさい。どんな環境にあっても人々及びその人たちの病気を排斥してはいけない。彼らと共にいて，彼らを敬愛しなさい。彼らが納得するようにさせなさい。しかし拒絶があってはいけない。彼らにあなたの意見を押しつけてはいけない。彼らを改宗させようとしてはいけない。言い換えれば，彼らと師の間にあなた自身が割り込んではならない。命絶えんとしている人は人間と広大無辺な仏陀に

よって抱かれていることを知る必要がある。あなたは自分の本分を果たしなさい。広大無辺の仏陀（お釈迦様）は私たち全ての存在を温かく見守って下さるのである。　　　　　　　　　　　　　　　　　　　[17: 22]

References

1. *Bankei Zen*. P. Haskel, trans. (New York: Grove Press, 1984).
2. "Bodhidharma's Discourse on Pure Meditation", in Buddhist Writings on Meditation and Daily Practice. H. Nearman, trans. Mt. Shasta (CA: Shasta Abbey Press, 1994), pp. 351–82.
3. *The Book of the Discipline (Vinaya-Pitaka), Vol. I*. I. Horner, trans. (London: Pali Text Society, 1982).
4. Ibid., *Vol. IV*, 1982.
5. Ibid., *Vol. V*, 1982.
6. Buddhaghosa, B., *The Path of Purification (Visuddhimagga)*. Bhikkhu Nanamoli, trans. Kandy (Sri Lanka: Buddhist Publication Society, 1979).
7. Dhammananda, K., *What Buddhists Believe* (Kuala Lumpur, Malaysia: Buddhist Missionary Society, 1987).
8. Dōgen, Eihei, "Jinshin Inga (Deep believe in causality)", in *Shōbōgenzō, Vol. III*. K. Nishiyama, trans. (Tokyo: Nakayama Shobo, 1983, pp. 96–101).
9. ————, "Sanjigo (Karmic retribution in the three periods of time)", in Ibid., pp. 102–11.
10. ————, "Shoakumakusa (Refrain from all evil)", in *Shōbōgenzō, Vol. II*. K. Nishiyama, trans. (Tokyo: Nakayama Shobo, 1977, pp. 171–77).
11. ————, "Shushogi (What is truly meant by training and enlightenment?)" and "Shoji (Life and Death)", in *Zen is Eternal Life*. P. Jiyu-Kennett, trans. Mt. Shasta (CA: Shasta Abbey Press, 1987), pp. 155–65.
12. *Gradual Sayings (Anguttara-Nikaya), Vol. 1*. F. Woodward, trans. (London: Pali Text Society, 1979).
13. *Gradual Sayings (Anguttara-Nikaya), Vol. 3*. E. Hare, trans. (London: Pali Text Society, 1979).
14. *Gradual Sayings (Anguttara-Nikaya), Vol. 5*. F. Woodward, trans. (London: Pali Text Society, 1986).
15. Gyatso, Tenzin (XIV Dalai Lama), *Advice from Buddha Shakyamuni* (Dharamsala, India: Library of Tibetan Works and Archives, 1982).
16. Jayasuriya, W., *The Psychology and Philosophy of Buddhism* (Colombo, Sri Lanka: Young Men's Buddhist Association Press, 1963).
17. Jiyu-Kennett, P., "How to grow a lotus blossom or how a Zen Buddhist prepares for death: some questions and answers" *Journal of Shasta Abbey*, VIII, n. 2 & 3 (1977), pp. 14–22.
18. ————, "Foreword to this special issue" *Journal of Shasta Abbey*, IX, n. 3 & 4 (1978), pp.

第10章　故ダイズイ・マックフィラミー師著「カルマ（業）とは何か」（翻訳）

2-4. Reiterated in personal communication 3/14/96.
19. ———, *Zen is Eternal Life* (Mt. Shasta, CA: Shasta Abbey Press, 1987).
20. ———, *How to Grow a Lotus Blossom* (Mt. Shasta, CA: Shasta Abbey Press, 1993).
21. *Kindred Sayings (Sanyutta-Nikaya), Vol. IV.* F. Woodward, trans. (London: Pali Text Society, 1980).
22. Mac Phillamy, D., "Can gay people train in Buddhism?" *Journal of Shasta Abbey*, IX, n. 3 & 4 (1978), pp. 39–44.
23. *Middle Length Sayings (Majjhima-Nikaya), Vol. III.* I. Horner, trans. (Oxford: Pali Text Society, 1990).
24. Narada Thera, *A Manual of Buddhism* (Kuala Lumpur, Malaysia: The Buddhist Missionary Society, 1971).
25. *Points of Controversy (Katha-Vatthu).* S. Aung & C Rhys-Davids, trans. (London: Pali Text Society, 1969).
26. Shalow, P., "Kukai and the Tradition of Male Love in Japanese Buddhism", in *Buddhism, Sexuality, and Gender*, J. Cabezon, ed. (Albany, NY: State University of New York Press, 1992, pp. 215–30).
27. "The Scripture of Brahma's Net", in *Buddhist Writings on Meditation and Daily Practice.* H. Nearman, trans. (Mt. Shasta, CA: Shasta Abbey Press, 1994), pp. 49–188.
28. Gampopa, *The Jewel Ornament of Liberation.* H. Guenther, trans. (Boulder, Colorado: Prajna Press, 1981).
29. Shantideva Acharya, *A Guide to the Bodhisattva's Way of Life.* S. Batchelor, trans. (Dharamsala, India: Library of Tibetan Works and Archives, 1979).
30. *The Surangama Sutra (Leng Yen Ching).* L. Yu (C. Luk), trans. (Bombay: B. I. Publications, 1966).
31. Tin, U Chit, *The Coming Buddha Ariya Metteyya* (Kandy, Sri Lanka: Buddhist Publications Society, 1992).
32. *Turning Wheel*, Fall, 1992 (Berkeley, CA: Buddhist Peace Fellowship).
33. Yen-Kaat, *Makayana Vinaya* (Bangkok: Wat Bhoman Khunnarama, 1960).
34. Zwilling, L., "Homosexuality as Seen in Indian Buddhist Texts", in *Buddhism, Sexuality, and Gender*, J. Cabezon, ed. (Albany, NY: State University of New York Press), pp. 203–14.

* * *

翻訳に使用したテクスト

Rev. Master Daizui MacPhillamy, "What About Karma?" *The Journal of the Order of Buddhist Contemplatives*, Vol. 26, Nos. 2 & 3, Summer/Autumn (2011), pp. 1–28.

引用及び参考文献

道元『全訳 正法眼蔵』全4巻，中村宗一他訳（誠信書房，1971-1972）．
池田魯山『対照修証義』（四季社，2009）．
石川力山『禅宗小事典』（法蔵館，1999）．
加藤宗厚編『修訂正法眼蔵要語索引』全2巻（名著普及会，1987）．
中村元『佛教語大辞典』全3巻（東京書籍，1975）．
小倉玄照『修証義の言葉』（誠信書房，2003）．
"The Memoriam Rev. Master Jiyu-Kennett 1924–1996" Special Memorial Issue, *The Journal of the Order of Buddhist Contemplatives*, Vol. 11, No. 4 & Vol. 12, No. 1 (Winter 1996/Spring 1997), pp. 6–13.

第11章

Some Poems of Zen Master Dōgen

Translated by Hiroyoshi Taiken Tanaka

Poems by Zen Master Dōgen (1200–53) were found among documents after his death, and collected by his disciples. 170 years after Dōgen's death, Zen Master Kenzei, 14th Abbot of Eihei-ji Monastery published a book called *Kenzei-ki*, which was the first biography of Dōgen. It includes about 65 poems of Dōgen. The poetic style is *waka* or *tanka* with a 5–7–5–7–7 syllable pattern in Japanese.

I will translate some of them into English on the basis of a book *Dōgen Zenji Zenshu Gekan* (the second volume) edited by Okubo Doshu.

Now let's try.

(1)

Departing the Kinome-yama Pass	Kusa no ha ni
on the mountain	kadode seru mi no
tall leaves of grass	kinomeyama
make me feel	kumo ni oka aru
the way in the cloudy sky.	koko-chi koso sure

This poem was written at the Kinome-yama Pass on the way to Kyoto from Eiheiji Monastery which is located in Fukui Prefecture, Japan. Here he says farewell to his disciple, Gikai, who is going to take care of Eiheiji

Monastery.

Dōgen became ill around the autumn of 1252. His disciples advised him to receive medical treatment in Kyoto. Next year (1253) he left for Kyoto on 5 August (8 September by the present solar calendar) at the age of 54.

He also writes a Buddhist verse at Eiheiji Monastery before his departure.

> In Eiheiji Monastery I led a Zen life for ten years
> but I lay on my sickbed for ten months
> inquiring about medicine
> by the grace of Buddha
> I pass the crisis for a while
> Buddha has helped me to meet the Buddha of Healing (Yakushi Nyorai)

He spent one night with his disciples at Wakimoto, Minami Echizen-cho, in Fukui Prefecture. Next day they took a rest at Kinome-yama Pass, 628m above sea level.

One passage of the above poem, "the way in the cloudy sky" reminds us of *unsui* (clouds and water) or a Zen trainee who goes on a walking tour throughout the country just as clouds or water run. It also suggests a passage on "Zazenshin" from the *Shōbōgenzō* by Dōgen as follows:

> When birds fly through this Sky, this is Just one method of 'flying through the Sky.' The action of flying through the Sky is beyond anything we can measure. Flying through the Sky is the whole universe, because the whole universe is flying through the Sky. Even though we do not know what the extent of this flying is, in asserting it with a statement that is beyond some form of reckoning, Wanshi asserted it as "flying off, leaving no trace." It means "being able to go

第11章 Some Poems of Zen Master Dōgen

straight off, having no strings tying down one's feet." When the Sky is flying off the birds are also flying off. When the birds are flying off, the Sky too is flying off. Among the sayings which thoroughly explore 'flying off' is the one that says, "Only here do we exist." This is the acupuncture needle of being ever so still. How many thousands of Journeys have vied to tell us, "Only here do we exist?"[1]

(Translated by RM Hubert Nearman)

(2)

How can I sleep tonight?	Mata minto
As I am not sure	omoishi toki no
if I will see the harvest moon	aki danimo
in the autumn	koyoi no tsuki ni
again.	nerareyahasuru

Dōgen wrote this, his last poem on 15 August (16 September by the solar calendar) in Kyoto in 1253. He stayed at his lay disciple Kakunen's house for medical treatment. Then he passed away on 28 August (29 September by the solar calendar) at the age of 54 in Kyoto.

Moon-viewing is a custom of enjoying the mid-September full moon, called *chushu no meigetsu* in Japanese. Introduced from China, the custom spread through Japan in the Heian period (794–1185). *Dango*, a kind of dumpling, together with crops from the fields, are offered to the moon and among Japanese pampas grass decorations, people sit and enjoy the moon floating in the clear autumn sky.

Dōgen writes about the moon of the Buddha-mind in the Chapter "Tsuki" from the *Shōbōgenzō*:

Shakyamuni Buddha says, 'The real figure of Buddha is like the void. To appear according to contributory causes is like a moon in the water.'[2]

Dōgen always loved to read the *Lotus Sūtra or Hoke-kyo* (Saddharma Puṇḍarīka Sūtra). It consists of 28 chapters. He wrote a passage of Chapter 21, the Divine Power of the Tathāgata (*Nyorai jinriki hon*) of the *Lotus Sūtra* on a column of Kakunen's house. He called Kakunen's house a cottage of the Lotus Sūtra.

The following three poems all show his love of the *Lotus Sūtra*.

(3)

All day	yomosugara
we practice Buddha's Way	hine-mosu ni nasu
all are voices	nori no michi
and minds	mina kono kyou no
of the Lotus Sūtra	koe to kokoro to

(4)

Ethereal murmuring	Tani ni hibiki
of a mountain stream,	Mine ni nakusaru
chattering of monkeys in snatches	taedae ni
seem to be teachings	Tada kono kyou wo
of the Lotus Sūtra.	toku to koso kike

(5)

Understanding the meaning	Kono kyou no
of this Lotus Sūtra,	kokoro wo ureba
sounds of buying and selling	Yononaka no
in the world	Urikai koe mo
also teach the Buddha's Way.	nori wo tokukana

(6)

Colors of mountains	Mine no iro
and running water	tani no hibiki mo

第11章　Some Poems of Zen Master Dōgen

of valleys	mina nagara
all of them	Waga Shakyamuni
are Buddha's figure and voices.	koe to sugata to

Dōgen writes in the Chapter "Keisei sanshiki" ('The Rippling of a Valley Stream, The Contour of a Mountain') from the *Shōbōgenzō* as follows:

In Great Sung China there was a lay Buddhist called Tōba. His family name was So, his official name was Shoku, and his name as an adult was Shisen. He must have been a veritable dragon in the sea of letters, for he had trained under dragon elephants in the ocean of Buddhism.

Swimming in the fathomless waters of Buddhism, he would soar up through the cloud banks to plunge once again into the depths of that ocean. Then there came a time when, whilst on a visit to Mount Ro, he was struck by the sound of the valley stream rippling through the night, and he awoke to the Way. He composed the following poem about the experience, which he presented to Meditation Master Jōsō:

The valley stream's rippling is indeed the eloquent
　　tongue of Buddha:
The mountain's contour is not other than that of the
　　body of Buddha.
With the coming of night, I heard the eighty-four
　　thousand songs,
But with the rising of the sun, how am I ever to offer
　　them to you?[3]　　　(Translated by RM Hubert Nearman)

(7)

How time	Tare-totemo
flies!	hikage no koma ha
A few	Kirawanu wo

283

| practice | nori no michi uru |
| Buddha's Way. | hito zo sukunaki |

Dōgen wrote in Chapter "Kankin" from the *Shōbōgenzō* as follows:

There are two ways to practice and to receive enlightenment. One is from the excellent masters. The other is from the sutras of Buddhas and patriarchs.[4]

(8)

In September	Nagatsuki no
it snows	momiji no ue ni
on maple leaves	Yuki furinu
Is there anyone	min hito tareka
who won't make a tanka poem?	uta wo yomazaran

This "September" is based on the lunar calendar. Today it is October by the solar calendar. It snowed to a depth of 30 centimeters. Dōgen wrote this tanka poem in 1244 at the age of 45 when the Daibutsuji (Great Buddha) temple was erected. This temple was later renamed as Eiheiji temple.

(9)

Only the right Law	Araiso no
should be written down grandly	nami mo eyosenu
like oysters breed vigorously	Takaiwa ni
on the high crag	kaki mo tsuku beki
the waves don't approach	Nori naraba koso

Dōgen wrote ten or so poems of "the transmission of the Buddha-mind beyond sutras." (kyoge-betsuden) at Kamakura in 1247 at the age of 48. This poem is one of them. Dōgen regarded "kyoge-betsuden" as a warning

第11章　Some Poems of Zen Master Dōgen

against an attachment to sutras.

Dōgen went to Kamakura (once the seat of the feudal government of the Hojo clan) in 1247 because the General Tokiyori Hojo asked Dōgen to visit and teach Zen Buddhism at Kamakura. It is said that he persuaded General Tokiyori Hojo not to be obsessed with power.

We find plays on words in this poem. The Japanese phrase "kaki mo tsukubeki" has two meanings. One is "oysters breed" and other "write down." The word "waves" implies secular world where people struggle for power, while the phrase "on the high crag" suggests Eiheiji temple where monks practice Zen Buddhism.

Notes

1. Nearman, Hubert, trans. Shōbōgenzō, available from http://www.shastaabbey.org/pdf/shobo/026zazen.pdf
2. See also the translation by Rev. Hubert: "This is why Shakyamuni Buddha said:
   The true Dharma Body of the Buddha
   Is unbounded, like empty space.
   It reveals Its form by conforming to an object,
   Like water reflecting the moon."
   See: http://www.shastaabbey.org/pdf/shobo/043tsuki.pdf
3. Nearman, Hubert, trans. Shōbōgenzō, vol. 1, p. 66, see: http://www.shastaabbey.org/pdf/shobo/008keise.pdf
4. See also Nearman, Hubert, trans.: http://www.shastaabbey.org/pdf/shobo/020kanki.pdf

Works Cited and References

A Complete English Translation of Dōgen Zenji's Shōbōgenzō (The Eye and Treasury of The True Law), Vol. I. Trans. Kosen Nishiyama (Nakayama Shobo, 1975).

A Complete English Translation of Dōgen Zenji's Shōbōgenzō (The Eye and Treasury of The True Law), Vol. II. Trans. Kosen Nishiyama and John Stevens (Nakayama Shobo, 1977).

A Complete English Translation of Dōgen Zenji's Shōbōgenzō (The Eye and Treasury of The True Law), Vol. III & IV. Trans. Kosen Nishiyama with John Stevens, Steve Powell, Ian Reader and Susan Wick (Nakayama Shobo, 1983).

Dōgen Zenji Zenshu. Ed. Okubo Doshu. 2 vols. (Rinsen Shoten, 1989).

Japanese-English Buddhist Dictionary (Daito Shuppansha, 1965).
Matsumoto, Akira. *Dōgen no waka: Haru wa hana natsu hototogisu* (Chuo Koron Shinsha, 2005).
Oba, Nanboku. *Dōgen Zenji wakashu shinshaku* (Nakayama-shobo Busshorin, 2005).
Oyama, Kouryu. *Kusa no ha Dōgen Zenji wakashu* (Sotoshu Shumucho, 1971).
The Shōbōgenzō. Trans. Hubert Nearman (Shasta Abbey Press, 2007).
The Threefold Lotus Sutra Innumerable Meanings, the Lotus Flower of the Wonderful Law, and Meditation on the Bodhisattva Universal Virtue. Trans. Bunno Kato, Yoshiro Tamura, and Kojiro Miyasaka with revisions by W. E. Soothill, Wilhelm Schiffer, and Pier P. Del Campana (Weatherhill / Kosei, 1975).
Yokoi, Yuho. *The Japanese-English Zen Buddhist Dictionary* (Sankibo Buddhist Book-store, 1991).
Yokoi, Yuho. *The Shōbōgenzō* (Sankibo Buddhist Book-store, 1986).

* Thanks are due to my colleague, Mr. Daniel Dankley for checking my translations.

#　初出一覧

第1章　「現代社会に生きる道元禅師（1200年–1253年）の教え」愛知学院大学『教養部紀要』第62巻第4号（2015），69–91頁

第2章　「英語学者・鈴木勇夫教授の英訳般若心経の研究について」愛知学院大学『語研紀要』第25巻第1号（2000），105–132頁

第3章　「高橋源次氏の *Everyman*（『万人』）研究について」愛知学院大学『語研紀要』第24巻第1号（1999），277–333頁

第4章　「エドウィン・アーノルド（Edwin Arnold, 1832–1904）の詩作品『アジアの光り』（*The Light of Asia*）について」愛知学院大学『教養部紀要』第48巻第1号（2000），13–30頁

第5章　「翻訳　リディア・マリア・チャイルド「仏教とローマ・カトリックの類似性」」愛知学院大学『禅研究所紀要』第40号（2012），278(1)–265(14)頁

第6章　「翻訳　ジェームズ・フリーマン・クラーク「仏教；言い換えれば東洋のプロテスタンティズム」」愛知学院大学『禅研究所紀要』第42号（2014），192(1)–166(27)頁

第7章　「超絶主義季刊誌『ダイアル』に書かれた「仏陀の教え」の大意」愛知学院大学『禅研究所紀要』第37号（2009），378(1)–363(16)頁

第8章　「エミリ・ディキンスンの師，トマス・W・ヒギンスン著「仏陀の特性」の大意――故安藤正瑛先生に捧げる」愛知学院大学『教養部紀要』第52巻第1号（2004），125–141頁

第9章　「エミリ・ディキンスンの師，トマス・W・ヒギンスン著「仏教経典『法句経』」について」愛知学院大学『教養部紀要』第52巻第4号（2005），63–80頁

第10章　「故ダイズイ・マックフィラミー師（英国，前仏教会会長）著「カルマ（業）とは何か」」愛知学院大学『教養部紀要』第61巻第2号（2013），45–64頁

第11章　"Some Poems of Zen Master Dōgen", *The Journal of the Order of Buddhist Contemplatives*, Vol. 26, No. 4 (Winter 2011–12), pp. 67–75

田中泰賢（たなか ひろよし）　博士（文学・愛知学院大学）

1946年　島根県隠岐島に生まれる．
1969年3月　京都外国語大学英米語学科卒業．
1972年3月　広島大学大学院文学研究科修士課程言語学専攻修了．
1981年4月　愛知学院大学に奉職（広島電機大学，1972〜1981の勤務を経て）．
1994年1月　愛知学院大学経営学部新設（4年間）により文部省（当時）審査で教授昇任．
2004年4月　愛知学院大学大学院文学研究科英語圏文化講義担当．
2010年4月　愛知学院大学大学院文学研究科宗教学仏教学特講講義担当（現在に至る）．

著書　『ゲイリー・スナイダーの愛語』英潮社，1992．
　　　『アメリカ現代詩の愛語──スナイダー／ギンズバーグ／スティーヴンズ』英宝社，1998．
　　　『Buddhism in Some American Poets: Dickinson, Williams, Stevens and Snyder』Yushodo, 2008．

翻訳　ゲーリー・スナイダー『惑星の未来を想像する者たちへ』山里勝巳，赤嶺玲子共訳，山と渓谷社，2000．
　　　『禅 Modern Zen Poems of Toshi Tanaka (1916-1996)』W. I. Elliot共訳，あるむ，2011．

Buddha　英語　文化　田中泰賢選集1
英語・文学・文化の仏教

2017年2月1日　第1刷発行

著者＝田 中 泰 賢

発行＝株式会社あるむ
　〒460-0012 名古屋市中区千代田3-1-12　第三記念橋ビル
　Tel. 052-332-0861　Fax. 052-332-0862
　http://www.arm-p.co.jp　E-mail: arm@a.email.ne.jp

印刷＝興和印刷　　製本＝渋谷文泉閣

© 2017 Hiroyoshi Tanaka　　Printed in Japan
ISBN978-4-86333-111-2

Buddha 英語 文化

田中泰賢選集 全5巻

❶ 英語・文学・文化の仏教

❷ スティーブンス、ウィリアムズ、レクスロスの仏教

❸ ギンズバーグとスナイダーの仏教

❹ Buddhism in Some American Poets: Dickinson, Williams, Stevens and Snyder

❺ 禅 Modern Zen Poems of Toshi Tanaka (1916–1996)

定価 各巻 3,000 円 全5巻 15,000 円（税別）